作家榜经典名著

读经典名著，认准作家榜

本书根据英国 Penguin Classics 出版社 2007 年版译出

THE LOST WORLD
失落的世界
[英]亚瑟·柯南·道尔 著
郑流畅 译
四川少年儿童出版社

古生物
图鉴
双型齿翼龙
箭齿兽
大角鹿
恐鹤
斑龙
异特龙
无齿龙
雕齿兽

猿人
翼龙
猛犸象
剑龙
禽龙
蛇颈龙
鱼龙

CONTENTS

目录

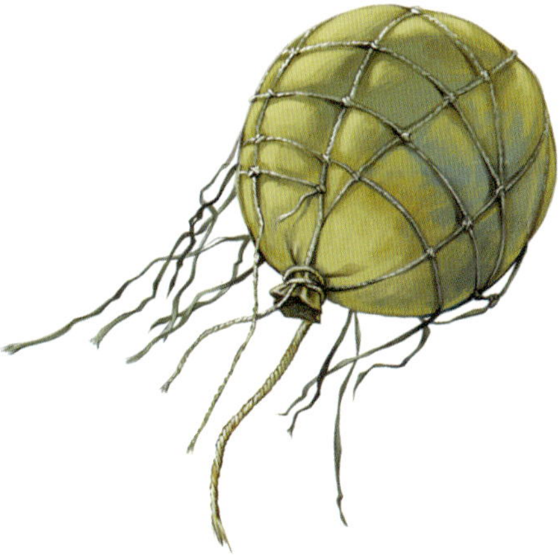

N
W
E
S

导读

愿你的道路漫长

媲美“福尔摩斯”系列的经典

1912 年，事务缠身、已经数年没有写过长篇小说的柯南·道尔重燃创作的冲动。他在给朋友的信中写道：“我想要为年轻人创作，希望能够写出像‘夏洛克·福尔摩斯探案’系列那样出色的作品。”而此次创作的成果便是这部以史前生物为题材的早期科幻经典——《失落的世界》。

本书确实如作者所期许的那样，是一部与“福尔摩斯”系列相比毫不逊色的作品，甫（fǔ）一问世，即大受好评。《泰晤士报》评论道：“一个奇异的冒险故事，即使最沉闷的读者也会感到兴趣盎（àng）然。”《读书人》杂志也不吝（lìn）赞美：“《失落的世界》既有丰富的想象，又有笛福式的纪实叙述，这是他创作的小说中最具现实意义、最浪漫的一部。”专门从事科幻小说研究的美国作家山姆·莫斯科维茨更是认为：“《失落的世界》足以使柯南·道尔跻身有史以来最伟大的科幻作家之列。”《失落的世界》对后世影响深远。1925年，美国导演哈里·霍伊特将其改编为电影，大获成功，成为这一题材的扛鼎之作，并深深地影响了数年之后的电影《金刚》。另外，甚至有不少人一直误以为史蒂文·斯皮尔伯格导演的电影《侏罗纪公园》也是改编自本书——事实是，《侏罗纪公园》的原著作者迈克尔·克莱顿在推出小说续集时沿用了跟柯南·道尔这部小说相同的书名，也叫《失落的世界》，所以造成了这种混淆，这是读者应该特别注意的。

敢于挑战自我的作家

不过，在某种程度上，这又可以说是一部“失落的作品”。因为“福尔摩斯”系列的名气和影响实在太大了，今天大部分人提起柯南·道尔，只会想到他是“福尔摩斯”系列的作者，而忘了他还写过许多别的作品，包括这本“恐龙小说”。在自传中，他就曾发出过这样的感慨：“我相信，如果我从未写过‘福尔摩斯’系列故事，如果它们不曾掩盖我那些杰作的光芒，或许我能在文坛占有一席之地。”因此，对于“福尔摩斯”这个给他带来巨大声望和丰厚回报的人物，作者并不是全然喜爱的。当初为了终结这个系列，把精力投向其他类型作品的创作，他甚至不惜让福尔摩斯与歹徒一同葬身于瀑布之下，只是迫于读者的抗议，最终才让这位无所不能的大侦探重新登场。与此相反，他创作《失落的世界》却乐在其中。早在1910年，他在伦敦皇家学会为北极探险家罗伯特·皮尔里举行的欢迎午宴上发表演说时就曾表示，探险家正在发现地球上越来越多的未知领域，这给探险小说家带来了巨大的挑战，因为要为小说寻找新的领域越来越难。

当然，柯南·道尔无疑是一位敢于接受挑战的人。《失落的世界》中那位发现史前生物的“查林杰（Challenger）”教授，其姓名便有“挑战者”之意（据说，小说出版之时，柯南·道尔甚至还贴上了假胡子和眉毛，扮成查林杰教授的模样，为小说封面拍照，足见他对这一人物的喜爱），表明作者并不仅仅满足于“福尔摩斯”系列所取得的成就，还要挑战自我，继续在文学上开拓新的领域。柯南·道尔向来兴趣广泛，想象力丰富，20世纪初发展迅猛的古生物学自然也在他的关注范围之内。他曾在克罗伯勒附近的采石场散步时发现某种大型蜥蜴的脚印化石，并向大英博物馆报告，博物馆随后便派了一位古生物学家到现场进行勘(kān)察。1907年，柯南·道尔在爱琴海上航行时，又在海中发现了一种酷似“鱼龙”的生物，那实际上可能只是爱琴海中常见的海豚，但柯南·道尔却坚信那就是仍存活于世的史前生物。这便是他在攀登了“福尔摩斯”系列的高峰之后，又创造出一个美妙的“失落的世界”的灵感来源。

充满冒险，充满发现的旅程

这部小说讲的是，一位年轻的记者爱德华·马龙，他深深地迷恋上美丽的格拉迪斯，并准备向她求婚。但格拉迪斯却不愿嫁给一个平凡的人，她理想中的丈夫必须是个英雄：“我们周围充满了等待我们去完成的英雄事迹。男人去完成它们，而女人则把她们的爱献给这样的男人。”为了满足心上人的幻想，马龙只能像堂吉诃德一样想方设法去冒险，完成令人赞叹的英雄壮举。报社的主编让他去脾气古怪的查林杰教授那儿碰碰运气，此人去年刚独自从南美洲考察归来，带回了一本画着奇特动物的素描簿和一张模糊不清的照片，声称在那儿的热带雨林里发现了恐龙等史前生物。这自然招致了许多质疑和讥嘲。为了证明自己没有撒谎，查林杰教授在一场科学大会上提议由志愿者组建一支队伍前往南美洲进行考察。探险队成员除了带队的查林杰教授、渴望讨心上人欢心的马龙外，还有处处与查林杰教授针锋相对的萨姆里教授，以及著名的探险家约翰·罗斯顿爵士。他们一行人历尽艰难险阻，深入南美洲的丛林，遭遇了史前生物的袭击，参与了印第安人和猿人的战争，最后终于成功将一只翼龙带回伦敦，向世人证明了史前生物的存在。这个过程可谓险象环生而又精彩纷呈，已经无法用三言两语简单概括了，所以还要留待读者自己去仔细阅读具体的内容。

《失落的世界》证明了柯南·道尔不但是侦探小说的大师，同时也是创作冒险故事和科幻小说的高手，完全可以跟儒勒·凡尔纳、赫伯特·乔治·威尔斯和罗伯特·斯蒂文森这些以此类题材闻名于世的作家相提并论。书中虽然没有大名鼎鼎的大侦探福尔摩斯登场，故事背景也从阴郁、罪案丛生的英国变成了溽热、原始的南美丛林，但依然是我们所熟悉的“配方”，作者巧妙地将侦探小说的悬疑和冒险故事的惊险刺激结合在了一起，所以读来十分吸引人。比如探险队在悬崖底下发现了美国人的尸体，不明白他粉碎的肋骨中间怎么会长出二十英尺高的竹子，后来谜底才揭晓：原来悬崖上面是凶残的猿人的居住地，他们会在那里举行一种仪式，让俘虏排成一排站在悬崖边，强迫俘虏一个接一个地跳下去，像黄油一样被竹子刺穿。要不是约翰·罗斯顿爵士及时出手相救，查林杰和萨姆里两位教授差点也遭受了同样的厄运。又比如他们发现禽龙身上带有奇特的记号，像是用沥青弄出来的，很是纳闷，直到后来目睹土著人从森林里赶来一头禽龙，宰杀肢解后将肉块挂在火堆上烤，才知道这些巨兽跟圈养的牛羊一样，也是土著人的牲口。这一幕既带有侦探小说的意味，让人仿佛又回到了福尔摩斯的世界，同时又充满了奇思妙想，让人耳目一新。我们谁也没见过活的史前生物，但柯南·道尔偏偏能够发挥丰富的想象力，用形象生动的语言让它们跃然纸上，如在目前。于是，我们看到两只成年恐龙带着三只体形如大象一般的恐龙幼崽蹲坐在地上，以粗大的尾巴和后腿保持平衡，用前爪把头顶的树枝拽下来啃咬，身上的鳞片在阳光下闪闪发光；看到一只比鸵鸟还要高大的巨鸟，长着秃鹫般的脖子和如鹰嘴般尖锐突出的脑袋，犹如行走的死神，用凶狠的弯喙（huì）像凿子一样戳断查林杰教授的靴后跟；看到一头长着蛤蟆脸、皮肤仿佛患有麻风病似的布满瘤子的怪物跳到月光下，追逐着马龙……

至于塑造鲜明的人物形象，那更是作者的拿手绝活，无论是性情温和而又勇敢善良的年轻记者马龙，还是那位情绪反复无常、以自我为中心而又热爱幻想的查林杰教授，抑或是那位尖酸刻薄、喜好辩论的萨姆里教授，或者是那位见多识广、自由不羁，自称是“上帝的连枷”的约翰·罗斯顿爵士，都是让人印象深刻、过目难忘的人物。

最后，同样重要的是，本书讲述的其实不仅是一次冒险之旅，同时也是一次成长之旅，精神蜕变之旅：主人公爱德华·马龙本来只是一名普通的记者，但在心上人的鼓动下，毅然开启了这趟旅程，虽然最后并没有赢得爱情——他在归来后发现，原先信誓旦旦地说自己只爱英雄的格拉迪斯已经嫁给了一个平庸的小职员。但在经历了这场冒险的洗礼之后，他已经悄然发生了变化。在小说的结尾，当约翰·罗斯顿爵士宣布他准备建立一支专业的探险队，再度进入那个迷人的史前世界时，马龙毫不犹豫地表示自己将继续追随他的脚步。可以想见，前方还有更多精彩的旅程在等着他们。

在翻译本书的过程中，我反复回想起希腊诗人卡瓦菲斯的诗，在此分享给大家：

当你启程前往伊萨卡，
愿你的道路漫长，
充满冒险，充满发现。

第一章

我们周围充满英雄事迹

她父亲汉格顿先生真是世上最缺心眼儿的人了——这家伙就像一只毛发浓密、邋（lā）里邋遢（tā）的鹦鹉，虽然心地善良，但绝对以他那愚蠢的自我为中心。如果说有什么能使我离开格拉迪斯的话，那就是想到将要有这么个岳父了。我相信他肯定打心底里觉得，我每周三天到访栗园是因为我跟他相处很愉快，尤其是喜欢听他谈论金银复本位制的观点，在这方面，他是权威。

那晚，我听他喋（dié）喋不休地谈了一个多小时，像什么劣币驱逐良币、银的标记价值、卢比的贬值、兑换的真正标准之类的观点。

“假设，”他有点儿激动地说道，“世界上所有的债务都同时被要求立刻还清，在我们目前的处境下会发生什么？”

我给出了一个不证自明的答案：我会彻底完蛋。他从椅子上跳了起来，指责我总是那么轻浮，在我面前根本没办法讨论任何正经的话题。说完他就离开房间去换衣服准备参加共济会的活动。

我终于跟格拉迪斯单独在一起了，决定命运的时刻来了！整晚，我都感觉自己像个等待命令去冲锋陷阵的士兵，心里既渴望胜利，又害怕失败。

她坐在那里，红色的窗帘衬托出她那高傲又精致的侧影。她是多么美丽！又是多么冷漠！我们是相当要好的朋友，但我跟她的关系一直就像我跟我的记者同事一样——无比坦诚，无比亲切，没有一丝激情。我本能地抵触一个对我过于坦诚、过于随性的女人，这种坦诚和随性对男人来说并不是什么好事。低垂的脑袋，闪躲的目光，颤抖的声音，畏缩的身体——这些并非坚定的目光和坦率的回答，才是真正的激情的标志。哪怕涉世未深，我还是充分地意识到了这一点——可能是源于被我们称为本能的种群记忆。

格拉迪斯拥有所有女性的特质。有人认为她冷酷无情，但这种评价有些片面。那近似东方人的古铜色皮肤，那乌黑的头发，那水灵灵的大眼睛，那丰满而又精致的嘴唇——都是激情的象征。但我悲伤地意识到，我还没有找到点燃这激情的秘诀。但不管怎样，今晚必须解决这个悬而未解的问题了。最糟的结果不过是她拒绝了我，而做一个被拒绝的恋人也好过做一个被接受的兄弟。

想到这里，我准备打破这令人不安的长久的沉默。这时，那双严厉的黑眼睛正盯着我，她骄傲地摇了摇头，露出责备的笑容。

“我预感到你要求婚了，奈德，我希望你不要这样，我们现在的关系是最好的。”

我把椅子拉近了一些。“你怎么知道我要求婚？”我惊奇地问道。

“女人不是都有直觉吗？你觉得世上有哪个女人是毫无防备的呢？哦，奈德，我们的友谊是那么深厚，那么令人愉快！毁掉它是多么可惜啊！一个年轻男人和一个年轻女人能这样自在地聊天，你不觉得很好吗？”

“我不知道，格拉迪斯。你瞧，我可以跟——火车站站长——非常自在地聊天，”我也不知道为什么会扯到站长，但他就这么冒了出来，引得我们都忍不住大笑起来，“但我一点儿都不满足于此。我想要拥抱你，想让你的脸贴着我的胸口。哦，格拉迪斯，我想……”

听到我讲述自己的这些渴望，她从椅子上跳了起来。“你把一切都毁了，奈德，”她说，“要是没有掺进这些东西，一切是多么自然和美好！太遗憾了！你为什么不能控制一下自己？”

“这不是我的错，”我哀求道，“这是天性。这是爱。”

“嗯，如果双方都有爱，那可能会有所不同。但我从未有过爱的感觉。”

“肯定有的——你的美貌，你的灵魂！哦，格拉迪斯，你就是为爱而生的！你肯定有爱！”

“我在等待它到来。”

“可你为什么不能爱我，格拉迪斯？是因为我的长相，还是其他原因？”

她稍微松弛了下来，伸出一只手——态度是那么和蔼(ǎi)可亲——推了一下我的头。接着，她盯着我仰起的脸，露出意味深长的笑容。

“不，不是，”她终于说道，“你不是个自负的人，所以我可以放心地告诉你不是因为这个，而是出于更深层的原因。”

“是因为我的性格？”

她严肃地点点头。

“我要怎么弥补呢？坐下来告诉我吧。真的，如果你不坐，那我也不坐！”

她充满猜疑地盯着我，这比她那种充满自信的样子更令我着迷。把事情挑明是多么原始和野蛮啊！不过，这或许只是我独有的感觉。最后，她终于坐了下来。

“你现在告诉我吧，我哪里不好？”

“我已经爱上别人了。”她说。

这回轮到我跳了起来。

“不是具体的某个人，”我的表情让她发笑，她解释道，“只是一种理想。我还从没遇到我说的那种人。”

“跟我说说是什么样的人。”

“哦，他或许跟你很像。”

“你这样说真是太好了！嗯，他有什么是我没有的呢？跟我说说，他是不喝酒的人，是素食主义者，是热气球驾驶员，是神智学者，还是超人？格拉迪斯，跟我说说，只要能取悦你，我都愿意试试。”

我的善变令她发笑。“嗯，首先，我不认为我理想中的男人会这样讲话，”她说，“他会是一个更努力、更严肃的人，不会轻易向一个傻姑娘的心血来潮妥协。但最重要的是，他必须是一个敢作敢为，面对死亡而无所畏惧，有许多壮举和奇特经历的人。我爱的不是这个人本身，而是他所获得的荣誉，我也会因此沾光。想想理查德·伯顿！读他妻子为他写的传记的时候，我是多么理解她的爱！还有斯坦利夫人！那本关于她丈夫的书，最后一章极其精彩，你读过吗？这就是女人全身心崇拜的男人，而由于女人的爱，作为伟大事业的楷模，他会更加受到世人的尊敬。”

她充满激情的样子是那么美，使我差点儿放弃争辩，我好不容易集中精神，才能继续跟她讨论。

“我们不可能都成为斯坦利和伯顿，”我答道，“而且，我们也没有机会——至少我就没有。如果有机会，我肯定会试试。”

“可周围到处都是机会。我理想中的男人是能自己创造机会的。没有任何困难能阻挡他。我从未遇见过他，但又好像非常了解他。我们周围充满了等待我们去完成的英雄事迹。男人去完成它们，而女人则把她们的爱献给这样的男人。看看上周那个乘热气球升空的法国人，当时狂风大作，但他还是坚持出发了。一天之内，风就把他吹出了一百五十公里远，最后他落在了俄罗斯中部。这就是我理想中的男人。想想他爱的女人，会让多少女人嫉妒啊！这就是我想要的，因为我的男人而被人嫉妒。”

“只要能取悦你，我也会这样做。”

“你不能仅是为了取悦我才这样做，你这样做应该是因为情不自禁，这对你来说是天性，因为你内心渴望英雄气概。你提起过上个月维根的煤矿爆炸，你会冒着窒息的危险下去救人吗？”

“我确实是这么做的。”

“你从来都没提过。”

“这没有什么好提的。”

“我都不知道这事，”她看着我，似乎更有兴趣了，“你真勇敢。”

“我必须去。要想写出好稿子，就得到现场去。”

“多么乏味的动机啊！一点儿都不浪漫。但不管是什么动机，我还是很高兴你能下去。”她伸出手

来，那么美好，那么高贵，我只能弯下腰去亲吻它。“我敢说，我只是一个傻女人，怀着年轻姑娘的幻想。但对我来说这种想法是如此真实，如此完整地属于我，所以我忍不住要遵从它。如果要结婚，我一定要嫁给有名的人！”

“那有什么不可以的呢？”我大声说道，“就是你这样的女人在激励着男人。只要给我机会，我一定会抓住的！而且，就像你说的，男人应该去创造机会，而不是等待机会。看看克莱夫——只是一个办事员，却征服了印度！老天，我也要干出一番事业！”

我突如其来的爱尔兰式的激情令她发笑。“为什么不可以呢？”她说，“你拥有一个男人所拥有的一切，年轻，健康，强壮，接受了教育，又充满活力。刚才我还为你求婚的事感到难过，但现在我很高兴，因为它激励了你！”

“那如果我……”

她把那像温暖的丝绒一样的手放到了我唇上。“就此打住，先生！你半小时前就该去办公室值晚班了，我只是没忍心提醒你。或许等有一天你在这个世界有了一席之地，我们可以再来讨论这个话题。”

就这样，在那个雾蒙蒙的十一月的夜晚，我怀着一颗炽(chì)热的心去赶坎柏威尔的电车，发誓再也不浪费一天时间，一定要干出一番事业，这样才配得上我心爱的姑娘。

但在这个广阔的世界上，有谁能想到那是如何令人难以置信的事业，而我又将经历何等奇异的历程？

读者或许会觉得开篇这一章跟我后面的故事没什么联系，但要是没有它，也就没有后面的故事了，因为只有当一个男人带着“他周围充满英雄事迹”的想法走向世界，并且内心无比渴望抓住出现在他视野中的任何机会时，他才会像我一样挣脱自己熟悉的生活，奔向那片奇妙、神秘、充满伟大历险和丰厚回报的闪闪发光的土地。看看我，这个坐在《每日公报》办公室里的最微不足道的一员，那晚已经下定决心要去追寻配得上我的格拉迪斯的事业！她要求我为了她的荣誉而拿生命去冒险，这样冷酷自私吗？中年人可能会这样想。但一个充满初恋激情的二十三岁的年轻人永远也不会有这样的想法。

第二章

去查林杰教授那儿碰碰运气

我一直都很喜欢麦卡德尔，那个脾气暴躁、上了年纪、有点儿驼背、一头红发的新闻编辑，希望他也喜欢我。当然，博曼才是真正的老大，但他总是像奥林匹斯山上的诸神一样高高在上，眼里只有国际危机或者内阁纷争之类的大事。我们偶尔可以看到他神色威严地走进他的办公室，眼神迷离，思绪盘桓（huán）在巴尔干半岛或者波斯湾上空。他对我们来说实在是高不可攀。

但麦卡德尔是他的第一副手，我们跟麦卡德尔就比较熟。我走进办公室的时候，老头儿点了点头，把眼镜推到光秃秃的脑门儿上。

“嗯，马龙先生，据我所知，你在最近的工作中表现很好。”他用亲切的苏格兰口音说道。

我向他道了谢。

“煤矿爆炸的报道非常出色。南华克的火灾报道也是。你的稿子写得绘声绘色。你找我有什么事？”

“想请您帮忙。”

他变得警觉起来，躲避着我的目光。

“啧，啧，是什么忙呢？”

“您可以给我安排个报道任务吗，先生？我一定会竭尽全力写出出色的稿子。”

“你想要什么样的任务，马龙先生？”

“嗯，先生，只要是充满奇遇和危险的任务都可以。我会全力以赴的。难度越高越适合我。”

“你好像急着去送命。”

“我是为了证明自己，先生。”

“天啊，马龙先生，这真是——真是太崇高了。但属于这类行为的时代恐怕早就过去了。这类‘特殊使命’所取得的成果与付出的代价并不匹配。当然，不管怎样，也只有一个有经验、有名望的人才能使公众信服，从而得到这样的机会。地图上那些大量空白正在被填满，已经没

有余地留给浪漫的传奇故事了。但是，等一下！”他突然露出了笑容，“说到地图上的空白，我倒是有个主意。揭露一个骗子，一个当代的吹牛大王，让他出丑，怎样？你可以让大家看看他是一个怎样的骗子！啊，这是个好主意。不知道你有没有兴趣？”

“不管是做什么，不管是去哪里，我都不在乎。”

麦卡德尔想了一下。

“我不知道你能不能跟那个家伙友好地相处，或者至少好好地说话，”他终于说道，“你好像很擅长跟人打交道——我想可能是因为富有同情心，或者是与生俱来的魅力，或者是年轻的活力之类的，反正我能感觉到。”

“您真是太好了，先生。”

“你为什么不去伊默公园的查林杰教授那儿碰碰运气呢？”

我承认我确实有些吃惊。

“查林杰！”我叫道，“查林杰教授，那个著名的生物学家！不就是他打碎了《电讯报》的布兰登的头骨吗？”

麦卡德尔冷笑了一声。

“你介意吗？你不是说你想要历险吗？”

“这确实是我想要的任务，先生。”我答道。

“好的。我不认为他一直都是那么暴力。我觉得一定是那个布兰登去的时机不对，或者方式不对。可能你运气会好一些，或许也会处理得更娴熟。我相信这个任务很适合你，而这也是《每日公报》要完成的报道。”

“我对他一无所知，”我说道，“只记得因为袭击布兰登，他的名字出现在了警方和法院的诉讼案中。”

“我可以给你一些信息，马龙先生。我关注这位教授有段时间了，”他从抽屉里拿出一张纸，“这是一份关于他的档案。我简单地跟你介绍一下——

> 乔治·爱德华·查林杰，1863 年出生于拉格斯，毕业于拉格斯学院和爱丁堡大学。1892 年任大英博物馆助理。1893 年任比较人类学系助理，同年因信件纠纷而离职。克雷斯顿动物学研究奖获得者。任以下协会外籍会员……嗯，字那么小，可真不少，大概有两英寸[1]长，比利时协会，美国科学院，拉普拉塔，等等。前古生物协会主席，英国协会 H 部门，等等。著作有《对于卡尔梅克人头盖骨的观察》《脊椎动物进化概论》，以及许多论文，包括那篇在维也纳动物学会议上引起热烈讨论的《魏斯曼学说的潜在谬(miù)误》。爱好：散步、攀登阿尔卑斯山。住址：肯辛顿西区，伊默公园。

“来，你把这个带上吧。我能告诉你的就这些了。”

我把这张纸塞进口袋里。

---

1 英寸：英美制长度单位。1 英寸约 2.54 厘米。

“等一下，先生，”我说，我发现对着我的是一颗光秃秃的粉色脑袋，而不再是那张红润的脸，“我还不太清楚为什么要去采访这位先生。请问他做了什么？”

那张脸又立刻转了回来。

“两年前他独自去南美洲探险，去年才回来。毫无疑问他去了南美洲，但拒绝透露具体去了哪里。一开始，他语焉不详地提起自己的冒险经历，但一有人开始挑刺儿，他就像牡蛎一样把嘴闭牢了。要么就是发生了什么不可思议的事，要么就是这个家伙在撒谎，而且很可能是后者。他有一些受损的照片，据说是伪造的。他也变得非常易怒，谁敢提出质疑就会被他攻击，记者都被他轰下了楼。在我看来，他只是一个刚好在搞科学研究的自大狂罢了。你要找的就是这个人，马龙先生。去吧，看看能采访到什么。你可以照顾好自己的。你的安全也能得到保障。你知道的，有《员工责任法》呢。”

那张咧嘴笑的红脸庞又变成粉色椭圆形的了，边缘带着一些细细的绒毛，谈话就此结束。

我走到野人俱乐部，但没有进去，只是靠着阿德尔菲露台的栏杆，盯着油乎乎的棕色河水陷入长久的沉思。我总是在室外思索的时候最理智、最清醒。我掏出记着查林杰教授的英勇事迹的纸片，在电灯下读起来。突然，我灵机一动。作为记者，从我所听到的情况来看，我确信自己不可能跟这位脾气暴躁的教授产生任何接触。但在他的简历里两次提及的争端，只能说明他对科学的狂热，到底有没有什么办法可以接近他

呢？我一定要试试。

我走进俱乐部。时间刚过十一点，大厅里人已经很多了，虽然有更多的人还没来。我注意到火炉旁的扶手椅里坐着一个瘦削的高个子男人。我把椅子朝他那边挪了挪，他转了过来。这个人就是我最想找的塔普·亨利，《自然》报社的员工，一个瘦削、干瘪、皮肤粗糙的家伙，他对认识的人都非常友好。我立刻直奔主题。

“你知道查林杰教授吗？”

“查林杰？”他带着不赞赏的态度皱了皱眉头，“查林杰就是那个从南美洲带回一些无稽之谈的家伙。”

“什么无稽之谈？”

“哦，就是说他发现了一些奇怪的动物。我想他现在已经不说了，反正都被压下来了。他接受过路透社的采访，但是现场的争议非常大，让他觉得很不妥。这不是什么好事。有一两个人想挖掘此事，但很快就被他赶跑了。”

“为什么？”

“因为他非常粗鲁和不可理喻。动物学研究所可怜的瓦德利给他发了一封邀请函：‘动物学研究所所长向查林杰教授致以崇高的敬意，并恳请您赏脸参加本所下次的会议。’他的答复实在让人没法说出口。”

“怎么说？”

“嗯，删改后的版本是这样的：‘查林杰教授向动物学研究所所长致以崇高的敬意，并恳请您赏脸见鬼去吧。’”

“天啊！”

“嗯，我想瓦德利也是这样的反应。我记得他在大会上的哭诉，开头是这样的：‘在长达五十年的科学交流经验中……’老头儿深受打击。”

“还有什么关于查林杰的信息吗？”

“嗯，你也知道，我是个细菌学家。我就活在一个放大九百倍的显微镜里，我很少去认真观察自己用裸眼看到的东西。我是来自可知边缘的拓荒者，一离开我的研究室，跟你们这些粗鲁、笨重的庞然大物打交道，就会感到无所适从。我不喜欢闲言碎语，但在一些科学座谈会上，我确实听说过查林杰，因为他是那种没法被忽视的人。他就像他们所说的那样，非常聪明，犹如充满电的电池一样，浑身充满活力，但又是个爱争吵、脾气差、没有道德的猎奇者。他甚至可以伪造南美洲历险的照片。”

“你说他是猎奇者，具体指哪方面？”

“那可太多了，最近一次是关于‘魏斯曼和进化论’。我估计他在维也纳也是因为这个与人发生了激烈的争吵。”

“你能告诉我是在吵什么吗？”

“现在不行，但我有会议记录的译本，在办公室。你想去看看吗？”

“好啊，我得去采访他，正需要点儿引导。你真是帮我大忙了！要是你不嫌太晚，我现在就跟你去。”

半个小时后，我坐在《自然》报社的办公室里，面前放着一大本书，摊开的内容是一篇题为《魏斯曼对战达尔文》的文章，副标题是“维也纳的激烈抗议——会场记录”。我一直有点儿忽略自然学科方面的学习，所以没法完全理解整个辩论，但显而易见的是，这位英国教授在辩论的时候极具攻击性，彻底把欧洲大陆的同行惹恼了。“抗议”“骚动”“共同向主席呼吁”——这些括号里的词语吸引了我的注意。其他大部分内容都像中文一样，我看不懂是什么含义。

“我希望你能帮我把它翻译成英文。”我恳求道。

“嗯，这就是翻译完的版本。”

“那我还是试着看看原文吧。”

“对外行来说确实太艰深了。”

“要是能找到一句浅显易懂、富含深意的话就好了。啊，这句可以派上用场。我隐约看懂了。我要把它抄下来，它可以为我和那位可怕的教授搭桥牵线。”

"还有什么需要我做的吗？"

"嗯，有的，我想写信给他。要是能在你这儿起个草稿，并且借用你的地址，肯定会很顺利的。"

"那个家伙会跑过来闹事，把报社都砸烂的。"

"不，不会的，你可以看一下信，我保证没有任何问题。"

"嗯，那是我的桌椅，那里有纸。把信寄出去之前我要检查一下。"

我费了一些工夫写信，写完之后觉得还不错，颇有些得意地大声念给那位严格的细菌学家听。

"亲爱的查林杰教授，"我写道，"作为《自然》报社的一名卑微的职员，我一直对您在'达尔文和魏斯曼的差异'方面的猜想深感兴趣。我近来又有幸重读了……"

"你这个该死的骗子！"塔普·亨利嘀咕道。

"重读了您在维也纳的精彩演说，让我耳目一新。您那清晰明了、令人赞叹的发言应该是这个问题的定论了。然而，其中有一句话是这样的：'我强烈反对这种令人憎恶的、全是教条的论断，亦即认为每个独立的个体都是一个微观世界，具有一种历经数代缓慢构建而成的历史架构。'鉴于后来的研究，您难道不想修正这一观点吗？您不认为它过于尖锐吗？如果您允许的话，我希望能够去采访您，因为我对这个问题非常感兴趣，并且有一些只有当面交谈才方便阐述的建议。您如果同意的话，我将在后天（星期三）上午十一点登门拜访。先生，我谨在此向您致以崇高的敬意。您忠诚的，爱德华·邓恩·马龙。"

“怎样？”我得意地问道。

“嗯，如果你的良心过得去……”

“一直都过得去。”

“你想怎么做？”

“去他那儿。只要进了他的房间，或许就能发现机会。我甚至可能会直接向他开诚布公。要是他也喜欢运动，一定会被我逗乐的。”

“逗乐！应该是他来逗你吧。你需要准备好锁子甲[1]或者橄榄球服。嗯，再见。要是他肯回复你的话，周三上午我会在这里把回信转达给你的。他是个充满暴力、危险，脾气极差的家伙，每个遇到他的人都讨厌他，就连那些放肆的学生也是如此。或许永远收不到他的答复对你来说会是一件好事。”

1 锁子甲：古代战争中使用的一种金属铠甲。

第三章

他是个完全不可理喻的人

我朋友的担忧或者说希望并没有成真。星期三我打电话过去，得知有一封盖着肯辛顿西区邮戳的信，上面潦草地写着我的名字，笔迹就像铁丝网篱笆似的。信的内容如下：

伊默公园，西区

先生，我已收到你的信，你宣称赞同我的观点，虽然我并不觉得需要得到你或者别人的赞同。关于我对达尔文主义的论断，你竟然使用了“猜想”这样的词，我希望你注意，这个词在这样的语境中是某种程度的冒犯。不过，根据信中的其他内容可以看出，你犯下过错并非恶意，只是由于无知和缺心眼儿罢了，所以我就不追究了。你在信中引用了我演讲中的一句话，而且理解起来似乎有困难。我本以为只有智力低下的人才无法理解，但如果你真的需要解释的话，我可以在你提到的时间见你，尽管我对所有的来访和访客都无比厌恶。至于你建议我修改观点，我必须提醒你，我没有习惯去修改经过深思熟虑才发表的成熟观点。你来访时，烦请向我的助手奥斯汀出示此信，因为他必须高度警惕，以免我受到那些自称为“记者”的无赖的打扰。

此致

乔治·爱德华·查林杰

我把信大声念给跑来打听我的冒险结果的塔普·亨利听。他唯一的评价就是：“有点儿新东西，科蒂库瑞[1]之类的，总好过山金车酊(dīng)[2]。”有些人的幽默就是如此异乎寻常。

我是快十点半才拿到信的，但出租车还是把我准时送到了会面地点。我们停在一座带门廊的大宅前，窗户挂着厚重的窗帘，充分展现了这位令人生畏的教授的富裕。来开门的是一个古怪、黝黑、干瘪的男人，看不出多大年纪，穿着黑色的皮夹克和棕色的皮靴。我后来了解到他是司机，临时顶替那一连串“逃跑”的管家。他用浅蓝色的眼睛上下打量着我。

“您有预约吗？”他问道。

---

1 科蒂库瑞：一种用于治疗皮肤病的抗菌药。

2 山金车酊：一种菌科植物，其萃取物可用于治疗淤(yū)伤、扭伤、风湿痛等症状。

“有的。”

“信呢？”

我拿出信封。

“好！”他似乎是个少言寡语的人。我跟着他穿过走廊，突然被一个从餐厅里走出来的小个子女人叫住了。她是一位开朗活泼、有着一双黑眼睛的女士，看起来更像法国人而不是英国人。

“且慢，”她说，“你先等一下，奥斯汀。请过来，先生。请问您之前见过我丈夫吗？”

“没有，夫人。我还没有这样的荣幸。”

“那我得提前向您道歉。我必须告诉您，他是个完全不可理喻的人——完完全全的不可理喻。有人事先提醒您，您才能做好准备，还望您谅解。”

“您考虑得真周到，夫人。”

“如果他变得狂躁起来，您就马上离开房间，别跟他争论。之前好几个人与他争论，结果都受伤了。然后又会变成一桩公众丑闻，我们所有人都会受到影响。我想您找他不是为了谈南美洲的事吧？”

我不能对一位女士说谎。

“天啊！这是最危险的话题。我想您是不会相信他说的任何东西的，但不要这么告诉他，不然他会发狂的。假装相信他，这样才能万事大吉。您要记住，他自己是相信的。我可以向您保证，这世上没有比他更诚实的人了。别再耽搁了，他会怀疑的。如果您发现他很危险——非常危险——您就摇铃，然后控制住他，等我过来。通常来说，即使在他最糟糕的状态下，我也还是能够控制住他的。”

鼓励完我之后，这位夫人又把我交给了少言寡语的奥斯汀，在我们简短的交谈过程中，他一直像一尊铜像一样谨慎地等待着。我被带到了过道尽头。他敲了一下门之后，里面传来一声公牛似的怒吼，随后我就见到了这位教授。

他坐在一把旋转椅上，面前宽大的桌子上堆满了书本、地图和图表。我进去之后，他就转过来面向我。他的样子让我倒吸了一口凉气。我已经做好了要见到一个怪人的准备，但没想到是气场这么强大的家伙。他的体形让人喘不过气来——他的体形，以及他整个充满压迫感的存在。他的头非常大，是我见过的人中最大的。我相信要是把他的高顶礼帽戴到我的头上，肯定会把我的肩膀都罩住。他的脸和胡子让我想起亚述[1]的公牛，脸很红润，胡子黑得发蓝，像铲子一样垂在胸前。头发很怪

1 亚述：古代两河流域北部的文明古国。

异，又长又卷地垂在前额上。长长的黑睫毛下面是一对蓝灰色的眼睛，目光非常清澈、锐利、专横。宽大的肩膀和木桶似的胸膛是他露在桌面之上的部位，此外还有两只长满黑色长毛的大手。这些，以及那副雷鸣般低沉而响亮的嗓音就是这位臭名昭著的查林杰教授留给我的第一印象。

“嗯？”他极其傲慢地瞪着我问道，“怎么说？”

我必须多撒一会儿谎，不然这次会面就得结束了。

“感谢您答应和我见面。”我递上他的信，谦恭地说道。

他从桌子上拿起我的信，在面前展开。

“哦，你就是那个看不懂大白话的年轻人，对吧？据我所知，对我的结论你是赞同的？”

“完全赞同，先生，完全赞同！”我特意强调。

“天啊！这不就强化了我的观点，对吧？你的年龄和外表让你的支持显得更富有价值。嗯，至少胜过维也纳那群猪猡(luó)，不过，他们的哼唧声远比不上英国猪的独叫声冒犯人。”他瞪了我一眼，把我当成了那些家伙的代表。

“他们的行为好像是比较令人讨厌。”

“我向你保证，我可以独自战斗，根本不需要你的同情。让我一个人战斗吧，先生，让我一人身陷困境。这样我最开心了。嗯，先生，我们还是尽快结束这次会面吧，你觉得不舒服，我也非常厌烦。我想，你是要给我论文里的观点提意见。”

他非常粗鲁直接，让人很难回避。我还得继续演下去，等待更好的时机。没见面之前我还觉得挺简单的。哦，在我如此需要帮助的时候，我那爱尔兰人的机智也帮不上忙了吗？他用锐利如钢针般的目光盯着我。

“快说，快说！”他嘟囔道。

“当然，我只是个学生，”我傻笑着，“可以说，是一个虔诚的讨教者。不过，我觉得您在这个问题上对魏斯曼有点儿太严厉了。从那以后，不是已经有证据——嗯，证实他的观点了吗？”

“什么证据？”他平静的语气中带着威胁。

“嗯，当然，我知道没有任何您认为能称得上确凿证据的东西。我所指的仅仅是现代思维的趋势和普遍的科学观点，如果可以这么说的话。”

他极为认真地把身体往前倾。

“我想你应该也知道，”他一边看着自己的指尖一边说道，“颅指数[1]是一个常数？”

“当然。”我答道。

“先父遗传[2]仍有待证实？”

“毫无疑问。”

“种质[3]不同于单性卵？”

---

1 颅指数：表示头颅长宽的指数。根据数值的大小，可将人类的头部分为极长头型、超长头型、长头型、中头型、短头型、超短头型和极短头型七种类型。

2 先父遗传：一种备受争议的遗传理论。

3 种质：德国生物学家魏斯曼在种质连续学说里设想的有关生物体内的一种特殊物质。

“当然！”我大声说道，为自己的大胆感到骄傲。

“但这又证明什么呢？”他用温和的、富有诱导性的声音问道。

“啊，证明什么呢？”我咕哝道，“证明什么呢？”

“要我告诉你吗？”他轻声说道。

“请告诉我吧。”

“证明，”他突然怒吼道，“你是伦敦最可耻的骗子——一个卑鄙、下流的记者，科学水平跟写作水平一样低下！”

他跳了起来，两眼充满怒火。在那种剑拔弩(nǔ)张的情况下，我还是大为意外地发现他是个矮墩(dūn)墩的人，个头儿都没有我的肩膀高——像是一个发育不良的大力神，那巨大的活力都用在身体的宽度和脑袋的超常发展上了。

“胡说八道！”他双手按着桌子，身体前倾，把脑袋探过来叫道，“先生，我刚才跟你讲的科学知识，全是胡说八道！你以为凭你的木头脑袋就可以跟我耍小聪明吗？你以为

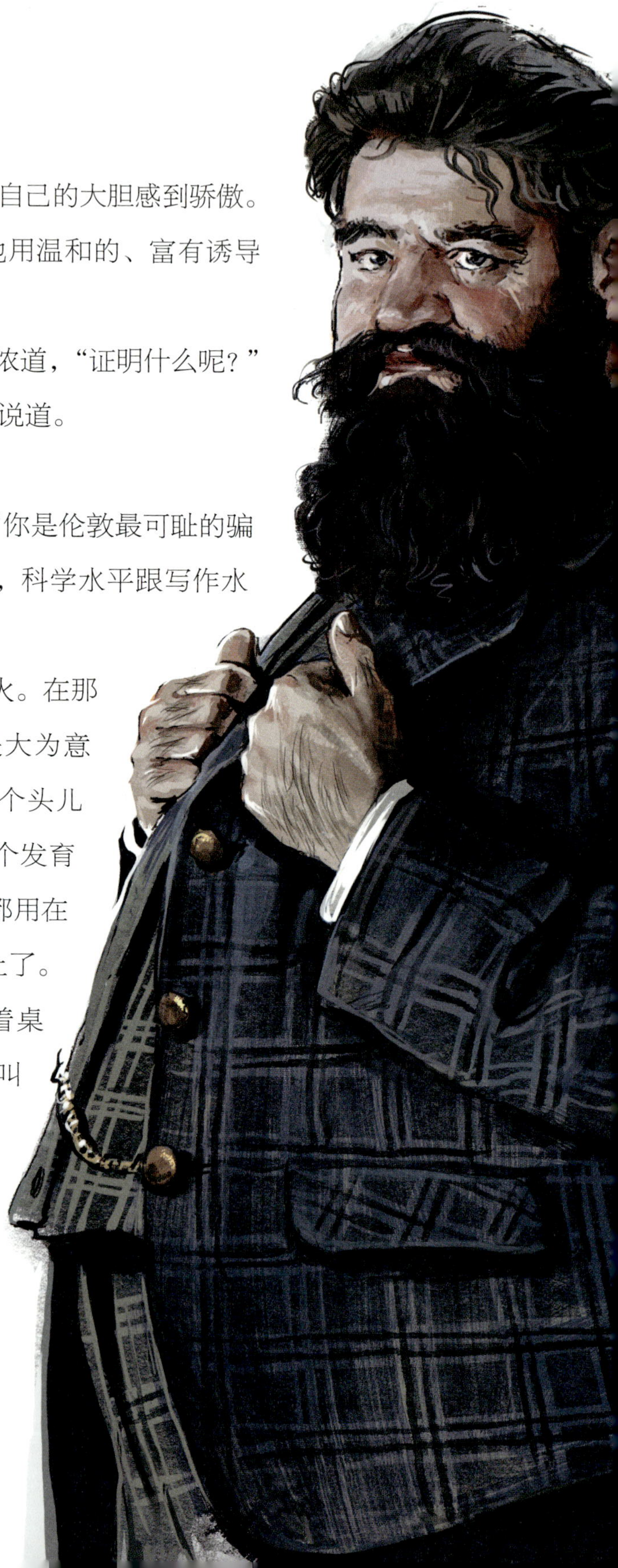

自己无所不能吗？该死的三流记者！你以为你们的赞美可以成就一个人，指责可以毁掉一个人吗？我们都得向你们卑躬屈膝，努力得到你们的夸奖，对吧？这个被抬举，那个被训斥！你们这群该死的害虫，我清楚你们这种人的底细！你已经越界了。这要放在以前，你的耳朵都得被剪掉。你这个丧失分寸，夸夸其谈的家伙！我要让你摆正自己的位置。是的，先生，你可过不了乔治·爱德华·查林杰这一关。还是有人能搞定你们的。他已经警告过你了，但你执意要来，那就是在以身试险了。放弃吧，我亲爱的马龙先生，我劝你放弃！你在玩一个十分危险的游戏，我看你已经输了。”

“听好了，先生，”我退到门口，开了门，“您想怎么骂人都可以，但也是有限度的，您不能攻击我。”

“不能吗？”他充满威胁地缓缓向我逼近，但又停了下来，把两只大手塞进那件非常孩子气的短夹克的侧兜里，“我已经把好几个像你这样的人扔出去了。你会成为第四个或者第五个。平均算下来，每个要花掉三英镑十五便士，不便宜，但又是必要的花费。好了，先生，你为什么不追随你的兄弟们呢？我觉得你必须追随他们。”他又继续用那种令人很不舒服的方式悄无声息地逼近，边走边踮着脚尖，像舞蹈家一样。

我本来可以跑向大厅，但那样做太丢脸了。而且，我心中也燃起了一丝正义的怒火。我原本确实是做错了，但这个家伙的威胁让我变成了正义的一方。

“麻烦您把手拿开，先生。我是不会忍气吞声的。”

"天啊！"他抬起了黑色的小胡子，露出一颗闪闪发光的白色尖牙讥笑道。"你不会忍气吞声，对吧？"

"别犯傻了，教授！"我叫道，"您想干吗？我体重有十五英石[1]，身体像钉子一样硬，每周六都在伦敦的爱尔兰队打中卫。我可不是……"

这时，他猛地向我冲来。幸亏我已经把门打开了，不然我们会把门撞烂的。我们像凯瑟琳轮[2]一样滚下过道，中途还带上了一把椅子，一起滚向外面的大街。我的嘴里塞满了他的胡须，我们的手臂和身体扭在一起，那几根该死的椅子腿也卡着我们。机警的奥斯汀早已打开大门。我们一个后空翻滚下台阶。我见过两个人尝试做类似的动作，但想要不受伤，还是需要多加练习的。椅子碎了，我们滚进了排水沟里。他跳了起来，挥舞着拳头，像哮喘病人一样呼哧呼哧地喘气。

"够了吧？"他说。

"浑蛋！"我回过神来叫道。

我们本来会继续开打，因为他斗志昂扬，但我还是很幸运地获救了。我们身边有个警察，手里拿着本子。

"这是在干什么？你们不嫌丢脸吗？"警察说。这是我在伊默公园听到的最理智的话了。

"嗯，"他转向我，接着问道，"怎么回事？"

---

1 英石：英制重量单位，1 英石为 6.35 千克。

2 凯瑟琳轮：一种以凯瑟琳命名的烟花。

“这个人袭击我。”我说。

“你袭击了他吗？”警察问。

教授费劲地喘着气，什么也没说。

“这已经不是第一次了，”警察摇着头，严肃地说道，“你上个月才惹了一样的麻烦。你把这个年轻人的眼睛打出淤青了。你要控告他吗，先生？”

我有点儿迟疑。

“不，”我说，“我不告他。”

“为什么？”警察问道。

“都怪我自己，是我打扰了他。他郑重警告过我了。”

警察啪地合上了本子。

“别再搞事了，”他说，“都散了吧，散了吧！”后半句话是对聚在我们周围的屠夫的儿子、一个女仆以及另外几个闲人说的。他驱赶着面前的一小群人，迈着沉重的步子沿着街道走去。而教授用有点儿揶揄(yé yú)的目光盯着我。

“进来吧！”他说，“我跟你还没完呢。”

这话有点儿阴险，但我还是跟着他进了屋。男仆奥斯汀像木偶一样在我们身后关上了门。

第四章

这是世界上最重大的事

门还没关好，查林杰太太就从餐厅里冲了出来。这个娇小的女人勃然大怒。她把她丈夫拦了下来，就像一只愤怒的母鸡拦住一只斗牛犬。显然，她只看到我离开，没发现我又回来了。

“乔治！你这头野兽，”她尖叫道，“你打伤了那个善良的年轻人！”

他用大拇指往后指了指。

“他就在我后面，安然无恙。”

她有些迷惑，但也不是特别意外。

“抱歉，我没看到您。”

“没事，夫人，我好着呢。”

“他把您可怜的脸都打花了！哦，乔治，你真是头野兽！每一周除了丑闻就没有别的了。每个人都憎恨你、耻笑你。你已经把我的耐心耗尽了。到此为止吧。”

“家丑不可外扬。”他低声吼道。

"这早就不是什么秘密了，"她叫道，"你以为整条街——整个伦敦的人——走开，奥斯汀，这儿不需要你了。你以为他们不议论你吗？你的尊严呢？你本来可以去一所知名大学当名誉教授，受到成百上千名学生的爱戴。你的尊严呢，乔治？"

"你自己的呢，亲爱的？"

"别太过分了。你已经变成了一个恶棍，一个大吵大闹的恶棍。"

"你注意点儿，杰西。"

"你这个咆哮、狂暴的恶棍！"

"够了！该惩罚一下你了！"他说。

让我大吃一惊的是，他弯下腰把她抓起来，放在了大厅角落一个黑色的大理石高台上。那个台子起码有七英尺[1]高，而且非常窄，她几乎没法在上面保持平衡。我无法想象还有比这更荒谬的了：她两脚悬空，脸因为愤怒而抽搐，由于害怕摔下来，整个人都僵在那儿。

"放我下来！"她尖叫道。

"说'请'。"

"你这头野兽，乔治！马上放我下来！"

"跟我去书房，马龙先生。"

"真的吗，先生！"我看着那位女士问道。

"马龙先生在为你求情呢，杰西。你说'请'，就放你下来。"

---

1 英尺：英美制中的长度单位。1 英尺等于 12 英寸，合 0.3048 米。

"哦，你这头野兽！请放我下来！请放我下来！"

他像拎一只金丝雀一样把她拎了下来。

"你得像话一点儿，亲爱的。马龙先生是记者。明天他就会把一切都发表在他那张破报纸上，然后卖十几份给我们的邻居。《上流社会的离奇故事》——那个台子很高，对吧？然后是副标题，'奇特家庭一瞥'。马龙先生是食腐类动物，就喜欢吃腐肉。是吧，马龙先生？"

"真让人受不了！"我恼怒地说道。

他哈哈大笑起来。

"我们接下来要开始合作了。"他看了看他妻子，又看了看我，宽大的胸膛起伏着，用低沉的声音说道。接着，他又突然换了语气。"请原谅这场小小的家庭闹剧，马龙先生，我叫你来是有更严肃的目的，而不是让你来卷入我们的家庭纠纷的。你走开吧，小妇人，不要哭闹。"他把两只大手搭在她的肩膀上，"你说得对，如果我能照你说的做，肯定会成为更好的男人，但我就不再是乔治·爱德华·查林杰了。亲爱的，好男人多的是，但查林杰只有一个，所以还是善待他吧。"他响亮地亲了她一口，这比刚才的暴力行为更让我窘(jiǒng)迫。

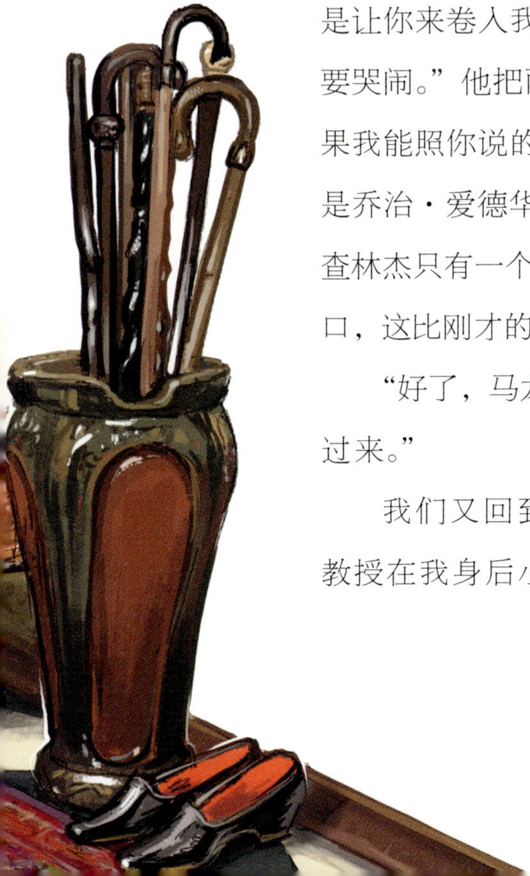

"好了，马龙先生，"他变得无比威严，继续说道，"请过来。"

我们又回到了十分钟前闹哄哄地离开的那个房间。教授在我身后小心翼翼地关上门，指着一把扶手椅让我坐，还把烟盒递到了我鼻子底下。

“纯正的圣胡安·科罗拉多雪茄，”他说，“像你这种容易激动的人最好还是来点儿镇静剂。天啊！不能咬！要切——恭恭敬敬地切！靠到椅背上去吧，仔细听我跟你说的话。如果你想发表意见，可以等下次再说。”

“首先，即使你最后回到了我家，但我刚才驱逐你是完全合理的，”他扬起下巴，用挑衅(xìn)的目光瞪着我，“没错，是完全合理的，我之所以还是让你来我家，是因为你对那个爱管闲事的警察说的话，让我对你产生了一点儿好感，通常我是看不上你那个职业的。你承认这件事的过错在你，在一定程度上展现了你的超然态度和眼界，我非常欣赏这一点。我一向看不起你不幸从属的那个劣等群体，但你说的话让你突然超越了他们，引起了我的认真关注。所以我才让你回来，我想跟你好好认识一下。麻烦你把烟灰弹到左手边竹桌上的日式小托盘里。”

这番话就像一位教授在讲课一样。他把椅子转过来和我面对面，像一只大牛蛙一样喷着气，仰着头，眼皮耷(dā)拉着，一脸高傲。突然，他转身在桌上的纸堆里翻找，只露出一头乱发和支棱着的红耳朵。随后，他又拿着一个像是素描簿的破破烂烂的本子转过身面对着我。

“我来给你讲讲南美洲的事吧，”他说，“请你不要发表评论。首先，希望你明白，我现在跟你讲的一切都不能公开，除非得到我明确的许可，而我是不可能许可的。你听清楚了吗？”

“这很难，”我答道，“当然，一份明智的描述肯定……”

他把本子放回桌上。

“那算了，”他说，“再见。”

“不，不！”我叫道，“任何条件我都答应。照我看，我也没别的选择。”

“确实没有别的选择。”他说。

“嗯，好吧，我答应你。”

“发誓？”

“发誓。”

他用傲慢的眼神充满怀疑地看着我。

“我怎么知道你会不会违背誓言呢？”他说。

“说实话，先生，”我愤怒地叫道，“您太过分了！我从没受过这样的侮辱。”

对我的暴怒他并没有生气，反倒来了兴致。

“圆脑袋，”他咕哝道，“短头颅，灰眼睛，黑头发，还有黑人特征。我想你是凯尔特人[1]吧？”

“我是爱尔兰人，先生。”

“在爱尔兰长大的爱尔兰人？”

“是的，先生。”

---

1 凯尔特人：即“克尔特人”。欧洲主要民族之一，主要分布在爱尔兰、苏格兰、威尔士等地。

“这就难怪了。让我看一下，你已经承诺会保守秘密，对吧？老实说，那个秘密还没有完整的结论，但我还是打算告诉你一些有趣的东西。首先，你应该知道我两年前的南美洲之行吧——它将成为世界科学史上的经典。我那趟旅程的目的是为了证实华莱士和贝茨的一些结论，并且必须在相同的条件下检验他们的报告。哪怕没有其他的成果，我的考察也是引人注目的，但在考察过程中发生了一件奇怪的事，为我开辟了全新的研究方向。

“你应该知道——当然，现在教育水平这么差，也可能不知道——亚马孙附近的国度只有一部分被探索过，那里有许多汇入主流的支流，有的还完全没有在地图上标出来。我的任务就是到这个不知名的国度去研究那里的动物群落，为我的动物学著作中的几个章节收集资料，这部伟大的、不朽的著作将证明我人生的意义。工作结束后，在返程途中，我偶然在主流与支流相汇处附近的一个印第安人小村落里过夜——名字和地点就不提了。当地的土著是库卡马印第安人，一个友好但地位低下的种族，智力不比普通的伦敦人强。我在溯(sù)河而上时曾帮他们治过病，给他们留下了深刻的印象，看到他们热切地期盼我归来，我一点儿也不意外。他们示意我有人急需我的治疗，于是我随着酋(qiú)长去了他的一间帐篷里。进去了我才发现，那个需要我抢救的人已经死了。令我吃惊的是，他并不是印第安人，而是白人，甚至可以说是纯种的白人，因为

他的头发是亚麻色的，而且还有白化病的特征。他穿得破破烂烂，非常消瘦，身上满是长时间受苦的痕迹。从当地人的描述中我了解到，他们根本不认识这个人，他在独自穿过森林来到他们的村落时，已经油尽灯枯了。

“那人的背包就放在长椅旁边，我检查了里面的东西。他的名字写在一张标签上——梅普尔·怀特，湖区大道，底特律，密歇根州。这是一个让我肃然起敬的名字。不用多说，等最后为这项事业分配功劳时，他的名字会跟我一起并排出现。

“从背包里的东西可以看出，这是一个在考察过程中仍旧坚持寻找灵感的艺术家和诗人。背包里有一些诗，我不敢说自己是专家，但我觉得它们没什么价值。另外还有一些非常普通的河流图片，一个绘画工具箱，一盒彩色粉笔，几支画笔，一根放在我墨水台上的弯骨，一卷巴克斯特的《飞蛾与蝴蝶》，一把廉价的左轮手枪，还有几发弹药。他没有什么个人装备，要不然就是在旅途中弄丢了。这些就是这个奇怪的美国波希米亚人的所有东西。

“我正准备转身离开，突然发现他那件破烂的外套里有东西露了出来。就是这个素描本，当时已经跟你现在看到的一样破旧了。但它落到我手里之后，我对它的珍视简直超过了莎士比亚的首印本。现在给你，请你一页一页地仔细看。”

他点了一根雪茄，把身体往后一靠，用锐利的目光审视着这份文件即将产生的效果。

我翻开了素描本，期待着得到某种启示，虽然想不出会是什么样的启示。但第一页却让人失望，只是画着一个穿着粗呢大衣的胖子，下面的说明是“邮船上的吉米·科尔弗”。接下来的几页是一些关于印第安人及其生活方式的速写。然后是一个乐呵呵的肥胖牧师，戴着修士帽，跟一个瘦削的欧洲人相对而坐，下面的说明是“与弗拉·克里斯朵夫在罗萨里奥[1]共进午餐”。还有好几页是关于女性和婴儿的速写习作，然后是一系列的动物素描，下面的说明是“沙滩上的海牛”“海龟和海龟蛋”“棕榈树下的刺鼠”（那头动物有点儿像猪）之类的。最后两页都是长鼻子的蜥蜴。我什么都看不出来，只能如实告诉教授。

“这应该是鳄鱼吧？”

“是短吻鳄！短吻鳄！南美洲根本没有真正的鳄鱼。两者的区别是……”

“我是说我看不出有什么非比寻常的东西——没有什么能证明你所说的。”

他平静地笑了。

“看下一页。”他说。

我还是看不出什么来。那是一整页粗略涂了颜色的风景画——应该是一位户外艺术家为了以后进一步加工而画的草图。画中的前景是一片浅绿色的羽毛状植被向上倾斜延伸，尽头是暗红色的悬崖，跟我见过的

---

1 罗萨里奥：位于阿根廷东部的城市。

玄武岩构造一样，带着奇怪的棱纹，连绵不绝，铺满了整个背景。其中有块孤立的金字塔状岩石，上面有一株大树，似乎被一条裂缝与悬崖分隔开来。在这些后面是热带的蓝天。红色的崖顶边缘也长着一圈稀疏的绿植。

“怎样？”他问。

“这确实是很奇怪的结构，”我说，“但我不是地理学家，没法说它很奇妙。”

“奇妙！”他重复道，“它是独一无二的，令人难以置信的！这世上没有人能想得到存在这种结构的可能性。接着看下一页。”

我又翻了一页，忍不住惊呼起来。满满的一页画着我见过的最不同寻常的动物——它的头像禽类，身体像肿胀的蜥蜴，拖在身后的尾巴长满向上的尖刺，弯曲的脊背上也有一排高高的锯齿，看起来像十几只公鸡脖子上的肉垂连在一起。这只动物前面站着一个奇怪的小人儿，正盯着它看。

“嗯，你怎么看？”教授得意地搓着双手喊道。

“这是怪兽吧——太怪诞了。”

“他为什么要画这样一只动物？”

“我估计他是杜松子酒喝多了。”

“哦，你就只能这样解释吗？”

“嗯，先生，您怎么看呢？”

“这生物显然是真实存在的。这是一幅日常生活的写生。”

要不是害怕我们又会像刚才一样滚下过道，我一定会纵声大笑。

“肯定是的，肯定是的，”就像在哄一个傻瓜一样，我说，“不过，我得说，这个小人儿让我有点儿困惑。如果是个印第安人，我们可以把他当成美洲存在俾（bǐ）格米人种[1]的证据，但这似乎是一个戴着草帽的欧洲人。”

教授像愤怒的公牛一样哼了一声。“你真是在挑战我的极限，”他说，“让人大开眼界。好极了！”

他的言语间充满了讽刺，我也懒得跟他生气。这是在浪费精力，如果你要跟这个人生气，那你时时刻刻都得生气。我只是无奈地笑了笑，说道：“我发现这个人的个子真小。”

“看这儿！”他凑过来，用一根毛茸茸、肥得像香肠一样的手指戳了戳那幅画，大声说道，“你看看这只动物后面的植物。你一定以为

1 俾格米人种：泛指男性平均身高不足五英尺（约 1.52 米）的民族，源于古希腊人对非洲中部矮人的称法。

那是蒲公英或者抱子甘蓝[1]之类的吧？嗯，那是一株象牙棕榈，起码有五六十英尺高。你看不出这个人是被故意放在这里的吗？他是不可能活着站在这头野兽前面画下这幅图的。他把自己画进去是为了给高度作参照。他五英尺出头，树估计比他高十倍。”

“天啊！”我叫道，“您认为这野兽——啊，连查令十字街车站都容不下它！”

“除去夸张的成分，这确实是个发育良好的样本。”教授得意地说道。

“可是，”我叫道，“总不能单凭这张图就把人类的整个经验推翻吧！”我翻了一下本子，确定上面没有别的东西了：“这个四海为家的美国艺术家画这幅图的时候可能是高烧时产生了幻觉，要不然就是出于怪异的想象。您是一位科学家，怎么能轻信呢！”

为了回应我，教授从书架上拿下了一本书。

“这是我富有才华的朋友雷·兰卡斯特写的一本出色的专著！”他说，“这里有一张插图，你应该会感兴趣。啊，对，就在这儿！下面的说明是：‘侏罗纪时期剑龙的大致外貌。仅后腿就是成年人身高的两倍。’嗯，你怎么看？”

他把那本打开的书递给我。我看着那张图，十分吃惊。这头存在于已经消逝的世界里的动物，与那位不知名艺术家的速写非常像。

---

1 抱子甘蓝：俗称小卷心菜。英、法、比利时等国栽种较多，叶片呈勺形。

“这确实非比寻常。”我说。

“但你还是不能下定论？”

“这应该只是巧合，不然就是那个美国人见过类似的图，一直记在心里，然后在他精神谵(zhān)妄的时候又浮现了。”

“非常好，”教授宽容地说道，“这个先不谈。现在，你来看看这根骨头。”他把之前提到过的那块在死者遗物中发现的骨头递给了我。那块骨头大约六英尺长，比我的拇指还粗，一端有风干的软骨的痕迹。

“这骨头属于哪种已知的生物？”教授问。

我仔细地端详着它，努力地回想一些差不多已经忘光的知识。

“大概是比较粗的人类锁骨。”我说。

教授轻蔑地摆了摆手。

“人的锁骨是弯曲的，这块却是直的。表面的凹槽表明这里有强健的肌腱，所以不可能是锁骨。”

“那我得承认我不知道它是什么。”

“你不用为暴露自己的无知而羞愧，因为我不认为整个肯兴顿南部有谁能说出它的名字。”他从药盒里取出一块像豆子那么大的骨头，“据我判断，你手里拿着的那块骨头就相当于这块人骨。你应该对这头动物的大小有概念了吧。从上面的软骨可以判断，它不是化石标本，而是新近的骨头。你觉得呢？”

“或许是大象……”

他皱起眉头，一副很痛苦的样子。

“打住！别提什么南美洲的大象。即使是在寄宿制学校的年代……”

“嗯，”我打断他，“那可能是某种大型的南美洲动物，比如，貘(mò)[1]。”

“年轻人，你得知道，我熟悉自己的专业。这不是貘或者其他动物学已知的动物的骨头。它属于一种非常庞大、非常强壮，并且照此推理，非常凶猛的动物，这种动物虽然活在地球上，但尚未被科学家发现。你还是不相信吗？”

“至少我很感兴趣。”

“那你还不算无可救药。我觉得你身上还是隐藏着理性的，我们可以耐心地把它挖掘出来。我们先把那个死掉的美国人放一边，我来继续讲下去。你能想象，我当时是不可能不深入挖掘这件事就离开亚马孙的。那位死去的旅行者在行进的方向留下了一些痕迹。而印第安人的传说也是我的指引，我发现整个流域都在传说存在一片神秘的土地。你应该听说过库鲁普利吧？”

“从未听说过。”

“库鲁普利是树精，非常可怕、狠毒，最好躲得远远的。没有人能说清楚它的外形和特质，在亚马孙，一提起它就让人害怕。所有的部落都认为库鲁普利就在那个美国人出现的方向。那里有非常可怕的东西，我的任务就是去查明真相。”

---

1 貘：貘属动物的统称。形似犀牛，但相对矮小。尾巴极短，四肢亦短，前足四趾，后足三趾。栖息于热带雨林多水处。

"你做了什么？"我的轻浮都消失了。面前这个伟岸的人让人肃然起敬。

"我又是劝说又是送礼，我必须承认，还加上一些恐吓，才打消了当地人极端抵触的情绪——他们甚至不愿谈论这个话题。我在他们中间找来了两个人当向导，经历了多少艰难险阻和长途跋涉，我就不说了，具体的方位我也不说了，我们终于抵达了那个国度，除了那个不幸的先行者，还从来没有人描绘过、踏足过那个地方。请看看这个。"

他递给我一张照片，大小跟半个盘子差不多。

"照片不尽如人意是因为，"他说，"我们在顺流而下的时候船翻了，把装有未冲洗的底片的箱子摔坏了，结果是灾难性的，所有的胶卷几乎都毁了——这是无法挽回的损失。而这是幸免于难的其中一张。希望你能接受这个关于照片的缺陷或者反常的解释。有些人说照片是伪造的，我也懒得争辩了。"

照片已经严重褪色。那昏暗的表面完全可以被不怀好意的批评者曲解。照片上是一片灰暗的景色，我仔细辨认细节，发现那是一片又长又高的悬崖，远远望去像巨大的瀑布，前景则是一片倾斜、长着树木的平原。

"我相信这跟画里的是同一个地方。"

"就是同一个地方，"教授答道，"我找到了那个家伙的营地的痕迹。看看这个。"

这是在同一个地方以更近的距离拍摄的照片，虽然照片的质量很差，我还是认出了那个孤立的、长着树木的岩峰，它跟峭壁是分隔开来的。

“我丝毫也不怀疑了。”我说。

“嗯，这就是收获，”他说，“有突破了，对吧？你现在看看那块岩石的顶部，有发现什么吗？”

“一棵大树。”

“树上呢？”

“一只大鸟。”我说。

他递给我一个放大镜。

“对，”我透过放大镜观察，“树上有只大鸟。它的喙似乎很大，估计是一只鹈鹕（tí hú）[1]。”

“你的眼力我真的没法恭维，”教授说，“它不是鹈鹕，实际上根本不是鸟。你应该感兴趣吧，我开枪把那个标本打了下来。那是我能带回来的唯一可以证明我的经历的证据。”

“你有吗？”终于出现了切实的证据。

“本来有的。但不幸的是，在毁掉我照片的那次翻船事故中，它也跟着其他东西一起丢失了。我在它掉进旋涡之前拽回了翅膀的一部分。在被冲到岸上时，我已经神志不清了，但我的珍贵标本的幸存部分还是

1 鹈鹕：一种鸟。体长可达2米，翅膀大，喙长，尖端弯曲，喙下有一个皮质的囊，可以存食。羽毛大多白色，翅膀上有少许黑色羽毛。喜群居，善于游泳和捕鱼。

完好的。我拿给你看。”

他从抽屉里拿出像是一只大蝙蝠的上半截翅膀的东西，那东西至少有两英尺长，是一块弯曲的骨头，覆盖着一层薄膜。

“一只大蝙蝠！”我说道。

“根本不是，”教授严厉地说，“作为一个生活在重视教育和科学氛围中的人，我实在没法相信动物学基本知识的普及率这么低。难道你连比较解剖学的基本原理都不知道吗？鸟的翅膀其实是前臂，而蝙蝠的翅膀则是由三根细长的手指和指间相连的薄膜构成的。这块骨头肯定不是前臂，而且你自己可以看看，这是长在单独一块骨头上的薄膜，所以不可能是蝙蝠。如果既不是鸟也不是蝙蝠，那会是什么？”

我少量的知识储备都耗尽了。

“真不知道。”我说。

他打开了刚才向我提过的那本书。

“看这儿，”他指着一张图说道，图上画的是一只飞翔的怪兽，“这张图可以说是双型齿翼龙，或者说翼龙的完美复制品，这是侏罗纪时期的一种会飞的爬行动物。后面一页画了翅膀的构造，请你对照一下手里的标本。”

我看完大吃一惊，终于信服了。错不了。这些叠加的证据太具有说服力了。素描、照片、记述，还有真实的标本——证据完整了。我把这话告诉了他——我说得非常诚恳，因为我觉得他遭受了不公平的待遇。他靠在椅背上，耷拉着眼皮，带着宽容的微笑，享受着这突如其来的阳光。

“这是我听过的最重大的事件！”我说道，虽然被激起的是我作为记者的热情，而非科学的热情。

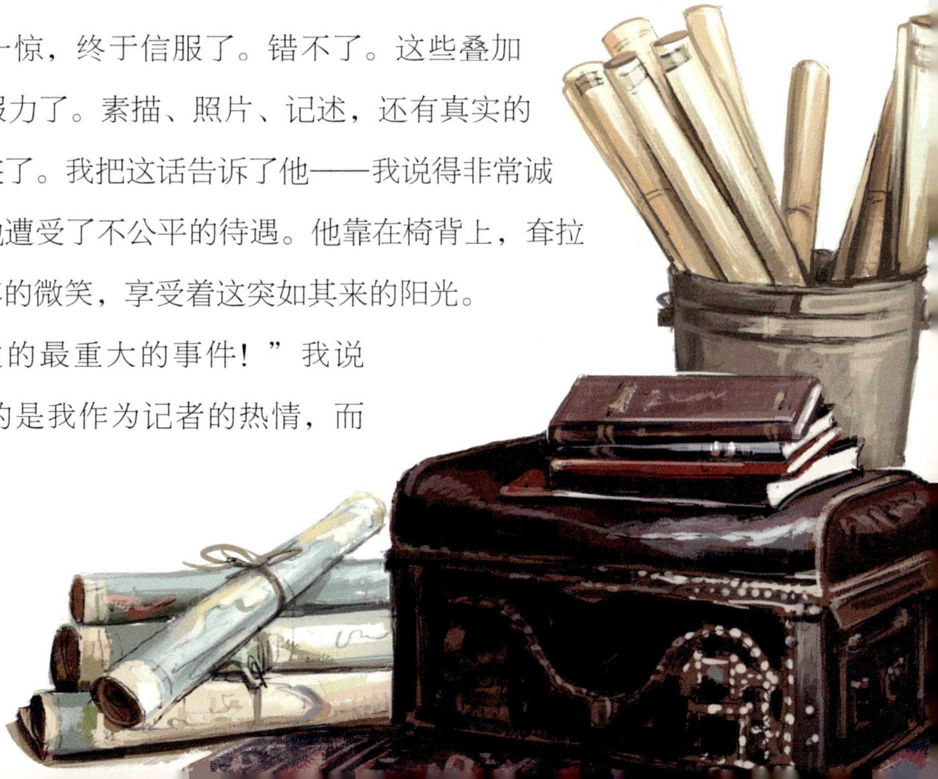

“太重大了！ 您就是科学界的哥伦布，发现了一个失落的世界。很抱歉，原先我还怀疑您。这真是太难以置信了！不过，既然我一看到证据就理解了，其他人应该也一样。”

教授发出了满意的哼声。

“那后面您又做了什么呢，先生？”

“那时是雨季，马龙先生，我的补给都耗光了。我只探索了这个大悬崖的一部分，没找到可以攀登的途径。那块我发现和射杀翼龙的金字塔形的岩石比较容易攀登。作为攀岩老手，我爬到了半山腰。在那个高度，我可以更好地了解崖顶上的平地。那块平地非常大，无论往东还是往西，被绿色所覆盖的山崖都望不到头。下面是沼泽和丛林，到处是蛇、虫。它们是这个奇特国度的天然屏障。”

“您有发现其他生命迹象吗？”

“没有，先生，没有。但在悬崖下露营的那个星期，我们听到上面有很奇怪的声音。”

“但那个美国人画的生物呢？您怎么解释？”

“我们只能假设他是在登顶之后见到的。所以，应该有上去的路。但那肯定是一条艰险的

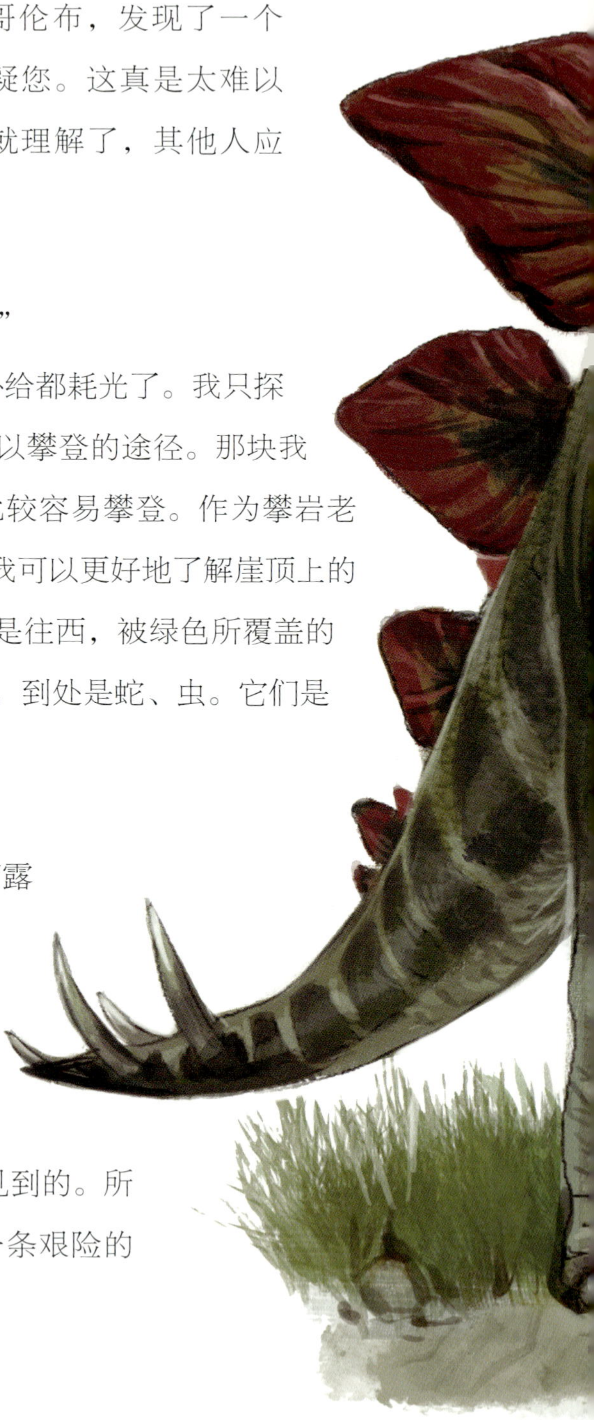

路，不然那些生物早就跑下来，在周边到处乱窜了。你明白了吗？”

“但它们是怎么到那儿的？”

“我不觉得这个问题有多难，”教授答道，“只有一种解释。你可能听说过，南美洲是一片花岗岩大陆。在某个久远的时代，这里突然发生了猛烈的火山喷发。这些悬崖都是玄武岩，也就是火山石。有一片区域，可能跟苏塞克斯[1]一样大，连同上面的所有生物都被抬升，陡峭的悬崖阻断了大陆其他地区的侵蚀。结果呢？自然界的一般法则失效了。在世界范围内影响生存斗争的各个环节都被中和或改变了，那些在别的情况下本该消失的生物都存活了下来。你得注意，翼龙和剑龙都属于侏罗纪时期，属于生命演化过程中的远古生物。它们是因为奇怪的突发情况，才违反自然法则存活了下来。”

“但您有确凿的证据。您只需要把证据拿给相关的权威人士看。”

“我原来也是这么想的，但这种想法太单纯了，”教授苦涩地说道，“我只能跟你说并不是这样的，我四处遭受怀疑，正是因为他们的愚蠢或者嫉妒。先生，对别人卑躬屈膝，或者在遭到怀疑的时候去努力辩解，并不是我的天性。从那以后我就不想再低声下气地展示我的确凿证据了。我变得非常厌恶这个话题——我再也不想提了。每当有像你这样的人代表大众愚蠢的好奇心来打扰我的私生活，我就没法以礼相待。我承认，我脾气不太好，一受刺激就会勃然大怒。恐怕你也已经见

1 苏塞克斯：伦敦南部的一个郡，以其历史遗迹、美丽的乡村和海边城镇而闻名于世。

识到了。”

我揉了揉眼睛，一言不发。

“我妻子经常在这件事上劝我，但我认为任何有荣誉感的人都会有同样的反应。不过，今晚我要给出一个用意志控制情绪的极致范例。我邀请你来参加这个报告会。”他把桌子上的一张卡片递给我，“博西瓦·瓦尔登先生，一位颇有名望的博物学家，今晚八点半将在动物学研究协会的大厅里做一场名为《时代记录》的报告。我作为特邀嘉宾，将到讲台上向演讲者致谢。我会夹带点儿私货，委婉地说几句话来激发听众的好奇心，让他们对这个问题做进一步的了解。不会有什么争议的，你明白，就是暗示一下还有更深层的东西。我会竭力控制自己，看看这种自制力能不能带来更好的结果。”

“我可以去吗？”我热切地问道。

“啊，当然。”他诚挚地答道。他的态度非常和蔼，几乎就跟他暴怒时的态度一样让人印象深刻。他那慈祥的笑容是很美好的，他那眯着的眼睛和浓密的黑胡子之间的脸颊突然变成两个红苹果。

“你一定得过来。即使你对报告会的主题一无所知，但想到有个盟友在那里，我还是会倍感欣慰。今晚想必会有很多听众，瓦尔登虽然是个彻头彻尾的骗子，但还是有不少追随者的。好了，马龙先生，我给你的时间已经超出我原本的打算了。我很期待今晚在报告会上见到你。还有，希望你能明白，我给你的材料不能公之于众。”

“但你知道的，我的主编麦卡德尔先生肯定想知道我做了什么。”

“你想怎么说都行。你可以跟他说，他要是再派别的人来打扰我，我一定会用鞭子抽他。今天说的这一切，你得保证不刊登出来。晚上八点半动物研究协会大厅见。”

他挥手让我离开时，我最后看了一眼他那红润的脸颊、黑色的胡子，以及目中无人的眼睛。

第五章

质疑

由于第一次与查林杰教授会面时我所遭受的身体冲击，以及第二次我所遭受的精神冲击，当我再次出现在伊默公园的时候，已经是一个十分沮丧的记者。在我疼痛的脑袋中，只有一个想法在跳动：这人的故事确实是真的，肯定会引起轰动，如果我能够获得许可将它发表，对《每日公报》来说就是一篇不可思议的报道。道路尽头有辆出租车，于是我跳了上去，直奔办公室。麦卡德尔像平常一样坚守在岗位上。

"哎，"他满怀期待地喊道，"怎样了？年轻人，我想你是上战场了吧。别跟我说他袭击你了。"

"我们刚开始是有一点儿小分歧(qí)。"

"这个家伙！你是怎么处理的？"

"嗯，他恢复理智之后，我们聊了一会儿，但没聊出什么来——没有什么可以发表的东西。"

"那倒未必。你的眼睛都被他打出淤青来了，这就可以上新闻了。

马龙先生，我们可不能忍受这种恐怖的凌辱。我们得让他受点儿教训。我明天就安排一篇报道，把他痛批一顿。你把材料都给我，我要给这个家伙永远打上骗子的烙印。‘闵希豪生[1]教授’——你觉得这个标题怎么样？约翰·曼德维尔爵士再现——卡格里奥斯托——历史上的各路骗子和流氓。我要向大家揭露他是怎样一个骗子。”

“我不想这么做，先生。”

“为什么？”

“因为他确实不是骗子。”

“什么？”麦卡德尔吼道，“你该不会是真的相信他说的那些猛犸象、乳齿象和深海巨蛇吧？”

“嗯，这个我也不懂。我想他也没说过这些，但我相信他确实有新东西。”

“那就看在上帝的分上，把它写下来啊！”

“我是想写的，但他要求我保密，”我把教授的叙述压缩成了几句话，“事情就是这样。”

麦卡德尔看起来很不相信。

“嗯，马龙先生，”他最后说道，“不管怎样，今晚的科学报告会没有什么不适合公开的。我想应该没有什么报纸会去报道，因为瓦尔登已经被报道过很多次了，而且没人知道查林杰会发言。要是走运，我们就

---

1 闵希豪生：《吹牛大王历险记》的主人公，代指胡说八道、爱吹牛的人。

能抢占先机。你今晚无论如何都得过去，给我们出一篇完整的报道。我会在午夜之前一直给你在报纸上留位置。”

真是忙碌的一天。我在野蛮人俱乐部和塔普·亨利早早吃了晚餐，跟他谈起了我的历险。他听着我讲，瘦削的脸上带着怀疑的笑容，听到教授说服了我，他忍不住哈哈大笑起来。

“亲爱的朋友，现实生活中是不会发生这种事的。有这么重大的发现，人们可不会把证据弄丢，把它留给小说家吧。这个家伙就跟动物园里的猴子一样诡计多端，纯粹是胡扯。”

“但那个美国诗人呢？”

“他根本不存在。”

“我看到他的速写本了。”

“那是查林杰的速写本。”

“你认为是他画的？”

“当然是他画的。不然还有谁？”

“嗯，那照片呢？”

“照片上什么都没有。你自己也承认了，你只看到了一只鸟。”

“一只翼龙。”

“那是他说的。是他让你的脑海里出现了翼龙。”

“嗯，那些骨头呢？”

“第一块是从爱尔兰炖菜里捞出来的，第二块是为这个场合特意准备的。如果你聪明一点儿，懂这玩意儿，也能伪造出一块骨头来，就像伪造一张照片一样容易。”

我开始感到不安，或许我还是太轻信查林杰了。不过，我突然有了一个愉快的想法。

“你会来参加研讨会吗？”我问道。

塔普·亨利一副若有所思的样子。

“查林杰可不是个受欢迎的人，”他答道，“有很多人要跟他算账呢。他应该是伦敦最遭人憎恨的人了。要是医学系的学生也在的话，肯定会吵个没完没了的。我才不想到那种乱糟糟的地方去。”

“你至少可以听一下他的发言，这样会比较公正。”

“嗯，也许吧。好，今晚就听你的。”

晚上，当我们到了大厅以后才发现，人远比我料想的多。人们从四面八方像黑压压的潮水一样涌进拱形的大门，看来观众里既有科学人士，也有普通大众。实际上，我们一落座，就明显感觉到整个走廊和大厅里面都被一股年轻的，甚至是孩子气的氛围所笼罩。我往身后看了看，发现有好几排熟悉的医学系学生的脸。显然，各大医院都派来了代表。与会的观众很欢快，但也不怀好意。他们热情地唱起了一些流行歌曲的片段，这作为一场科学报告的前奏很奇怪，而且有人开始开一些玩笑，这对其他人来说将是一个愉快的夜晚，尽管对于获奖者来说可能会感到尴尬。

于是，当梅尔德伦老博士戴着他那顶出名的卷边礼帽出现在讲台上时，立刻便有一大堆人问：“你这块瓦片是从哪儿弄来的？”他只得赶紧

摘下帽子偷偷地藏到椅子底下。患有痛风的瓦德利教授一瘸一拐地走到自己的座位前，四面八方都有人关切地问询他可怜的脚指头，令他感到十分窘迫。然而，最盛大的一幕还是我新认识的查林杰教授的入场。他走向讲台第一排最边上的座位，他的黑胡子刚在角落里露出，现场立刻爆发出了一阵欢呼，我开始怀疑塔普·亨利的推测是对的，这帮人并不仅仅是来听演讲的，而是听到了传闻——这位“知名”的教授将出席大会。

前排那些穿得整整齐齐的听众在他进来时发出了同情的笑声，仿佛对学生们此刻的表现并不反感。欢迎声响得可怕，就像笼子里的猛兽在听到远处传来饲养员的脚步声时发出的咆哮。其中或许带有冒犯的意味，但我觉得总体来说只是一种喧嚣，以吵闹的方式迎接一个令他们觉得好笑和感兴趣，而不是厌恶和鄙视的人。查林杰带着厌烦和容忍，轻蔑地笑了笑，仿佛一个善良的人面对一群狂吠(fèi)的小狗。他缓缓地坐了下来，挺起胸膛，抚摩着胡子，耷拉着眼皮，目空一切地望着拥挤的大厅。因为他的到场而引起的骚动还没停止，主席罗纳德·穆雷教授和演讲人瓦尔登先生从人群里挤到了台上，报告会开始了。

我想穆雷教授应该会原谅我有话直说的，他跟大多数英国人一样有个缺点，就是声音太小。当代生活最奇特的一个谜就是，人们有一些值得一听的话要说，为什么就是不愿意花点儿工夫学学怎么让人听见呢？他们的行事风格就如同想把珍稀的泉水通过一根不通的管子引向蓄水池，其实想要疏通这根管子并不费劲。穆雷教授对着自己的白领带和桌子上盛水的玻璃瓶发表了一些深刻的言论之后，又转向他右边的银烛台发表了一通幽默的言论。他坐下之后，广受欢迎的演讲者、著名的瓦尔登先生在一阵掌声中站了起来。他是个态度严肃、身形瘦削的人，声音沙哑，举止咄(duō)咄逼人，但他懂得吸收别人的思想，再以一种浅显易懂，甚至有趣的方式传播给大众。对于那些深奥难懂的东西，他也能凭着诙谐的技巧予以解释，像春分秋分的交替、脊椎动物的形成之类的内容在他的讲解下都变得非常有意思。

他在我们面前展示的是一幅从科学的角度出发，以清晰生动的语言描绘的创世鸟瞰(kàn)图。他说远古的地球存在大量燃烧的气体，火焰直冲天穹。接着，他又描绘了固化、冷却和起皱如何形成山脉，蒸汽如何变成水，以及上演不可思议的生命戏剧的那个舞台如何缓慢地做好准备。对于生命的起源，他态度谨慎，含糊其词。毫无疑问，他表示，在原始的高温中，生命的萌芽难以存活，因此，生命是在后来才出现的。是在地球低温、无机的环境中自我演化出来的吗？很有可能。会不会是由陨石从外太空带来的？这实在没法想象。总之，最智慧的人在这个问题上是最不武断的。我们无法——或者目前仍未能在实验室里通过无机材料制造出有机生命，生与死的鸿沟仍是我们的化学无法跨越的。但在大自然中，还有更高等、更微妙的化学，它在时间的长河里以巨大的力量发挥着作用，或许能够创造出对我们来说根本不可能的成果。这个问题得暂且搁下。

这时，演讲者继续动物演化的话题，最开始是低等软体动物和微弱的海洋生物，接着逐渐从爬行动物和鱼类一直延伸至袋鼠。他说这种分娩(miǎn)活体幼崽的动物是所有哺乳动物，甚至也包括在座的全体听众的直系祖先。(“不对，不对。”后排有个学生质疑道。)“如果这位喊着‘不对，不对’、打着红领带的年轻先生认为自己是从蛋里孵出来的，那我希望这位先生在演讲结束后等等我，我很想见见这样的奇人，”穆雷教授说道。(哄堂大笑。)如果大自然漫长的演化顶峰竟然是这位红领带先生的诞生，想想真是奇特。但这个进程已经停止了吗？这位先生就是最后的物种——是这一过程的终极归宿吗？他说他希望没有伤害到这位红领带先生的感情，不管这位先生拥有什么样的个人品格，宇宙浩瀚的演化如果因为他的诞生就停止，那实在是不合理的。进化不是一种已被耗尽的力量，它仍在发挥作用，甚至还将取得更大的成就。

在一阵窃笑声中漂亮地处理了被打岔的情况之后，演讲者又言归正传，继续描绘远古的景象，海洋干涸，沙滩浮现，动作迟缓的黏液状生物躺在岸边，潟(xì)湖变得十分拥挤，海洋生物纷纷迁徙到泥滩上，那里有充足的食物在等待它们，使它们长得巨大无比。“紧接着，女士们，先生们，”他补充道，“就是那些可怕的蜥蜴类动物，当我们在威尔登和索尔恩霍芬的板岩里发现它们时仍觉得触目惊心，但幸好它们早在人类出现在这个星球上之前就已经灭绝了。”

“质疑！”台上响起一个低沉的声音。

瓦尔登先生是个严格遵守纪律的人，但又尖酸刻薄，刚才对待那位红领带先生就是例子，所以打断他是一件有风险的事。但这一次的打断实在过于荒谬，他都不知道如何应对。那场面就像是莎士比亚支持者遇上了迂腐的培根支持者，或者天文学家遇上了支持地平说的疯子。他停顿了一下，随后抬高嗓门儿，缓缓重复道：“在人类出现以前就已经灭绝。”

“质疑！”那个声音再次响起。

瓦尔登吃惊地望向台上那一排教授，最后目光落在了查林杰身上。查林杰正靠着椅背，闭着眼睛，脸上一副忍俊不禁的表情，好像在睡梦中微笑。

“我明白了！”瓦尔登耸耸肩说道，“是我的朋友查林杰教授。”在一片大笑中，他又继续自己的演讲，仿佛这是最终的解释，不需要再说什么了。

但这件事还远未结束。不管演讲者在远古的荒野里走上哪条路，总是会让他在已经灭绝的生物或者说史前生物上得出一样的结论，每次都会立刻引来查林杰教授像公牛一样的咆哮。听众开始欢快地跟着一起吼叫。坐在长椅上的学生也加入进来，只要查林杰一张嘴，没等他发出声音，就有上百人高喊：“质疑！”同时，又有同样多的人高喊“肃静！”“可耻！”来回应他们。瓦尔登虽然是个坚毅强悍的演说家，却还是紧张了起来。他开始犹豫，结巴，重复，在长长的句子里纠缠不清，最后愤怒地转向麻烦的根源。

“这真让人没法忍受！”他瞪着对方叫道，“我要求你停止这种无知粗鲁的干扰，查林杰教授。”

大厅里一片死寂，学生们都兴奋地看着奥林匹斯山上的两位“神仙”争吵。查林杰缓缓地从椅子上抬起硕大的身躯。

“瓦尔登先生，”他说，“我也请你不要再发表这种与科学事实并不完全相符的言论了。”

这话引起了轩然大波。“可耻！可耻！”“听他讲！”“把他赶出去！”“把他撵(niǎn)下讲台！”“公平竞争！”周围响起了闹哄哄的取笑声和咒骂声。主席站了起来，激动地挥着双手，喃喃说道：“查林杰教授……

个人观点……稍后再说。”这是他含糊的低语中唯一能听到的片段。插话的查林杰微笑着鞠了个躬，摸了摸胡子，坐了回去。瓦尔登满脸通红，强忍着怒火继续他的发言。时不时地，在做出一个论断之后，他就会恶狠狠地瞪一眼对手，而后者似乎在沉睡，脸上仍旧挂着愉快的笑容。

演讲终于结束了——我认为是提前结束的，因为结尾仓促且不连贯。论证的主线被硬生生地砍断了，听众也躁动不安，充满期待。瓦尔登坐了下去，在主席小声哼唧了几句之后，查林杰起身走到了讲台边缘。我为了报道而逐字记录他的发言。

“女士们，先生们，”在后排持续的干扰中，他开口说道，“不好意思，应该是女士们，先生们，还有孩子们——抱歉，我无意中忽略了这为数不少的一部分听众。（一阵骚乱，教授站在那儿，抬起一只手，充满同情地点了点他的大脑袋，仿佛一位主教在向民众赐福。）刚才我们聆听了瓦尔登先生绘声绘色、富有想象力的演讲，我被推选来向他致谢。有些观点我并不同意，我有责任指明一下。不过，瓦尔登先生还是实现了他的目的，简洁生动地描绘了他心目中的这颗星球的历史。受欢迎的演讲都是最浅显易懂的。（这时他朝演讲者眨眨眼，笑了笑。）但瓦尔登先生肯定会原谅我这样说，这些演讲必定是浅薄和误导人的，因为它们必须迎合无知的听众的理解能力。（讽刺性的欢呼。）受欢迎的演讲者本质上就是寄生虫。（瓦尔登先生愤怒地做了个抗议的手势。）他们为了名声或金钱而利用他们贫穷、默默无闻的同行所做的工作。实验室里

一个最小的新发现，为科学殿堂添加的一块砖，远远胜过白白浪费一个钟头，却留不下任何有用成果的二手演讲。我说出这个明显的道理，并不是要贬低瓦尔登先生个人，而是希望你们不要失去分辨能力，误把助手当成领袖。（这时，瓦尔登先生向主席耳语了几句，主席稍稍站了起来，对着那个盛水的玻璃瓶严厉地说了句什么。）不过，这些已经足够了！（响亮且持久的欢呼。）我来讲一些更有意思的东西吧。作为最早的研究者，我是基于哪一点质疑演讲者的话的准确性的？基于某种仍在地球上存在的生物。我不是作为一个业余爱好者，或者受欢迎的演讲者来谈论这个话题的，而是作为一个在科学良知的鞭策下忠于事实的人。我认为瓦尔登先生大错特错，他仅仅因为自己从未见过所谓的史前动物，就觉得这些动物已经不存在了。它们确实如他所说，是我们的祖先，但也许应该这样说，是我们当代的祖先，只要有精力和胆量去搜寻，就能找到这些令人生畏的家伙。那些本该生活在侏罗纪时期的生物，那些能够捕食最强大、最凶猛的哺乳动物的野兽依然存在。（人群喊着：'胡扯！''证明一下！''你是怎么知道的？''质疑！'）你们问我是怎么知道的？因为我去过它们隐秘的栖息地，我见过它们。（有人鼓掌，有人怒吼，还有人喊'骗子！'）我是骗子吗？（四下里回荡起表示赞同的附和。）我好像听到有人说我是骗子。这个说我是骗子的人，可以站起来让我认识一下吗？（有个声音说道：'他在这里，先生！'一个人畜无害的、戴眼镜的小个子使劲挣扎着，但还是被一群学生拽了出来。）你敢说我是骗子？（'不，先生，不是！'被指控的人喊道，随后像玩偶盒里的弹簧人偶一样消失了。）这里如果有人敢怀疑我话里的真实性，我很乐意在演讲结束后跟他聊聊。（‘骗子！’）谁说的？（又是那个使劲挣扎着的人畜无害的家伙被人高举了起来。）如果我到你们中间去……（他们齐声呼喊着：‘来呀，亲爱的，来呀！’主席站了起来，像指挥音乐一样挥舞着双臂，打断了会议的进程。教授满脸通红，鼻孔张大，胡子竖了起来，一副暴怒的样子。）一切伟大的发现者都会遭受怀疑——这种质疑是傻瓜的典型标志。事实就在眼前，但你们缺少直觉和想象力来理解。你们只会朝那些冒着生命危险为科学开疆拓土的人扔泥巴。你们迫害先知！伽利略，达尔文，还有我——”（欢呼声持续不停，会议彻底中断。）

这些都来自我当时匆匆记下的内容，几乎没有留意到会议现场已经陷入了极度的混乱中。吵闹声越来越大，有一些女士已经匆匆离开。那些严肃、可敬的长者似乎也像学生们一样受到了这股情绪的感染，我看到一些白胡子老头儿站了起来，朝这位执拗（zhí niù）的教授挥舞着拳头。全体观众像开水一样沸腾起来。教授向前迈出一步，举起双手。他身上有一种强烈的、显著的阳刚气，面对他居高临下的姿态和威严的眼神，吵闹声逐渐平息了。他似乎有确切的信息，他们都静下来听。

“我不会阻拦你们的，”他说，“根本不值得。事实就是事实，愚蠢的年轻人——恐怕我得补充一下，还有同样愚蠢的年长者——你们的喧嚣声并不能影响什么。我宣布我已经开辟了新的科学领域。你们提出异议，（喝彩声）那我就让你们来检验。你们能不能派一两位代表来检验一下我的结论？”

萨姆里先生，比较解剖学的老教授，从观众中站了出来，他是个高高瘦瘦、十分尖刻的人，脸上带着神学家那种干瘪的表情。他说，他想问查林杰教授，刚才在谈话中提到的结论是不是从两年前在亚马孙上游的那次探险中得出的。

查林杰教授回答说：“是的。”

萨姆里先生想知道查林杰教授是怎么在那片未知地区发现华莱士、贝茨以及其他著名的科学探险家都没有发现的东西的。

查林杰教授回答说，萨姆里先生似乎把亚马孙河和泰晤士河搞混了，亚马孙河可是一条更大的河，萨姆里先生或许有兴趣知道，它与奥里诺科河交汇，开辟出了五万英里[1]的土地，在如此辽阔的空间里，一个人发现别人遗漏的东西并不是不可能的。

萨姆里露出了嘲讽的笑

1 英里：英美制中的长度单位。1英里等于 5280 英尺，约 1.6093 千米。

容，表示他完全知道泰晤士河跟亚马孙河的区别，关于前者的任何论断都能被证实，而后者却不能。查林杰教授要是能给出史前动物所在的那片区域的经纬度，他将感激不尽。

查林杰回答说他有充分的理由保密，但如果能从听众中选出一个委员会，他愿意以适当的方式告诉他们。萨姆里先生是否愿意加入这个委员会，亲自检验他的故事？

萨姆里先生："好的，我愿意。"（巨大的欢呼声。）

查林杰教授："我保证会给你提供信息，让你能找到路。不过，既然萨姆里先生要去检验我的结论，我也得找一两个人去监督他。实不相瞒，旅程中会有不少困难和危险，萨姆里先生需要一位年轻的同伴。请问有志愿者吗？"

一个男人生命中的关键转折点就这样出现了。我走进大厅的时候，怎么会想到我即将投入比梦中经历更疯狂的大冒险？但格拉迪斯——这不就是她提到的机会吗？格拉迪斯肯定会让我去的。我跳了起来，正想说话，却不知道说什么。我的同伴塔普·亨利拽了拽我的衣角，低声说："坐下，马龙！别在大庭广众之下出洋相。"这时，我发现坐在我前面几排的一个高高瘦瘦、姜黄色头发的男人也站了起来。他愤怒地瞪着我，但我决不让步。

"让我去，主席先生。"我反复说道。

"报上名来！报上名来！"观众喊道。

"我叫爱德华·邓恩·马龙。我是《每日公报》的记者，我一定会

成为一名绝对公正的见证者。”

“你尊姓大名，先生？”主席问我那位高个子对手。

“我是约翰·罗斯顿爵士。我去过亚马孙，对那里的整个地形都很了解，特别适合这次考察。”

“当然，约翰·罗斯顿爵士是举世闻名的运动员和旅行家，”主席说，“与此同时，这次探险最好也有媒体界的代表加入。”

“那么，”查林杰教授说，“就让这两位先生作为本次大会的代表，陪同萨姆里教授进行考察，并报告我的结论是不是真的。”

就这样，我们的命运在一片叫喊和欢呼中被定了下来，我被人流挤向门口，脑子因为这突如其来的宏伟计划而有点儿眩晕。我走出大厅时，看到一群学生在人行道上哈哈大笑，一只手臂举着沉重的雨伞，在他们中间起伏。接着，查林杰教授的电动马车在一片抱怨和欢呼声中缓缓开动，我走在摄政街银色的灯光下，满脑子都是对格拉迪斯的思念和对未来的憧憬。

突然有人碰了一下我的胳膊肘。我转过身，发现那个跟我一样自愿加入这次奇特旅程的高高瘦瘦的男人正用幽默而锐利的目光盯着我。

“马龙先生，据我所知，”他说，“我们就要成为队友了，对吧？我的公寓就在马路对面，在阿尔巴尼街。不知道你能不能腾出半个小时来，因为我有一两件事要跟你谈谈。”

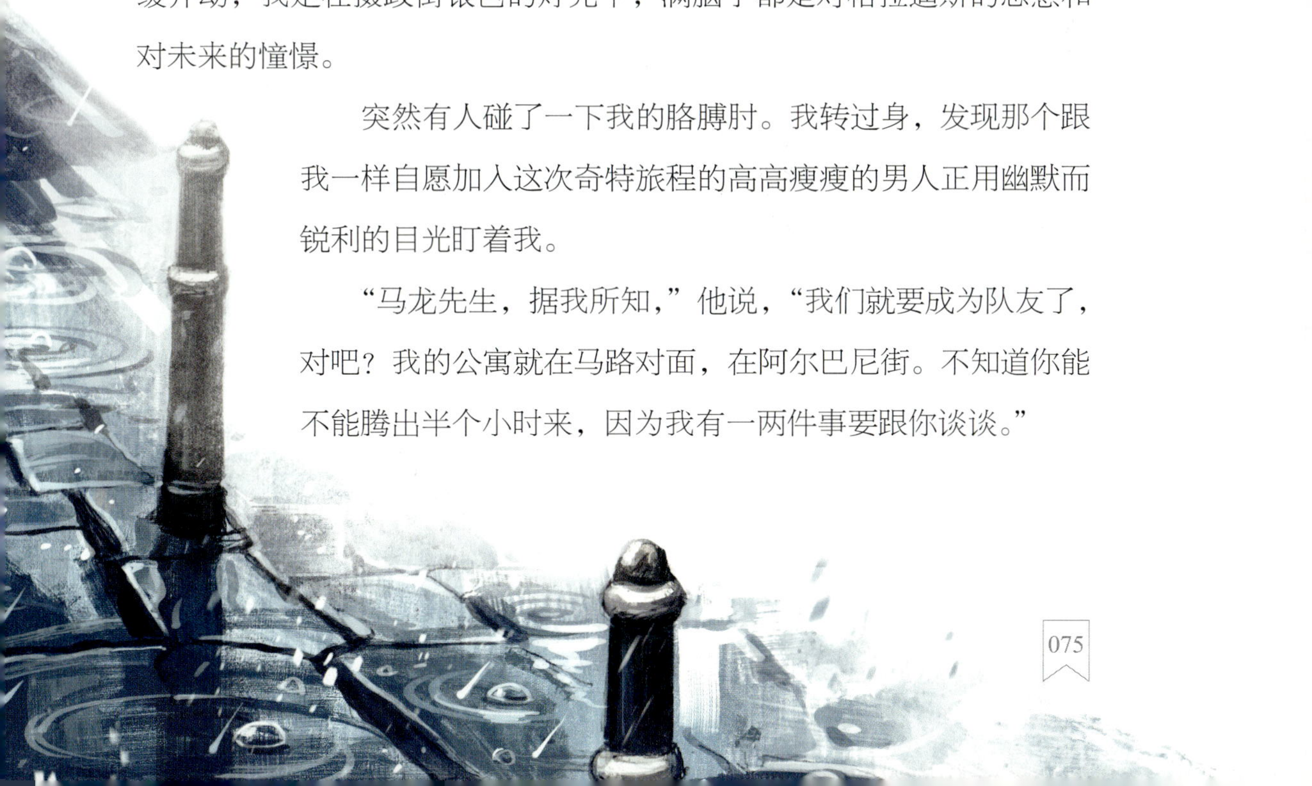

第六章

我是上帝的连枷[1]

约翰·罗斯顿爵士和我一起拐进维戈大街，穿过这片著名的贵族居住区的昏暗的入口。在一条长而乏味的街道尽头，我的新朋友推开一扇门，按下了开关。几盏电灯在彩色的玻璃罩下亮了起来，我们眼前的大房间立刻充满了红色的光。我站在

1 连枷：一种打谷的农具，代表收割、索命的意思。我是上帝的连枷，是指约翰·罗斯顿爵士把自己比喻为上帝用来向奴隶贩子索命的连枷。

门口张望，感受到了一种极其舒适优雅而又不乏男子气概的氛围，处处混合着富人的奢华品味和单身汉的邋遢。

从某个东方集市上买来的珍贵皮草和古怪的彩虹色垫子散落一地。墙上挂满了连我这种外行都能看出价值不菲且稀有的画作和版画，有拳击手、芭蕾舞女郎和赛马的素描。但在各式各样的装饰品中，还散落着一些奖杯，使我猛然想起，约翰·罗斯顿爵士是他那一代最优秀的运动员之一。

壁炉上交叉放着一对分别为深蓝色和樱桃红色的船桨，叙说着老牛津和利安德人的荣耀；放在船桨上面和下面的剑和拳击手套则是那位赢得荣耀的人所用的工具。像墙裙一样环绕房间的是一排由来自世界各地的华丽而笨重的动物头做的标本，产自拉多飞地的稀有的白犀牛在上方垂着高傲的嘴唇。

在华贵的红地毯中央放着一张镶金的路易十五风格的黑桌子，那是一件漂亮的古董，如今满是杯印和雪茄头的灼痕。桌上放着一个银色的烟草托盘和一个闪亮的酒架。主人静静地用虹吸管把酒灌进两个酒杯里。他指了指一把扶手椅让我坐下，把酒放在椅子旁，又递给我一根长长的、光滑的哈瓦那雪茄。接着，他坐到我对面，用那双怪异、闪亮、大胆的眼睛久久地盯着我——那是一双淡蓝色的眼睛，跟冰冻的湖面一个颜色。

我透过雪茄的薄雾观察着这张我在各种照片上看过的熟悉的脸——鼻子很弯，凹陷的脸颊疲态尽显，头发乌亮，发顶上有些秃，卷曲的小胡子阳刚气十足，突出的下巴上也长着一小撮(cuō)富有攻击性的胡须。他有点儿像拿破仑三世，又有点儿像堂吉诃(hē)德，同时还具备英国乡绅的特质，敏锐，警觉，热爱户外运动，以及狗和马匹。他的皮肤像被风吹日晒的花盆一样红。眉毛浓密突出，使本来就冰冷的双眼显得有点儿凶狠，硬朗且满是皱纹的额头更是加深了这一印象。他的体形比较瘦，但很结实——实际上，他时常证明，英国很少有人能有他那样的耐力。他身高六英尺出头，但由于肩膀特别圆，所以显得矮一点儿。坐在我对面的就是著名的约翰·罗斯顿爵士，他使劲地抽着雪茄，在漫长而尴尬的沉默中一直盯着我。

“嗯，”他终于说道，“我们已经做了决定了，年轻小伙子。（他的发音含混不清。）嗯，你跟我，我们跃出了一步。我想你刚进去的时候根本没想过这个——对吧？”

“没想过。”

“我也没想过。但我们现在都掉到坑里了。唉，我从乌干达回来才三个星期，刚在苏格兰签了租房合同。对我来说还好，但是你怎么想掺和这事呢？”

“嗯，这是我的工作。我是《每日公报》的记者。”

“当然——你之前说过了。对了，有件小事，不知道你能不能帮忙。”

“我乐意效劳。”

“你不介意冒险吧？”

“是什么？”

“嗯，巴林杰。你听说过他吧？”

“没有。”

“不是吧，年轻人，你是从哪儿来的？约翰·巴林杰爵士可是北方最出色的运动员。我最多在跳远方面能跟他抗衡，但在跳高方面，他就是我的老师了。唉，这是个公开的秘密了，他不训练的时候就会酗（xù）酒——说是要中和一下。他从周二就开始精神错乱，一直像个魔鬼一样发怒。他的房间就在这上面。医生说得让他进食，不然就完了，但他在床上放了把左轮手枪，说谁敢靠近他，就把谁打成筛子，仆人们差不多都吓坏了。他可不是好惹的，而且枪法奇准，但你总不能让一位全国冠军就这么死掉，对吧？”

“你打算怎么做？”我问道。

“嗯，我觉得我们可以发起突袭。他可能在打盹儿，或者在最坏的情况下，他顶多也只能对付我们一个，另一个人就能搞定他。如果我们能用靠垫压住他的手臂，再弄根胃管来，就可以喂老头儿一顿救命的晚餐。”

在辛苦了一天后，又突然来了这么一件难办的事。我不觉得自己是个特别勇敢的人，我那爱尔兰人的想象力经常会把未知的和未尝试过的事情想得比实际上更糟。但我从小就怕沾上懦弱这样的污名。我敢说，如果有人质疑我的勇气，我可以像历史书上写的匈奴人那样，从悬崖上跳下去，但并非受勇气的驱使，而是出于骄傲和惶恐。所以，尽管一想到楼上那个醉汉的模样，我身上的每根神经都绷紧了，我还是假装满不在乎地说我准备好了。罗斯顿爵士[1]还在谈论危险性，但这只是让我更加烦躁。

“光说也没有用，”我说，“走吧。”

我和他都站了起来。接着，他表示信任地轻笑了几声，拍了拍我的胸膛，把我推回到了椅子上。

“好了，小伙子——你通过测验了。”他说道。我诧异地抬头看着他。

“我今天早上已经见过巴林杰了。他在我的晨服下摆上打了个洞，希望他那只颤悠悠的手没什么事吧。我们给他穿了件外套，他一周后会好起来的。我说，年轻人，你不介意吧？我们私底下说，我把这次南美探险看成是一件至关重要的事，我的同伴得是可靠的人，所以我得试一下你，老实说，你确实很不错。你看，这全都得靠你跟我了，那个老萨姆里肯定从一开始就需要悉心照顾。对了，你不会就是那个要代表爱尔兰参加橄榄球赛的马龙吧？”

“可能只是替补。”

“我想我记得你的脸。哎，你们和里士满那场比赛我也在现场——这是我在整个赛季里看过的最精彩的一场比赛。只要有时间，我不会错过任何一场橄榄球赛，这是如今最有男子气概的运动了。嗯，我不是找你来聊运动的。我们得把事情确定下来。这是《泰晤士报》首页上的航班表。下周三有一艘去帕拉的船，如果你和教授都没问题的话，我们就

1 罗斯顿爵士：此处以及后文中出现的罗斯顿爵士、约翰爵士均指约翰·罗斯顿爵士。

乘这艘船——怎么样？很好，我跟他确定一下。你的装备呢？”

“我的装备报社会负责的。”

“你会用枪吗？”

“大概也就地方自卫队的水平。”

“天啊！这么差？你们这些年轻人都不愿意学这个。你们都是没有刺的蜜蜂，就照料蜂巢而言，等哪天有人来偷蜜，你们就傻眼了。在南美洲肯定是得用上枪的，除非我们那位教授朋友是个疯子或者骗子，不然我们在回来之前肯定会见识到一些奇特的东西。你有什么枪呢？”

他走到一个橡木壁橱前，打开之后，我瞥见了成排并列着的亮闪闪的枪管，就像管风琴的管子一样。

“我看看能给你挑把什么枪。”他说。

他拿出一支又一支漂亮的步枪，把枪栓拉开又合上，发出清脆的声音，拍了拍，又放回架子上，像母亲抚摩自己的孩子一样温柔。

“这是布兰德五七七式快枪，”他说，“我就是用这把枪打到那个大家伙的。”

他抬头看着那只白犀牛说：

“它要是再前进十码[1]，就会把我变成它的收藏品了。”

“那颗锥形的子弹让它丧失了仅有的机会，对弱者来说，这是公正的。

“希望你知道戈登，他是马匹和枪支的诗人，两者都能驾驭。这儿有一把实用的武器——四七零，带望远镜瞄准器，双发射器，近距离射程可达到三百五十码。三年前，我就是用这支枪对付秘(bì)鲁的奴隶贩子。老实说，在那些地方，我是上帝的连枷，尽管你不会在名人录里找到这个称呼。年轻人，有时候我们都得为了人类的权利和正义挺身而出，否则你就再也没法觉得自己是清白的了。所以我发动了一场小战争。由我宣战，由我发起，由我结束。这上面的每一处刻痕都代表一个杀死奴隶的凶手——很长一排，对吧？这处大的刻痕是他们的首领佩德罗·洛佩兹，我在普图马约河的水沟里把他给杀了。看，这个你可以用。”

他拿出了一支漂亮的褐色和银色相间的步枪。“枪托打磨得很好，视线精准，弹夹里有五发子弹。你可以把自己的性命托付给它。”他把枪递给我，然后关上了橡木橱柜。

“对了，”他坐回椅子上，继续说道，“你了解这个查林杰教授吗？”

“我今天才第一次见到他。”

“嗯，我也是。真有意思，我们居然听命于一个我们都不了解的人。这个老家伙似乎很傲慢，他的科学同行好像都不喜欢他。你是怎么有兴趣参与这件事的？”

---

1 码：英美制中的长度单位。1 码等于 3 英尺，合 0.9144 米。

我简单讲了一下我早上的经历，他专心听着，随后拿出一张南美洲地图，在桌子上铺开。

“我相信他跟你说的都是真的，”他认真地说道，“而且，请注意，我这么说是有原因的。南美洲是我深爱的地方，我想，如果你从达里恩去火地群岛，就能看到这颗星球上最壮丽、最富饶、最奇妙的土地。人们还不了解它，不知道它以后会变成什么样。刚才说起我对奴隶贩子发起的战争的时候，我也跟你说过，我在那里度过了两个旱季，把那里从头到脚都逛了个遍。嗯，我在那里也听到了一些类似的传闻——印第安人的传统之类，但背后肯定有什么东西。年轻人，你越了解那里，就越明白，一切皆有可能——一切皆有可能。那里的交通只能靠一些狭窄的水路，除此之外是一片漆黑。在这片大丛林里……”他用雪茄扫了一下地图。“或者说在这三个国家的交界处，出现什么东西都不会使我惊讶。就像那个家伙今晚说的，五万英里长的水路穿过一片跟欧洲差不多大小的森林。我们之间的距离可能会像苏格兰和君士坦丁堡一样远，却还是在同一片巴西雨林里。在这片迷宫里，人类仅仅涉足过零星的部分而已。为什么呢？河流的落差足足有四十英尺，半个国家都是没法穿越的沼泽。为什么那里不会有新奇而美妙的东西？为什么我们不能成为发现它们的人？而且，”他那张古怪、瘦削的脸因为喜悦而容光焕发，他补充道，“那里每一步都是冒险。我就像一颗旧高尔夫球——白漆早就掉光了，生活再怎么对我猛击也留不下痕迹。不过，年轻人，冒险就像生活中的盐，可以让生活重获价值。我们的生活太轻松、太乏味、太舒适了。给我一片广阔的荒地和原野，让我拿着枪去发现有价值的东西吧。我试过打仗、赛马、开飞机，但狩猎野兽却像龙虾大餐般的美梦一样，是一种全新的体验。”这个设想让他忍不住笑了起来。

我或许跟这位新相识待得有些久了，但他将要成为与我并肩作战多时的队友，所以初次见面，我得迁就他那古怪的个性，以及乖张的言谈和想法。最后，因为还要回去写报告，我才离开了他家。他独自坐在红色的灯光里给他最爱的步枪的枪栓上油，同时为即将到来的历险而乐呵呵地傻笑。我很清楚，一旦遇到危险，我在整个英国都找不到比他头脑更冷静、更勇敢的同伴了。

那晚，尽管在经历一天的奇遇之后很疲倦，我还是跟新闻编辑麦卡德尔待到了很晚，向他说明了整个状况。他认为事关重大，应该明天一早就告诉主编乔治·博曼。我们商议好了，我会以连续写信的方式将我的冒险记录下来寄给麦卡德尔，然后是由《每日公报》马上进行发表，还是延后出版，就得看查林杰教授的意愿了，因为我们还不知道他会开出什么条件来指导我们探索那片未知领地。

我们打电话去询问查林杰，得到的只是对报社的一通抨击，最后他又说，如果我们告诉他船只的信息，他会在启航时将他认为适合的线索提供给我们。第二次打电话过去也是毫无结果，他妻子哀诉说她丈夫正在大发雷霆，希望我们不要再火上浇油了。晚些时候我们的第三次尝试引发了一声巨响，随后总机那边发来消息说查林杰教授的电话听筒被摔碎了。在这之后，我们就放弃和他联系了。

各位耐心的读者，我能直接向你们讲述的就这些了。从现在开始（如果你们能看到后续的话），我的经历只能由我所代表的报纸来报道了。我会把这份关于史上最惊人的探险经历的报告交到编辑手上，所以哪怕我没能返回英国，事情的经过还是会被记录下来。我正在弗朗西斯卡号轮船的等候厅里写下这最后几句话，领航员将会把它带回去给麦卡德尔先生保管。在合上笔记本之前，让我来画下最后一幅图吧——这幅图是我对这片故土的最后回忆：那是晚春的一个湿漉漉、雾蒙蒙的清晨，下着冰冷的细雨。三个穿着胶皮雨衣的亮晶晶的身影正沿着码头向旗帜飘扬的巨轮的跳板走去。搬运工在他们前面推着一辆手推车，上面堆满行李箱、包裹和枪支箱。萨姆里教授，拖着细长、忧郁的身影，垂头丧气地缓慢前行。约翰·罗斯顿爵士则步履轻快，那张瘦削而热切的脸在狩猎帽和围巾中间焕发着光芒。至于我自己，我很高兴能把乱哄哄地做准备的那些日子和离别的哀痛都抛在身后，从我的神情肯定也能看出来。突然，就在我们即将登船的时候，身后传来了一声呼喊。那是答应过要来给我们送行的查林杰教授。他气喘吁吁、满脸通红、风风火火地跑了过来。

“不了，谢谢，”他说，“我就不上船了。我只是有几句话跟你们说，在哪儿说都可以。我希望你们不要觉得我会因为这趟旅程而对你们有什么感激之心。你们得明白，我丝毫不关心这件事，我拒绝承担任何个人责任。事实就是事实，你们的报告不会对它有丝毫的影响，尽管有可能让许多庸人感到激动，使他们的好奇心得到满足。我给你们的路线和指

示都在这个信封里了。等你们到了亚马孙流域上的一个叫作马瑙斯的小镇后再打开，但得等到信封上写的日期和时间之后。我说清楚了吗？我希望你们能够严格遵守我的条件。不过，马龙先生，我不会给你的通信施加任何限制，因为你这趟旅程的目的就是揭示事实，但我希望你不要透露具体的地点，在归来之前不要发表任何东西。

再见，先生。你做的一些事情减轻了我对你不幸从事的职业的厌恶。再见，约翰爵士。据我了解，科学对你来说还是一本未拆封的书，但你也应该感到高兴，前面有一片狩猎场等着你。毫无疑问，你肯定有机会向业内人士讲述你是如何把飞速移动的双型齿翼龙打下来的。还有你，萨姆里教授，也跟你说声再见。如果你仍具备自我完善的能力——老实说，我并不太相信。你回到伦敦的时候肯定会变得更睿智的。”

他说完就转过身去了，一分钟后，我从甲板上看到他矮胖的身影在远处移动，向火车走去。嗯，我们驶入海峡了。最后的钟声响起，是在向领航员告别。从现在起，我们就要“在古老的航线上，远航，再远航”。愿上天保佑我们身后的一切，保佑我们平安归来。

第七章

明天我们将消失在未知世界里

我就不再不厌其烦地描述我们这趟奢华的海上旅程，以及在帕拉停留的一周了（不过，我还是要感谢佩雷拉·达·品塔公司对于我们在置办探险设备方面的帮助）。对于我们的河流之旅，我也只想一笔带过：我们乘着一艘蒸汽船沿着一条宽阔、平缓的土色河面逆流而行，这艘蒸汽船略小于我们横跨大西洋时所乘的那艘轮船。最终，在穿过奥比杜斯狭窄的河道之后，我们来到了马瑙斯镇。在这里，我们被英国和巴西贸易公司的代表肖特曼先生从当地乏味的小旅馆中救了出来。在他的热情款待下，我们在他的农场里一直待到查林杰教授允许我们拆开信封的那一天。在讲述那天令人意外的事件之前，我想更仔细地介绍一下这次考察团的同伴，以及我们在南美洲募集的助手。麦卡德尔先生，我会畅所欲言，至于材料怎么使用，就交给你定夺了，毕竟这份报告是要经过你的手才会公开。

萨姆里教授的科学成就众所周知，我就不再赘(zhuì)述了。乍看之下，他并不适合这种艰苦的探险工作，但事实却相反。他那高大、瘦削的身体并不容易疲倦，那乏味、好讥讽、缺乏同情心的态度丝毫不受环境变化的影响。虽然已经六十六岁了，但我从未听过他抱怨我们偶尔遭遇的困境。我原本以为他会是这次考察的累赘，现在却坚信他的毅力并不比我弱。他生性尖刻多疑，从一开始就丝毫不掩饰自己的想法：认为查林杰教授是个彻头彻尾的骗子；而这次南美洲探险也非常荒唐可笑，我们只会收获失望和危险；等我们回到英国，还要受人嘲讽。从南安普敦到马瑙斯，他瘦削的五官充满了扭曲的激情，摇晃着稀疏乱窜的山羊胡，不停地向我们的耳朵灌输这样的观点。下了船之后，他才从周围各种昆虫和鸟类那儿得到了一些慰藉，因为他对科学是全情投入的。白天，他带着猎枪和蝴蝶网在树林里穿梭，晚上则忙着处理他获得的许多标本。他有很多小毛病，不修边幅，不爱干净，以及散漫的个人习惯，沉迷于抽烟，一支石楠烟斗几乎从不离口。他年轻时进行过几次科学考察（和罗伯特森一起去巴布亚），露营和划船对他来说都是家常便饭。

约翰·罗斯顿爵士和萨姆里教授有某些共同点，但又有一些截然不同的地方。他比后者小二十岁，但身材一样干瘦。至于他的长相，我想我已经在留在伦敦的那部分记叙里描述过了。他非常干净整洁，为人拘谨古板，总是非常讲究地穿着白色西装和棕色高帮防蚊靴，每天至少刮一次胡子。跟大多数的行动派一样，他少言寡语，时常沉浸在自己的思绪里，但总能敏捷地回答问题或者加入谈话，语气古怪、急促，夹杂着几分幽默。他对世界，尤其是对南美洲的了解令人惊叹，而且

他对我们这趟旅程的可能性深信不疑，丝毫不理会萨姆里教授的嘲讽。他嗓音温和、举止安静，但那双闪亮的蓝眼睛后面却隐藏着怒火和坚不可摧的决心，它们正是因为受到压抑而显得更加危险。他很少谈起自己在巴西和秘鲁的事迹，但我明显能感觉到当地人对他的到来很兴奋，他们把他当成他们的拥护者和保护者。这位“红酋长”（这是他们对他的称呼）的事迹在他们中间已经成为传奇，据我所知，事实也的确令人惊叹。

约翰爵士几年前曾来到这片处于秘鲁、巴西和哥伦比亚交界处的无人区。在这片广阔的区域上，野橡胶树疯长，和在刚果一样，成了对当地人的诅咒，能与之相比的只有在西班牙人统治下的达里恩老银矿里的强制劳动了。一群混血的歹徒控制着这片区域，他们给支持他们的印第安人配备武器，把剩下的印第安人变为奴隶，用毫无人性的折磨来迫使他们采集橡胶，通过河流运往帕拉。罗斯顿爵士为可怜的受害者们提出抗议，但得到的只有威胁和羞辱。于是，他正式向奴隶贩子的首领佩德罗·洛佩兹宣战，他武装了一帮逃跑的奴隶，领导了起义。最后他亲手杀死了那个臭名昭著的混血奴隶主，摧毁了其建立的制度。

难怪这个长着姜黄色头发、声音轻柔、举止轻松随和的人引起了南美洲大河两岸的人们极大的兴趣，不过，他所激起的感情是复杂的，既有当地人的感激，也有剥削者的憎恨。他先前的经历给他带来的一个有用的本领就是他能讲一口流利的土著语，这是一种在整个巴西都通行的特殊语言，由三分之一的葡萄牙语和三分之二的印第安语构成。

我之前说过，约翰·罗斯顿爵士是个南美迷，他一聊起这片广阔的土地就充满了激情。这种激情具有感染力，像我这种对南美洲一无所知的人，都被他吸引了注意力，充满了好奇。我多希望能够再现他演讲时的魅力，其中既有专业的知识，又有生动的想象，两者的结合赋予了这场演讲独特的魅力，就连教授听了都会逐渐在那张瘦削的脸上收起讥讽、怀疑的笑容。他会讲起这条大河的历史，以及这条河流在被飞速开发（因为最早一批秘鲁的征服者正是通过它穿越整个大陆），但在不断变化的河岸背后，一切仍是未知的。

“那是什么？”他会指着北方叫道，“树木、沼泽和无人穿过的丛林。谁知道里面藏着什么？还有南方呢？一片沼泽森林的荒野，还没有白人去过。我们周围充满了未知。谁知道那狭窄的河岸之外是什么？谁能说得清在这样一个国度会发生什么？为什么老查林杰说的话不能是真的？”顽固的萨姆里教授听到这话就会露出满脸的鄙夷，坐在他的石楠木烟斗喷出的烟雾后面讥讽地摇着头，保持着不认同的沉默。

我的两位白人同伴，暂时就先说到这里，他们的性格和缺点——当然还有我自己的——会在之后的叙述中逐渐显露出来。我们还雇了一些随从，他们将在未来发挥不小的作用。首先是一个身材魁(kuí)梧的黑人，名叫赞布，是个大力士，听话聪明。他是帕拉的汽船公司推荐的，他在他们的船上学会了一点儿磕磕绊绊的英语。

我们在帕拉还雇了戈麦兹和曼纽尔，两个乘着红木运输船从上游来的混血儿。这两个家伙皮肤黝黑，胡子拉碴，神情凶狠，像豹子一样灵活、结实。他们都曾在我们即将前去探索的亚马孙上游生活过，因此约翰爵士才雇用他们。那个戈麦兹还有个优势，就是能讲一口流利的英语。他们都愿意成为我们的贴身仆人，负责做饭、划船，以及其他需要他们干的工作，酬劳是每月十五美元。另外，我们还雇了三个来自玻利维亚的莫霍印第安人，他们是所有这些河流部落里最擅长捕鱼和开船的人。我们用他们部落的名字莫霍称呼他们的首领，另外两个叫何塞和费尔南多。就这样，三个白人，两个混血儿，一个黑人，还有三个印第安人组成了一支小小的考察队，在马瑙斯等候指令，准备开始奇特的探险。

经过了疲倦的一周，这一天，这一刻终于来临了。请想象一下从马瑙斯镇向内陆延伸两英里处的那座圣伊格纳西奥庄园的昏暗的客厅，外面是黄铜色的阳光，棕榈树的影子

跟树本身一样漆黑、清晰。没有一丝风，空气中充满了昆虫的响声，音高各不相同，既有蜜蜂低沉的嗡嗡声，又有蚊子尖锐的声音。在门廊外是一座整洁的小花园，围着仙人掌搭的树篱，点缀着花丛，蓝色的大蝴蝶和小小的蜂鸟在半圆形的亮光中绕着花丛飞舞。我们围坐在客厅的桌边，桌上放着那个信封，上面是查林杰教授歪七扭八的字——

给约翰·罗斯顿爵士及其同伴的指示，请于七月十五日十二点准时在马瑙斯镇启封。

约翰爵士把表放在身旁的桌子上。

“还有七分钟，”他说，“这老东西是非常准的。”

萨姆里教授用干瘦的手拿起信封，面露讥笑。

“现在拆开还是七分钟以后拆开，有什么要紧的？”他说，“不过是老一套骗人的把戏和胡言乱语罢了，恕我直言，写信的人早就臭名昭著了。”

“哦，我们得按照规矩行事，”约翰爵士说，“这是老查林杰交代我们的，我们是多亏了他才到这儿来的。如果我们不遵守他的规定，那可就坏了规矩。”

“真是一份好差事！”教授愤恨地叫道，“在伦敦我就觉得荒谬，不得不说，现在就更是这样觉得了。我不知道信封里是什么，除非是某种明确的东西，不然我就准备乘下一班船去帕拉赶玻利维亚号了。毕竟，我还有比驳(bó)斥一个疯子的胡言乱语更重要的事呢。好了，罗斯顿，是时候了。”

“是时候了，”约翰爵士说道，“可以吹哨了。”他拿起信封用刀裁开，从里面抽出一张折叠的纸。他小心翼翼地打开信纸，铺在桌上——一片空白。他翻了过来，还是一片空白。我们哑口无言，迷惑地面面相觑(qù)，随后萨姆里教授爆发出的一阵刺耳的嘲笑声打破了沉默。

“这是公开的招供，”他叫道，“你们还想怎样？这个家伙都承认自己是个骗子了。我们回去揭露他是一个多么无耻的骗子吧。”

“隐形墨水！”我说。

“我觉得不是！”罗斯顿爵士把纸对着光说道。

“不，我的小伙子，别自欺欺人了。我敢打赌，纸上什么都没写。”

“我能进来吗？”走廊里响起一个深沉的声音。

一个矮胖的影子从阳光下溜过。那声音！那无比宽大的肩膀！我们全都跳了起来——是查林杰，头戴一顶配有彩色缎带的圆边草帽，双手插在衣服的口袋里，脚穿帆布鞋，步履轻盈地出现在我们面前。他把脑袋一甩，蓄着亚述人的大胡子，眼皮耷拉，以一副目中无人的傲慢态度站在金色的阳光下。

“我恐怕还是来迟了几分钟，”他掏出表来看了看，“必须承认，我在把信封交给你们的时候，根本没打算让你们拆开，因为我一直准备在那个时刻之前跟你们会合。这不幸的耽搁还得怪那个莽撞的领航员和那片碍事的沙滩。如果我没有准时出现，恐怕我的同行萨姆里教授又要借机咒骂一番了。”

“先生，我得说，”约翰爵士的声音有点儿严厉，“你能来真是让我们大松一口气，我们的任务差点儿就要提前结束了。但我到现在还是不明白你为什么要采取如此怪异的行动。”

查林杰教授没有回答，只是走进来跟我和约翰爵士握了握手，冷冷地朝萨姆里教授点了点头，然后坐到了柳条椅上，压得椅子吱呀作响，直摇晃。

“都准备好了吗？”他问。

“我们明天就可以出发。”

“那明天就出发。你们现在不用地图了，因为我就是你们最好的向导。我从一开始就决定亲自领导你们考察。你们马上就会承认的，再精确的图表都比不上我本人的智慧和建议。至于这个信封的小把戏，显然是因为如果我把自己的意图告诉你们，就不得不承受和你们一起出行的压力了。”

“我才不会给你任何压力，先生！”萨姆里教授激动地喊道，“只要大西洋上还有另一艘船！”

查林杰教授朝他挥着毛茸茸的大手。

“我相信，只要你还有点儿常识，就会支持我的意见，并且意识到

我最好还是独自行动，只在需要的时候露面。现在正是时候了。有我在，你们就不会到不了目的地。从现在开始，我来指挥这次考察，我要求你们今晚做好准备，明天一早就出发。我的时间宝贵，你们的时间在某种程度上也是一样。所以我们应该尽快行动，让我带你们去看看那些东西。”

约翰·罗斯顿爵士租了一艘大蒸汽船，埃斯梅拉达号，它将载着我们溯流而上。说到气候，其实我们选择何时进行考察都无关紧要，夏季和冬季的温度都在七十五至九十华氏度[1]之间浮动，温差并不大。但湿度就另当别论了，从十二月到五月是雨季，在此期间，河水缓缓上涨，直到超过最低水位线将近四十英尺。河水会漫过河岸，在辽阔的荒地上留下一个个大潟湖，当地人将这片广大的区域称为“加泊”，其中大部分地方都太泥泞，没法步行，同时又太浅，没法行船。六月前后，水位开

1 华氏度：温度单位。1 华氏度约等于 −17.22 摄氏度。

始下降，在十月或十一月达到最低点。因此，我们在旱季开始考察，这时的河流和支流多多少少都处于正常水位。

这条河水流和缓，每英里的落差不超过八英寸。没有比这条河更便于航行的了，因为大多数时候都是刮东南风，轮船可以顺畅地向秘鲁边境行进，再顺流而下。我们乘坐的埃斯梅拉达号有出色的引擎，可以无视那缓慢的水流，就像在静止的湖面上一样飞快行驶。三天来我们一直朝西北方向航行，虽然这里离河口已经有一千英里了，但还是那么辽阔，从它的中心望去，两岸只是遥远的天际线上的黑影。离开马瑙斯后的第四天，我们拐进了一条支流，它的河口比主流略小，但河面很快就开始收窄。继续行驶了两天以后，我们来到了一个印第安村落，教授坚持要在这里上岸，让埃斯梅拉达号返回马瑙斯。他解释说我们很快就会遇上急流，所以不能再用埃斯梅拉达号了。他私底下又说，我们即将抵达神秘国度的入口，越少人知道越好。他要我们发誓绝不泄露此次旅行确切的地理位置的线索，那些仆人也同样庄严地发了誓。因此，我不得不在我的叙述中含糊其词。请读者们注意，在我提供的地图或图表上，各个地点之间的关系或许是正确的，但方向却被有意搞乱了，所以是不能当成真正的指引图的。查林杰教授要求保密的理由不管是否成立，我们都只能接受，因为他宁可放弃这次考察，也不愿在他开出的条件上让步。

八月二日，我们告别埃斯梅拉达号，切断了与外界的最后联系。现在已经过去四天了，其间我们从印第安人那里弄来了两只大独木舟，材质非常轻（兽皮裹着竹制的船身），我们可以搬着它跨过任何障碍。我们在上面装满了物品，又雇了两个印第安人给我们导航。我得知他们——阿塔卡和伊普图——就是查林杰教授上回探险中的旅伴。他们似乎对于再次踏上这趟旅程很是惊恐，但酋长在这些地方有着至高的权力，只要他认为价钱合适，部落里的人就别无选择。

所以，明天我们将消失在未知的世界了。我会通过独木舟把这篇记述送往下游，对那些关注我们命运的人来说，这或许是我们最后的留言了。亲爱的麦卡德尔先生，我把它交给你了，根据我们的约定，你可以酌（zhuó）情予以删改或做其他处理。从查林杰教授充满把握的样子来看——尽管萨姆里教授还是充满怀疑，但我相信，我们的领队肯定会兑现他的诺言，我们即将拥有一些非凡的经历。

第八章

新世界边远地区的纠察员

我们在家乡的朋友可以为我们感到高兴了，因为我们已经来到了目的地，至少在某种程度上证明了查林杰教授的话是可以验证的。我们确实还没登上那片高地，但它就在眼前，以至于萨姆里教授的脾气都收敛(liǎn)了一些。他虽然不会承认对手是对的，但至少不再那么坚持自己的反对意见了，大部分时候他都保持着沉默。而我也必须从上次结束的地方继续我的记录了。我们要将一个受了伤的印第安人送回家去，所以我把这封信交给了他，虽然心里很怀疑他是否能把信送到。

上回写信时，我们正准备离开埃斯梅拉达号所停靠的印第安村落。我必须以坏消息开始这篇报告了，因为今晚第一次出现了严重的个人纠纷（在此忽略两位教授之间接连不断的争吵），这可能会带来悲惨的结局。我曾提到过那个会讲英语的混血戈麦兹，他是个干活儿卖力、出类拔萃的家伙，但也有他们这类人常有的毛病，好奇心太重。昨晚他似乎躲在小屋附近偷听我们讨论计划，被我们的大块头黑人赞布发现了。赞布像狗一样忠诚，而且对混血人种充满了仇恨，于是就把戈麦兹抓到了我们面前。戈麦兹猛地拔出了刀子，赞布要不是力气大，单手夺走了刀子，他就被刺伤了。事情最后以训斥收尾，两人被迫握手言和，大家都希望事情就这么过去。至于两位学者的争吵，那是无休无止的。必须承认，查林杰在一定程度上极具挑衅性，而萨姆里则很毒舌，这让事情变得更糟。昨晚，查林杰说他永远都不愿走到泰晤士的堤岸上去看看河面，因为看到自己的最终归宿是令人伤感的。当然，他坚信自己会被葬在威斯敏斯特教堂。但萨姆里却带着讥讽的笑容说他了解，毕竟米尔班克监狱已经拆掉了。以查林杰的自负，当然不屑于因此发火，他只是面带微笑，用一种对孩子才会用的怜悯的口气重复道：“是嘛！是嘛！”事实上，他们两个都是孩子——一个身材干瘪，脾气很差；另一个蛮横跋(bá)扈(hù)，令人畏惧。但两人都拥有使他们处于科学前沿的头脑。头脑、性格、灵魂——一个人的阅历越多，就越能理解每个人的独特之处。

第二天，我们正式开始了这次非凡的考察。我们把所有的物品轻松地装进了两只独木舟，然后把人也分在两只独木舟上，每只乘载六人，为了和谐起见，我们特意把两位教授分开了。我个人比较喜欢跟查林杰待在一起，他幽默风趣，一个人的时候也能愉快地走来走去，看起来十分和善。不过，我也见识过他的其他模样，所以即便在阳光中突然出现暴风雨，我也不会感到那么惊讶。如果说跟他在一起不会感到自在，那同样也不会感到无聊，因为你总是处于战战兢(jīng)兢的状态，不知道他的臭脾气何时会发作。

我们在一条几百码宽的大河上航行了两天，河水颜色很深，但大部分时候都是清澈见底的。亚马孙的支流有一半都是这样，另一半则是发白而浑浊，这种差异取决于它们流经的地区。深色表示有植物腐烂，发白则表明土质是黏土。我们两次遭遇了急流，每次都得把独木舟抬到半英里外躲避。河岸上都是原始森林，比次生林[1]更容易穿行，我们抬着独木舟走在里面并不费劲。那些树的高度和粗壮的枝干完全超出了我这个在城市长大的人的想象，它们粗壮的枝干向上生长，一直延伸到我们头顶上方的极高处，我们只能隐约看到一些枝丫伸了出来，以哥特式的弧线交汇成一个巨大的穹顶。金色的阳光偶尔穿透下来，在庄严的阴影中留下炫目的光芒。

我们无声无息地走在由腐烂的植物所构成的又厚又软的毯子上，仿佛置身于修道院的暮色中，灵魂也受到了这寂静的

1 次生林：原有森林在经过采伐或破坏后又自然恢复的森林。

洗礼，就连查林杰教授中气十足的大嗓门也都变成了低语。如果是我独自一人，肯定不知道这些巨大的植物的名字，但两位科学家为我们指明了雪松、丝绵树、红杉，以及丰富繁多的植物。这些植物的存在使得这片大陆成了大自然馈赠给人类的资源宝库，而在动物方面的馈赠却是落后的。鲜艳的兰花和色彩斑斓的地衣附满了黑色的树干，摇曳的光线落在金色的黄蔓(wàn)、猩红的西番莲和深蓝的牵牛花上，产生了梦中仙境的效果。在这片广袤的森林里，厌恶黑暗的生命奋力地向上寻求光明。所有植物，即便是那些弱小的植物，也拼命缠绕在更高大的同类身上，盘曲着攀向那片绿顶。攀缘植物巨大且茂密，而那些在别处并不攀缘的植物也学会了躲避阴影的技艺，因此可以看到普通的荨麻、茉莉，甚至棕榈绕着雪松的树干向着树冠奋力生长。

当我们行走时，在我们眼前延伸出的庄严的拱顶通道，看不到有动物在其中活动，但我们头顶的高处有持续不断的声响表明那里有数不清的蛇、猴子、鸟和树懒。它们生活在阳光下，惊奇地望着下面我们这些在幽暗的深渊中磕磕绊绊前行的渺小黑影。黎明和落日时分，吼猴[1]会在一起尖叫，长尾鹦鹉也会发出刺耳的声音，但在燥热的白天，只有昆虫的嗡嗡声像远处的海浪声充斥着耳朵，而从巨大的树干间望出去，只见一片肃穆的景色静悄悄地消融在将我们包围的黑暗中。有一回，一只

---

1 吼猴：体形较大，雄性体长约50厘米，尾长约50厘米。雌性体形要小许多。因能发出巨大吼声，且声传数里而得名。

罗圈腿、步履蹒跚(pánshān)的动物，可能是食蚁兽或者熊，在阴影里笨拙地小跑着。这是我在这片亚马孙森林里看到的唯一的地球生命迹象。

不过，有迹象表明，在那些神秘的隐蔽之处，人类活动离我们也不远。第三天，我们发现空气中有一阵诡异、低沉的颤动，庄严而富有节奏感，整个早晨时断时续。我们刚听到的时候，两条船正相隔几码前行。同行的印第安人一动不动，仿佛变成了铜像，带着惊恐的表情在仔细听。

“这是什么？”我问。

“鼓，”约翰爵士漫不经心地答道，“战鼓。我之前听过。”

“是的，先生，战鼓，”混血儿戈麦兹说，“那是印第安野人，一群亡命之徒，不是曼索斯人；他们一直在监视我们，等时机一到就会把我们杀了。”

“他们怎么监视我们？”我望着那片漆黑静止的空地问道。

混血儿耸了耸他宽阔的肩膀。

“印第安人知道。他们有自己的办法。他们监视我们，用鼓传递信息，等时机一到就会把我们杀了。”

到了那天下午——我口袋里的日记表明那天是八月十八日，星期二——至少有六七阵鼓声在不同方向响起。有时敲得快，有时敲得慢，有时候明显是在问答，遥远的东边突然传来一阵高亢的断断续续的鼓声，过了一会儿，北边就有一阵低沉的咚咚响。在那持续的低语中，有某种难以形容的撼动神经、充满威胁的东西，仿佛是混血儿刚才那句话在无休止地重复："如果可以，我们会杀了你们。如果可以，我们会杀了你们……"静静的树林里没有任何人走动。大自然的静谧和安详笼罩着那片幽暗的植物，但后面却传来了信息。东边的人说道："杀了你们。"北边的人也说道："杀了你们。"

整整一天，鼓声时大时小，我们的印第安同伴的脸色随之变化，就连那个强硬、傲慢的混血儿似乎也被吓到了。但这天我却彻底领略到了萨姆里和查林杰至高无上的英勇品质，这是一种科学家的英勇，一种在阿根廷的高乔人中间支撑着达尔文、在马来岛的猎头者中间支撑着华莱士的精神。仁慈的大自然规定人类不能一心二用，所以当人对科学充满了好奇，就无暇去顾虑自身了。在持续一整天的神秘威胁中，我们的两位教授仔细地观察着每一只飞翔的鸟儿，岸上的每一簇(cù)灌木，他们有过许多次激烈的争吵，查林杰一发出低声的怒吼，立刻就迎来萨姆里的咆哮，但他们都毫不理会眼前的危险和那些敲鼓的印第安人，仿佛是坐在圣詹姆士街皇家协会俱乐部的吸烟室里。他们只有一次好似屈尊一般谈起了鼓声。

"米兰哈或者阿玛胡卡食人族。"查林杰用大拇指指了指回荡着鼓声的林地说道。

"没错，先生，"萨姆里答道，"跟其他此类部落一样，我估计他们说的是多式综合语，属于蒙古语种。"

"当然是多式综合语，"查林杰宽容地说道，"我不知道这片大陆上还有其他类型的语言存在，我已经考察过上百种语言了。但对于蒙古语

种的说法，我是深表怀疑的。”

“我以为哪怕是有限的比较解剖学知识，都能证明这一点。”萨姆里愤恨地说道。

“当然，先生，有限的知识就会得出这样的结论。但拥有全面的知识就能得出其他结论了。”查林杰挑衅般地向前伸出下巴，直到让人只能看到他的胡子和帽檐。

他们轻蔑地瞪着对方，而四周传来遥远的低语声：“杀了你们，杀了你们。”

那晚，我们用重重的石头当锚把独木舟停在河中央，为可能遭受的攻击做好准备。但什么都没发生，天一亮，我们又继续赶路，鼓声在我们身后消失了。下午三点左右，我们遭遇了一股超过一英里长的急流——查林杰教授第一次旅行就是因为它而栽了跟头。老实说，我看到这股急流感到一丝安慰，因为这是验证他的故事真实性的第一个直接证据，尽管只是不起眼的证据。印第安人先后扛着独木舟和物资穿过茂密的灌木丛，而我们四个白人则扛着步枪在他们之间穿行，防止森林里会出现什么危险。傍晚之前我们渡过了急流，前进了大约十英里之后就停下来过夜。我估计我们从主流向支流行进了有一百多英里。

第二天早上我们继续出发。从天亮开始，查林杰教授就烦躁不安，不停地观察河的两岸。突然，他欢快地呼喊起来，指着一棵与河岸形成特别角度的孤零零的树。

“你们怎么看？”他问道。

“肯定是阿萨伊棕榈树。”萨姆里答道。

“没错。那是阿萨伊棕榈树，我用来当地标的。那个秘密入口就在河对岸往上半英里。那里的树密不透风。这就是它的奇异和神秘之处。在那儿你会看到浅绿的灌木丛，而不是深绿的灌木丛，在高大的白杨中间，就是我通往未知世界的大门。你们穿过那里就明白了。”

那确实是个美妙的地方。抵达那个以一排浅绿色的灌木丛为标记的地点之后，我们推着独木舟走了几百码，最后进入了一条平缓的浅溪，水非常清澈，可以看到底部的沙子。它大概有二十码宽，两岸长满了茂盛的植物。有一小段距离，芦苇取代了灌木，要是没有注意到这一点，就不会猜到这条小溪的存在，更不会想到另一边有一处仙境。

这确实是一处仙境——是人类所能想象的最美妙的仙境。茂密的植物在头顶交织成一个天然的凉棚，在金色的暮光下，一条清澈的绿色河流穿过这条青葱的隧道，十分美丽，而从上方投下的光线经过过滤和调和之后，给水面染上了奇异的色彩，就更令人惊叹了。河水在郁郁葱葱的拱顶下流淌，像水晶一样澄澈，像玻璃一样平静，像冰山的边缘一样翠绿，我们的桨每划动一次，都会在闪亮的水面上激起层层涟漪（lián yī）。这真是一条通往奇境的绝佳路径。印第安人已经了无踪迹，动物的活动却更多了，它们很温顺，显然对狩猎者一无所知。

长满黑色绒毛的小猴子，牙齿雪白，眼睛闪亮，在我们经过时叽叽喳喳地叫着。偶尔会有一条大鳄鱼从岸上重重地扎进水里，发出沉闷的扑通声。有一回，一只笨拙的黑貘从灌木的缝隙里打量着我们，随后慢腾腾地躲进了森林里。还有一回，一只黄色大美洲狮的身影从灌木中间掠过，它那一对凶狠的绿眼睛从黄褐色的肩头朝我们投来仇恨的目光。这里鸟类繁多，尤其是小群的涉禽，鹳(guàn)、鹭(lù)和朱鹮(huán)，有蓝的、红的、白的，它们成群结队地聚集在岸边伸出的每一根枝杈上，而在我们船底下如水晶一般的河流中，则活跃着各种形态和颜色的鱼。

我们在这条朦胧的绿色隧道里穿行了三天。朝前方更远处望去，根本看不清这遥远的绿色河流在何处终结，也不知道这遥远的绿色拱廊从何处开始。这片奇特的水域十分幽静，没有任何人类活动的迹象。

“这里没有印第安人，他们怕库鲁普利。”戈麦兹说道。

“库鲁普利是树精，”约翰爵士解释道，“这个名字用来指代各种魔鬼。

那些可怜的家伙觉得这个方向有可怕的东西，所以就避开了。”

到了第三天，我们显然没法乘着独木舟继续前进了，因为河水突然变浅了。有两回我们搁浅了老半天。最后，我们只好把船拉到灌木丛里，在岸边过夜。早上，约翰爵士和我在树林里走了几英里，与河流保持着平行，但我们发现河水越来越浅，于是回去报告这一情况，而查林杰教授早就怀疑我们已经抵达独木舟所能航行的最高点。因此，我们把船藏在灌木丛里，用斧头在树上做了记号，以便回来时还能找到。接着，我们分发了各种东西——枪支、弹药、食物、帐篷、毯子等，然后背着行囊开始了更为辛苦的旅程。

我们中的两个“火药桶”之间发生的激烈争吵标志着我们开始了一个新的阶段。查林杰从加入我们开始就指挥着整个队伍，这显然令萨姆里大为不满。现在，跟他一样是教授的查林杰给他分派任务（只是让他拿一个无液气压计），问题就爆发了。

“我请问一下，先生，”萨姆里冷冷地说道，“你凭什么发号施令？”

查林杰气得吹胡子瞪眼。

“萨姆里教授，凭我是这次考察的领导者。”

“那我可得告诉你了，先生，我不承认你这个身份。”

“是吧！”查林杰笨拙地、讽刺性地鞠了一躬，“或许你能说清楚我的身份吧。”

“当然，先生。你是一个诚信有待检验的人，而这个委员会就是来这里检验的。先生，你是在跟你的评审官同行。”

“天啊！”查林杰坐在一条独木舟边上说道，“那就各走各的路吧。如果我不是领队，那你们就别指望我带路了。”

谢天谢地，还有两个理智的人——约翰·罗斯顿爵士和我——能够阻止两位博学的教授因为任性和愚蠢而让我们两手空空地回到伦敦。我们经过了好一番争辩、恳求和解释才让他们平静下来。接着，萨姆里终于叼着烟斗，一脸不屑地继续上路，查林杰也摇摇晃晃、满腹牢骚地跟在后面。幸运的是，我们偶然发现两位专家都看不上爱丁堡的伊林沃思博士，自此终于安宁了。每次只要气氛变得紧张，我们就会提起这位苏格兰动物学家的名字，然后两位教授就会组成临时的联盟，同仇敌忾(kài)地辱骂这个共同的对手。

我们排成纵队沿着河岸前行，很快发现它缩窄成了一条小溪，最后消失在一片绿色的海绵状的苔藓大沼泽。那里的蚊子和飞虫多得吓人，好在我们又发现了坚实的土地，从树木中间穿过，绕开了这片可怕的沼泽。在被我们甩开老远之后，沼泽中的昆虫仍像风琴一样嗡嗡作响。

离开独木舟的第二天，我们发现整个环境都变了。道路一直向上延伸，越往上树木越稀疏，失去了热带雨林的繁茂。亚马孙的冲积平原上的参天巨树被凤凰棕榈和椰子树所取代，它们一丛一丛地零星分布着，中间是茂密的灌木。在比较湿润的山谷里，毛里求斯棕榈优雅地垂着叶子。我们全靠指南针指明方向，有一两回查林杰和两个印第安人出现了分歧，查林杰愤怒地说，整个团队“宁愿相信未开化的野蛮人的不可靠的直觉，也不愿相信现代欧洲文化最先进的产物”。等到第三天，查林杰承认他认出了上一趟旅程的几处地标，才证明我们这样做是合理的，我们在一处发现了四块被火烤黑的石头，那里肯定是扎营的地方。

道路还在向上延伸，我们花了两天时间穿过一条满是石头的斜坡。这里的植物又变了，只剩下象牙棕榈，还有许多美丽的兰花，我学会了辨别珍稀的旗瓣堇(jǐn)色兰，还有灿烂的粉红色和亮红的洋兰和齿舌兰。不时有底部布满鹅卵石、岸边长满蕨类的小溪流向低洼的峡谷，我们每晚就在岸边扎营，水里有成群的蓝背小鱼，体形和模样跟英国鳟鱼差不多，成了我们美味的晚餐。

离开独木舟后的第九天，我们走了大概有一百二十英里，即将走出树林，树木越来越矮，最后只剩下灌木。接下来是一大片竹林，非常茂密，我们得让印第安人用砍刀和镰刀开出一条路来才能通过。我们从早上七点走到晚上八点，中间只休息了两次，每次一个小时，终于穿越了这个障碍。没有什么比这更单调、更令人厌倦的事了，哪怕在最开阔的地方，最多也只能看到前面十一二码的东西，大多数时候我只能看到约翰爵士穿着棉夹克的背影，以及我左右两侧一英尺内的黄色竹墙。一缕阳光从上面落下来，在我们头顶十五英尺的地方，可以看到竹子的顶端在深蓝色的天空下摇摆。我不知道有什么生物住在这片密林里，但有几次我们听到在离我们很近的地方有庞大、笨重的动物的声音。约翰爵士根据声音判断是某种野牛。天黑时，我们才穿过竹林，随即扎营休息，经过这漫长的一天，我们已经筋疲力尽。

第二天一大早我们继续上路，发现周边的环境又变了。我们身后是

竹子筑成的墙，清晰地标记着一条河流的走向；前面则是开阔的平原，稍稍往上倾斜，布满了星星点点的蕨丛，它在我们面前延伸，尽头是一条像鲸背一样的长长的山脊。我们在中午时分抵达那里，发现底下是一个浅浅的山谷，山谷另一头又是一道缓坡，形成一道低低的、圆弧状的天际线。就是在这里，在我们翻越头一座山丘之后，发生了一件不知是否会变得至关重要的事。

查林杰教授和两个本地的印第安人走在前面，突然停了下来，激动地指着右边。我们看到在大约一英里外，好像有只灰色的大鸟缓缓从地面飞起，平稳地从空中掠过，飞得又低又直，最后消失在了树蕨丛里。

“看到了吗？”查林杰兴奋地喊道，“萨姆里，你看到了吗？”

他的同事盯着那只动物消失的地方。

“你认为那是什么？”他问。

“我敢肯定是一只翼龙。”

萨姆里爆发出了嘲讽的大笑。“胡说八道！”他说，“要是真有什么东西，那也只是一只鹳。”

查林杰气得说不出话来，把背包甩到背上，继续前行。但约翰爵士却追到了我身边，神情比平时更加凝重。他手里拿着望远镜。

“它还没飞到树丛里

我就看见了，”他说，“我没法断定它是什么，但我以运动员的名誉担保，那绝对不是我生平所见到的任何一种鸟。”

问题来了。我们真的像领队所说的那样，已经来到未知世界的边缘，遇到了这个失落世界的纠察员了吗？我把这件事毫无保留地如实告知给读者。除此之外，我们就没有遇到什么称得上特别的事情了。

好了，我的读者们——如果我有读者的话，我已经带着你们穿过宽阔的河流，穿过浓密的灌木丛，穿过绿色的隧道，爬上长满棕榈树的长坡，然后又穿过竹林，穿过长满树蕨的平原。我们的目的地终于完整地出现在眼前。翻过第二道山脊之后，我们看到了一片形状不规则、长满棕榈树的平原，还有我在画上看到的那道高高的红色悬崖。我在写这些文字的时候，它就在那儿，毫无疑问就是那道悬崖，距离我们的营地大约七英里，并且一直向着我目光所能及的最远处延伸。

查林杰像只骄傲的孔雀一样昂首阔步，萨姆里则一言不发，仍旧不太相信。再过一天，我们的某些疑问就会打消。何塞被折断的竹子戳伤了，坚持要回去，所以我把这封信交给了他，希望能顺利送达。只要有机会，我还会再写信的。我附上了一张我们这趟旅程的草图，或许能让我的叙述更容易理解一些。

第九章

谁能预料到呢？

一件可怕的事发生了，谁能预料到呢？我不知道我们的麻烦何时才会结束。或许我们命中注定要一辈子待在这个陌生的、僻远的地方。我头脑一片混乱，既看不清当前的现实，也看不到未来的希望。对于大受冲击的我来说，前者极其糟糕，后者暗如黑夜。

没有人的处境比我们更糟了。向你们透露我们确切的地理位置，请求我们的朋友去找救援队也没用。即便能派救援队来，在他们赶到南美之前，我们的命运早已注定好了。

事实上，我们就像在月球上一样无法得到人类的援助。我们只能靠自己渡过难关了。我有三个出色的同伴，他们有着超群的智力和坚不可摧的勇气。这是我们唯一的希望。只有看着同伴们冷静的面容，我才仿佛在黑暗中看到了亮光。我表面上装作跟他们一样满不在乎，但我的内心却是十分担忧的。

让我来尽可能详细地讲述一下导致我们陷入这场大灾祸的一系列

事件吧。

在上一封信里，我提到过我们距离那些巍峨的红崖只有七英里，毫无疑问，查林杰教授所说的高地就在其中。等我们接近那些红崖之后，我发现它们比查林杰描述的还要雄伟——有些部分至少有一千英尺高，上面布满奇特的棱纹，我相信应该是玄武岩向上隆起产生的。类似的特征也可以在爱丁堡的索尔兹伯里峭壁上看到。崖顶有茂密的植被，边缘附近长满灌木，往里则有许多大树，但看不到有任何生命存在的迹象。

那晚，我们在悬崖底下扎营——一个非常荒凉的地方。我们头顶的悬崖并不是完全垂直的，而是顶部向外弯曲，所以根本没办法攀登。离我们不远的是我之前提到过的一座高高细细的尖顶岩，它就像一个巨大的红色教堂的尖顶，顶部与高地齐平，但两者之间隔着一道巨大的裂缝。尖顶上长着一棵很高的树。这座尖顶岩和对面的悬崖都相对较矮——我估计大概有五六百英尺高。

“就是那儿，”查林杰教授指着大树说道，“翼龙就栖息在那棵树上。我爬到半山腰才击中它。我觉得像我这样出色的登山者肯定能爬到岩顶，但即便如此，和高地的距离也没有缩短。”

查林杰在讲翼龙时，我看了一眼萨姆里教授，似乎头一回在他脸上看到了信服和悔悟的迹象。

他薄薄的嘴唇上流露出来的不再是讥讽，而是略显苍白疲惫的激动和惊奇。查林杰也看到了，并为第一次品尝到胜利的滋味而陶醉。

“当然，”他笨拙乏味地挖苦道，“萨姆里教授知道我提到翼龙的时候指的是鹳，只不过这是一种不长羽毛，皮肤坚韧，翅膀呈膜状，嘴里还有牙齿的鹳。”他咧嘴一笑，眨了眨眼，然后鞠躬，直到他的同行转身走掉。

那天早上，我们只喝了一点儿咖啡，吃了一点儿木薯——我们必须节省食物，然后开了一场“军事”会议，讨论登上高地的最佳途径。

查林杰像首席大法官一样神情庄重地主持了会议。想象一下，他坐在岩石上，后脑勺上戴着一顶怪诞的、孩子气的草帽，耷拉着眼皮，居高临下地盯着我们，在慢慢地向我们讲述目前的处境和未来的行动的时候，黑色的大胡子不停地晃来晃去。

在他下方，你可以看到我们三个——我自己，在野外跋涉之后被太阳晒得黝黑，年轻又充满活力；萨姆里，严肃又挑剔，不停抽着烟斗；约翰爵士，像刀锋一样锐利，灵活而又警觉的身体靠着步枪，用热切的眼神看着讲话的人。我们身后是两个黝黑的混血儿和一小群印第安人，而我们前方和头顶则是阻挡我们抵达目的地的红崖。

“不用多说了，”我们的领队说道，“我上次来的时候用尽了各种攀登的办法也还是失败了，我不认为别人能成功，毕竟我算是登山的老手了。我上次没有带任何攀岩的工具，但这一回已经事先准备好了。借助这些工具，我相信我可以爬上那座独立的尖顶岩，但只要那座主悬崖朝外伸出，想爬上去就是徒劳的。我上次来的时候，因为雨季快到了，补给也耗尽了，所以很匆忙。我没法长时间逗留，只往东边查看了六英里，没有找到任何上去的途径。那么，我们现在该怎么做？”

“似乎只有一个合理的办法，”萨姆里教授说道，“既然你已经探索了东边，我们就应该沿着悬崖底部往西走，找到一个可以攀登上去的地方。”

“没错，”约翰爵士说道，“或许这片高地并不大，我们可以绕着它走，直到发现上去的捷径，或者回到起点。”

“我已经跟我们这位小朋友解释过了，”查林杰教授说道（他提起我的时候，好像我是个只有十岁的小学生），“根本是不可能找到捷径的，原因很简单，如果有这样的捷径存在，山顶就不再是与世隔绝的，也就不可能产生违背生存法则的环境。不过我承认，应该有一些途径能让专业的人类登山者上去，而笨重的动物却没法下来。肯定有可以上去的地方。”

“你是怎么知道的，先生？”萨姆里尖锐地问道。

“因为我的先驱，那个叫梅普尔·怀特的美国人上去过。否则他怎么会看到他在素描本上画的那头怪兽呢？”

“这只是你的假设，而不是已经证明的事实，”萨姆里顽固地说道，“我承认你说的高地，因为我见过了，但我不认为那里有什么动物。”

“先生，你承不承认都无关紧要。我很高兴看到高地已经进入了你的认知。”他抬头望着高地，接着令人吃惊地从岩石上跳起来，抓住萨姆里的脖子，把萨姆里的脸掰向天空。“看！先生，”他喊道，声音因为激动而变得嘶哑，“你还能说高地上没有动物吗？”

我之前提到过，悬崖边缘有一片茂密的绿植。这时，里面出现了一个闪亮的黑色物体。它缓缓地向前，伸出了悬崖，我们发现那是一条巨蛇，长着一个异常扁平，像铲子一样的脑袋。它在我们头顶上扭动了一会儿，早晨的阳光在它光滑、弯曲的身体上闪闪发光。接着，它慢慢地缩了回去，不见了。

萨姆里看得入了迷，被查林杰拧着脖子也不反抗。但现在，他甩开了同伴，恢复了自己的威严。

“查林杰教授，”他说，“如果你能通过别的方式来表达你的想法，而不是抓着我的下巴，我会很高兴的。就算出现了一条非常普通的岩蟒，你也不能这样吧。”

“但高地上确实有动物，”他的同行得意地答道，“这个重要的结论现在对任何人来说都是明摆着的事实，不管他怀有多少偏见，多么迟钝。我认为我们现在最好收起帐篷向西行，直到发现上去的途径。”

悬崖底下布满碎石，非常崎岖，走起来缓慢而艰难。然而，我们突然惊喜地发现了一处营地的旧址，那里有几个空的芝加哥肉罐头盒子，一个贴着“白兰地”标签的瓶子，一个破旧的开罐器，以及其他旅行者留下的许多痕迹。还有一张皱巴巴的破报纸，是《芝加哥民主报》，但日期已经看不清了。

“这不是我的，”查林杰说道，“肯定是梅普尔·怀特的。”

约翰爵士好奇地盯着营地附近一棵巨大的树蕨。“我说，看看这个，”他说，“估计是路标。”

树上钉着一小片硬木，指着西边。

“应该是的，”查林杰教授说道，“不然还能是什么？我们的先驱发现自己摊上了一件危险的差事，所以留下了这个记号，好让后来者知道他所走的路。或许我们继续前进的时候还会遇到别的标记。”

我们确实发现了别的标记，但那是非常可怕和出人意料的东西。在悬崖下面有一大片高高的竹林，跟我们之前穿过的那片很像。许多竹子有二十英尺高，顶部又尖又硬，像锋利的长矛一样立在那里。沿着这片竹林的边缘往前走的时候，我的目光被其中某种闪亮的白色东西吸引住了。我把脑袋探了进去，发现那是一副骨架。

我们让印第安人用弯刀砍掉那里的竹子，然后开始查看这场悲剧的细节。只有几块衣服的碎片还能辨认出来，不过，只剩下骨头的脚上还有靴子的残迹。死者显然是欧洲人——尸骨中间有块纽约哈德逊金表和一条挂着自来水笔的表链，还有个银制的烟盒，盖子上写着“J. C., A. E. S.”。金属盒的状况表明惨剧发生的时间并不久远。

“这会是谁呢？”约翰爵士问道。“可怜的家伙！好像浑身的骨头都断了。”

“他碎裂的肋骨中间还长了根竹子，”萨姆里说道，“虽然这种植物长得很快，但这也太不可思议了——尸体还在这儿，

而这些竹子居然长到了二十英尺高。”

“至于这个人的身份，”查林杰教授说，“我是可以确定的。在找到你们之前，我一直沿着河流往上走，特意向人打听梅普尔·怀特。帕拉的人对他一无所知。幸运的是，我找到了明确的线索，因为在他的素描本上有一幅画是他在罗萨里奥和一位牧师共进午餐。我找到了这位牧师，虽然他是个喜欢辩论的家伙，当我向他指出现代科学必然会腐蚀他的信仰时，他认为非常荒唐，不过，他还是给我提供了一些有用的信息。梅普尔·怀特在四年前——也就是我发现他尸体的两年前，到过罗萨里奥。他当时不是一个人，而是还有个朋友，一个叫詹姆斯·科勒维的美国人，后者留在船上，没有遇到这位牧师。所以，我想我们看到的就是詹姆斯·科勒维的遗骸。”

“他是怎么死的？”约翰爵士说道，“应该也没有疑问了。他从悬崖上摔了下来，或者被人推了下来，然后被竹子刺穿。不然怎么解释他的骨头都断了，身体还被那么高的竹子刺穿？”

我们站在破碎的残骸周围，意识到约翰·罗斯顿爵士说的话是真的后，全都陷入了沉默。峭壁的顶部就突悬在竹林上方。他肯定是从上面掉下来的。但真的是摔下来的吗？真的是意外吗？还是……可怕的不祥预兆已经开始笼罩这片未知之地。

我们一言不发地往前走，继续沿着悬崖底部前行。这些峭壁平滑且连绵不绝，如同我在图片上看到的那些巨大的南极冰川，高耸于考察船的桅(wéi)杆之上，从地平线的一头一直延伸到另一头。

我们在五英里内没有看到任何裂缝或缺口。突然，我们又有了新的希望。在雨水淋不到的一个岩洞内，有个用粉笔画的粗糙的箭头，指的仍是西边。

“又是梅普尔·怀特，”查林杰教授说道，“他预感到有人会紧跟他的脚步。”

“他有粉笔？”

“我在他背包里找到了一盒彩色粉笔。我记得白色的那根只剩一个头儿了。”

“确实是很好的证据，”萨姆里说道，“我们只能接受他的指引，向西走了。”

我们继续走了大约五英里，又在岩石上看到一个白色的箭头。在那个地方我们第一次看到峭壁上有一条细小的裂缝，裂缝里有第二个指路的记号，箭头向上，而且有点儿高，似乎所指的地点在地面之上。

这是个肃穆的地方，岩壁巍峨，露出蓝天的那道缝隙非常狭窄，还被上面的植被挡住了，只有一点儿昏暗的光能够渗透下来。我们已经几个钟头没进食了，而且被这段布满碎石的崎岖道路搞得非常疲惫，但我们神经紧绷，没法停下来。吩咐印第安人留下来扎营之后，我们四个人和两个混血儿继续沿着狭窄的裂谷往上爬。

裂谷的开口只有四十英尺宽，但逐渐收窄，直到变成尖角，两壁又直又滑，根本上不去。这肯定不是我们的先驱想指明的那条路。我们又折返回去，整个裂谷不到四分之一英里深。突然，约翰爵士敏锐地发现了我们要找的东西。在我们头顶很高的一片阴影中有一圈更深的暗影，那只可能是一个洞口。

悬崖底部松散地堆着石头，并不难爬上去。所有的疑问都在我们抵达时消除了。这里不仅有一个洞口，一侧的岩石上还有另一个箭头记号。梅普尔·怀特和他倒霉的同伴就是从这里上去的。

我们非常激动，也顾不上返回营地，立刻就开始了我们的首次探索。约翰爵士背包里有一支手电筒，我们只能靠它照明了。他走在前面，用手电筒照出一道明亮的黄光，我们排成一列紧跟在后面。

洞穴显然被水侵蚀过，侧面非常光滑，地上的石头都是圆的。里面非常狭小，只能一个人弯着腰通过。前面五十码路程几乎都是笔直的，接着就呈四十五度角往上倾斜，随后变得更陡了，我们在松散的碎石上手脚并用地爬行，不断有石头从我们身下滚落。突然，罗斯顿勋爵大喊了一声。

“堵住了！”他说。

我们聚到他身后，借着那道黄光看见一堵由破碎的玄武岩构成的墙，一直延伸到洞顶。

“上面塌了！”

我们扒掉一些碎石，结果却只松动了那些大石块，随时可能从斜坡上滚下来把我们砸死。很显然，这是我们没办法移除的障碍。梅普尔·怀特上去的路已经走不通了。

我们沮丧得说不出话来，在黑暗的隧道里踉(liàng)踉跄(qiàng)跄地

折返回营地。

然而，在我们离开裂谷之前，发生了一件事后看来非常重要的事。

我们聚在距离洞口大约四十英尺的谷底，突然一块巨石滚落下来，重重地砸在我们身边，真是侥幸才躲过了一劫！我们自己看不到这石头是从哪儿掉下来的，但在洞口的混血仆人说，这石头从他们身边飞过，所以肯定来自崖顶。我们抬起头来，在崖顶的绿林里没有看到什么动静。但毫无疑问，这石头是冲我们来的，也就是说，高地上有人，不怀好意的人。

我们匆忙离开谷底，满脑子都是这个突发情况和它对我们计划的影响。之前的处境已经够艰难了，不仅有大自然的阻挠，还要加上陌生人类的攻击，那我们的处境确实是毫无希望的。然而，当我们抬头望着头顶那片距离我们只有几百英尺高的郁郁葱葱的美丽植被时，我们谁也不愿在深入探索那个地方之前就返回伦敦。

经过讨论，我们一致认为最好还是继续绕着高地走，希望能找到其他登顶的途径。峭壁的高度已经大幅下降了，走向也开始从西转向了北。如果我们能把这看作圆的一段弧，那么整个圆周也不会很长，最差的情况也就是在几天之后回到原点。

我们那天行进了大约二十二英里，还是看不到什么希望。我们携带的气压计显示，我们离开独木舟之后在斜坡上不断地前行，已经来到了海拔三千英尺以上的地方。因此，气温和植被都有相当大的改变。我们摆脱了热带旅行的麻烦——那些可怕的昆虫。有一些棕榈树和许多树蕨还生长着，但亚马孙流域的那些树木都不见踪影了。在荒凉的岩石中间看到旋花、西番莲和秋海棠真令人愉快，它们让我想起了家乡。有一株秋海棠跟斯特里汉姆某座别墅窗前的那盆一样是红色的——不过，这是我个人的回忆。

那晚——我说的是我们绕行高地的第一天，一次伟大的经历在等着我们，它彻底打消了我们对近在眼前的奇迹的怀疑。

亲爱的麦卡德尔先生，读完这封信之后，你会意识到——或许是第一次意识到——报社派我来并不是徒劳的，只要得到了查林杰教授的允许，我们就会有一篇轰动世界的报道。但我得等到把证据带回国才敢发表这些文章，不然我会被当成报界的闵希豪生。我相信你也会有同样的感受，你肯定不会把报纸的信誉压在这次历险上，除非我们能够应对这类文章必定会引发的批评和怀疑。所以，这个可以成为报纸头条的奇异事件还需要放在编辑的抽屉里等待时机。

然而，那件事一眨眼就结束了，除了坚定了我们的信念，也没有任何后续了。

事情是这样的。约翰爵士开枪打死了一只刺豚鼠——这是一种长得像猪的小动物，一半分给了印第安人，另一半我们在火上烤。天黑后很冷，我们都围在火堆旁。那晚没有月亮，只有

一些星星，在平原上只能看清楚一小段距离。嗯，在漆黑的夜色中，突然有东西像飞机一样嗖的一声俯冲下来。瞬间，我们所有人被一对坚硬的翅膀盖住，我短暂地瞥见了长长的、像蛇一样的脖子，一双凶狠贪婪的红眼，以及锋利的巨喙，我吃惊地发现里面长满了闪亮的尖牙。一眨眼，它又飞走了——我们的晚餐也不见了。一个二十英尺宽的巨大黑影飞向了天空，这怪物的翅膀遮住了星辰，紧接着消失在了我们头顶上方的山脊之后。我们全都震惊了，一言不发地坐在火堆旁，像维吉尔笔下的英雄遇到鹰身女妖一样。

第一个开口的是萨姆里。

“查林杰教授，”他用激动得有些颤抖的声音郑重地说道，“我应该向你道歉。我错了，先生，希望你能原谅过去的事。”

这话说得非常好，两人头一次握了手。第一次清楚地看到翼龙，我们的收获颇多。用一顿被偷走的晚餐换来两个人的和解，这是很值得的。

可是，即使高地上有史前生物，数量也不多，因为在接下来的三天里我们再也没看到了。在这期间，我们在峭壁东边及北边的一片贫瘠险恶的土地上穿行，时而是布满石头的荒漠，时而是栖息着许多野鸟的荒凉沼泽。这个地方实在是难以通行，如果不是峭壁底部有一块坚硬的岩架，我们就得折返回去了。许多回，我们的腰部都被古老的亚热带沼泽的泥浆和污水淹没。更糟的是，这里似乎是南美洲毒性、攻击性最强的加拉卡卡蛇最喜爱的繁殖地。这些可怕的生物不断在腐臭的沼泽水面上朝我们蠕动，我们只有随时准备好猎枪，才能感到安全。沼泽里有一个

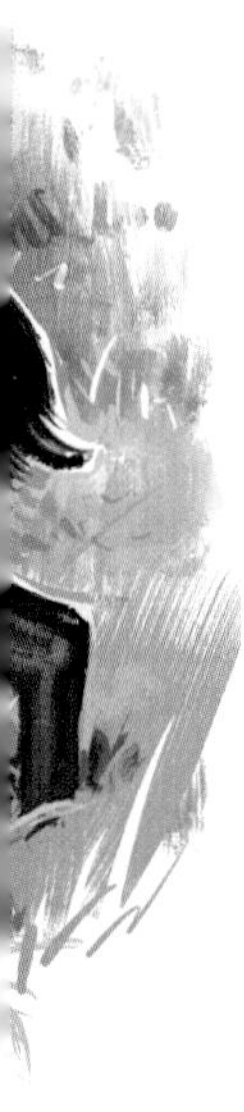

漏斗形的坑，里面长满了青灰色的地衣，是我记忆中永远的梦魇。那似乎是这些毒蛇的一个特殊的巢穴，它们在斜坡上朝着我们的方向扭动，因为这是加拉卡卡蛇的特性，它们一见到人就攻击。蛇的数量多得开枪也打不完，所以我们干脆拔腿就跑，一直跑到精疲力竭。我永远都不会忘记，我们回头看走了多远的时候，仍旧可以看到那些可怕的追逐者的脑袋和脖子在芦苇丛里起伏。在我们绘制的地图上，这个地方被称作“加拉卡卡沼泽”。

远处的悬崖失去了淡红的色调变成了巧克力一样的褐色，顶部的植被没有那么密了，高度也降至三四百英尺，但我们还是没有找到任何可以登顶的地方。甚至可以说，这里比之前的地方更不适合攀登，从我在布满石头的荒漠上拍的照片就可以看出悬崖有多么陡峭了。

“可以肯定，”我在讨论时说道，“雨水一定会通过某种途径流下来。岩石中间肯定有水道。”

“我们的小朋友挺聪明的。”查林杰教授拍着我的肩膀说道。

“雨水一定会流到某个地方。”我重复道。

“他对现状很了解。唯一的缺点是，据我们观察，岩石中间没有水道。”

“那雨水去了哪里？”我追问道。

“或许可以假设，雨水没有往外流，而是往里流。”

“这么说来，中央有个湖。”

“我想是这样的。”

“那个湖很可能是个古老的火山口，”萨姆里说道，“这里的地质构造就是火山。不管怎样，我想我们应该会发现高地的表面向里倾斜，中间有一大片水域，里面的水可能会通过地下通道流到加拉卡卡沼泽。”

“或者是蒸发维持了平衡。”查林杰说道。两位学者又像往常一样展开了科学讨论，这对外行人来说就像中文一样难以理解。

第六天，我们终于绕完了第一圈，回到了我们最初在孤立的巨岩旁边驻扎的营地。我们全都很郁闷，因为我们的考察毫无收获，可以百分百肯定，哪怕是最敏捷的人，也根本没法攀登上这座悬崖。梅普尔·怀特用粉笔标识的通道已经完全无法通行了。

现在该怎么办？我们的生活物资和枪支弹药都还很充足，但总有一天是会耗尽的。再过几个月就是雨季了，我们肯定会被冲出营地。这里的岩石比大理石还要硬，要在那样的高处开辟一条路，我们的时间和资源根本不允许。所以，那晚我们沮丧地面面相觑，各自翻找着自己的毯子，几乎不交流。我记得睡觉前最后看到的画面是查林杰像只巨型牛蛙一样蹲在火堆旁，双手托着脑袋，陷入了沉思，完全没注意到我在向他道晚安。

但第二天早上跟我们打招呼的是一个完全不一样的查林杰——一个浑身闪耀着志得意满的光辉的查林杰。我们聚在一起吃早餐时，他用虚假的谦虚的眼神看着我们，仿佛在说：“我知道自己值得你们所有的夸奖，但希望你们不要说出来，我怕会脸红。”他兴奋地竖起胡子，鼓着胸膛，一只手插在外套的前襟里。他或许在幻想自己的雕像应该立在特拉法加广场的空基柱上，为伦敦的街道再添荣耀。

“我找到了！”他呼喊着，闪亮的牙齿在胡须里若隐若现，“先生们，你们可以祝贺我了，我们可以相互祝贺了。问题已经解决了！”

“你找到上去的路了吗？”

“我想是的。”

“在哪儿？”

他指了指我们右边那座尖尖的山峰。

看到那座山峰，我们的脸——至少是我的脸，立刻沉了下来。我们的同伴确定那座山峰是可以爬上去的，但在它和高地之间有一道可怕的深渊。

“我们永远也不可能过去。”我喘了口气说。

“我们至少可以爬上山顶，”他说，“等到了上面，或许我可以证明给你们看，我的创意还没有耗尽。”

吃完早餐，我们打开了领队的包裹，里面装着他的攀爬工具。他拿出了一卷结实而又轻便的绳子，大概一百五十英尺长，还有抓钩和夹具之类的装备。约翰爵士是登山的老手了，萨姆里也有过几次艰苦的攀爬经历，只有我是新手，但我的强壮和敏捷或许可以弥补经验的匮乏。

实际上，这并不是特别艰难的任务，虽然也有一些令我头发直竖的时刻。前半程非常简单，但越往上越陡，最后五十英尺，我们完全是用手指和脚趾紧紧依附着岩石上的小棱角和小缝隙在往上爬。要不是查林杰先登顶（这么笨拙的人居然能爬得那么灵活，真让人意外），把绳子系在那里的大树上，我和萨姆里根本爬不上去。借助绳子，我们很快就从峭壁爬到了一小块长满草的平地上，这里就是峰顶，四周大约有二十五英尺宽。

当我平复呼吸之后，映入眼帘的就是我们穿过的这片土地的非同寻常的景色。整个巴西平原在我们脚下往前延伸，直到消失在最遥远的天际线上淡蓝色的迷雾里。离我们最近的是一道散布着石头和树蕨的长长的斜坡；稍远一些，在马鞍形的山丘后面，可以看到我们穿过的那片黄绿色的竹林；接着，植被逐渐茂密起来，直到变成了一片广袤的森林，一直延伸到视线所能及的最远之处，整整有两千英里远。

我工沉醉在这美丽的景色中，这时教授的手重重地搭在我的肩膀上。

“这边，我的小朋友，”他说，“不要回头，始终朝着我们的光荣目标前进。”

我转身后发现高地与我们所站的地方齐平，高地边缘的绿色灌木丛，夹杂着一些树，近得让人难以相信这片高地仍是无法进入的。粗略估算一下，裂口有四十英尺宽，但在我看来就像四十英里。我用一只手臂揽着树干，探向深渊。遥远的下方是我们的仆人小小的黑色身影，他们正抬头看着我们。这座尖顶岩就跟我对面的高地一样险峻。

“真奇怪。”萨姆里教授声音嘶哑地说道。

我转过身，发现他正在仔细察看我所揽的那棵树。我觉得那平滑的树皮和那些小巧的、带有纹路的叶子看起来很熟悉。

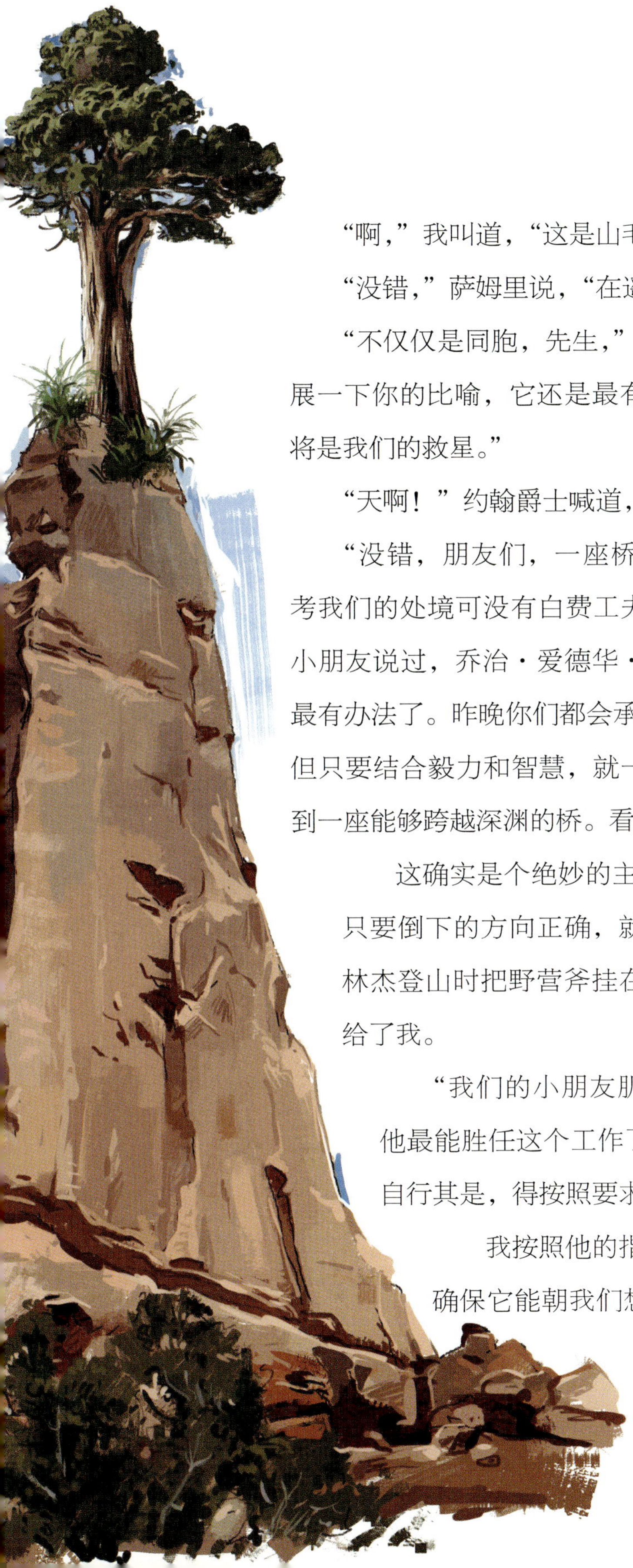

“啊，”我叫道，“这是山毛榉(jǔ)！”

“没错，”萨姆里说，“在遥远的异乡遇到了同胞。”

“不仅仅是同胞，先生，”查林杰说道，“请允许我扩展一下你的比喻，它还是最有价值的同盟。这棵山毛榉将是我们的救星。”

“天啊！”约翰爵士喊道，“一座桥！”

“没错，朋友们，一座桥！昨晚我花了一个小时思考我们的处境可没有白费工夫。我记得我曾对我们这位小朋友说过，乔治·爱德华·查林杰在陷入绝境的时候最有办法了。昨晚你们都会承认，我们已经陷入了绝境。但只要结合毅力和智慧，就一定会有出路。我们必须找到一座能够跨越深渊的桥。看！”

这确实是个绝妙的主意。这棵树有六十英尺高，只要倒下的方向正确，就可以轻松地跨越裂谷。查林杰登山时把野营斧挂在了肩头，现在他把斧子递给了我。

“我们的小朋友肌肉发达，”他说，“我相信他最能胜任这个工作了。不过，我得请求你不要自行其是，得按照要求来做。”

我按照他的指示在树干上砍了一些口子，确保它能朝我们想要的方向倒下去。这棵树本来就向高地倾斜，所以这个任务并不困难。我和约翰爵士轮流卖力地砍树。过了一个小时出头，随着断裂声响起，大树倒下，落在了那边的悬崖上，树枝扎进了灌木丛里。被砍下的树干朝我们这边的平台边缘滚过去，有那么一瞬间，我们都以为完了。然而，它在距离边缘几英寸的地方停了下来，成了通往未知世界的桥梁。

我们全都一言不发地跟查林杰教授握手，他则摘下草帽，分别向我们深鞠一躬。

“我很荣幸，成为第一个踏上未知的土地的人，”他说，“这个题材无疑很适合未来的历史画作。”

他向桥边走去时，约翰爵士把手搭在了他的外套上。

“亲爱的朋友，”他说，“我不允许你这样做。”

“你不允许！”查林杰转过头来，胡子向前伸着。

“你不知道吗，在科学问题上，我接受你的领导，因为你是科学家。但在我的领域，你就得听我的。”

“你的领域，先生？”

“我们都有自己的专业，而军事就是我的专长。我认为我们正在入侵一个新的国度，里面或许有各种各样的敌人。缺乏常识和耐心，盲目硬闯是我不认同的。”

他说得很在理，让人无法置之不理。查林杰摇摇头，耸了耸厚实的肩膀。

“嗯，先生，你有什么提议？”

“我估计灌木丛里有一群食人族在等着他们的午餐，”约翰爵士望着桥的另一头说道，“在落到别人的锅里之前最好学聪明点，所以，我们得一边希望没有麻烦在等我们，一边做好应对麻烦的准备。马龙和我会再下去一趟，拿上四支步枪，把戈麦兹和另一个人也叫上来。这样，一个人过去的时候，剩下的人可以用枪掩护他，等他确认安全之后，大家就可以一起过去了。”

查林杰坐在树桩上，不耐烦地发着牢骚，而萨姆里和我却一致认为，在这类实际安全问题上应该听从约翰爵士的指挥。现在最险峻的地方有了垂下来的绳索，攀登也变得简单了。不到一小时，我们就把步枪和一支猎枪拿了上来。两个混血儿也来了，他们在约翰爵士的吩咐下带上了一捆补给物资，以防我们的初次探索时间太长。我们每个人都带上了弹药。

“好了，查林杰，如果你坚持第一个过去，那就请吧。”做好一切准备之后，约翰爵士说道。

“感谢你慷慨的允许，”教授恼怒地说道，从没有哪个人像他那样难以忍受各种形式的权威，“既然这样，我肯定要当先锋。”

查林杰跨坐在树干上，两条腿悬在深渊上方，后背挎着斧头，不停地挪动身体，很快就到了另一边。接着，他站起身来，挥舞着双臂。

“终于到了！”他喊道，“终于到了！”

我不安地看着他，隐隐觉得他身后的绿色屏障后面会有什么可怕的东西向他袭来。但周围静悄悄的，只有一只怪异的、色彩斑斓的鸟儿从他脚下飞起，消失在树丛中。

第二个过去的是萨姆里。他虽然看起来身体瘦弱，却十分有劲。他坚持要背两支步枪，这样一来，等他过去之后，两个教授就都有武器了。我紧随其后，整个过程我一直都努力不去看下面那个可怕的深渊。萨姆里把枪托伸了过来，接着，我就抓到了他的手。至于约翰爵士，他是走过来的——没有任何支撑！他一定拥有钢铁般的意志。

就这样，我们四个人来到了梅普尔·怀特的梦幻之地——失落的世界。我们所有人都觉得这是巨大胜利的一刻。谁能想到这竟是巨大灾难的前奏呢？让我简单地讲讲这致命的打击是如何落到我们身上的。

我们离开了悬崖边，在灌木丛中穿行了大概五十码，身后突然响起了一阵可怕的碎裂声。我们立刻往回冲。桥不见了！

我朝悬崖底下望去，看到了凌乱的树枝和裂开的树干。那是我们的山毛榉桥。难道是平地的边缘崩塌了，所以它掉下去了吗？有那么一刻，我们所有人脑海里都出现了这一解释。接着，我们对面的岩石上缓缓地露出了一张黝黑的脸，那是混血儿戈麦兹的脸。没错，是戈麦兹，但那张脸上不再有谦恭的微笑，不再有面具一般的表情。这是一张两眼放光、五官扭曲的脸，一张因为仇恨和复仇成功的狂喜而抽搐的脸。

“罗斯顿爵士！”他喊道，“约翰·罗斯顿爵士！”

“嗯，”我们的同伴说道，“我在这儿。”

深渊那一头传来一阵尖厉的笑声。

“是的，你在那儿，你这英国狗，你就永远待在那儿吧！我不停地等啊等，现在机会终于来了。你觉得上来很难，你会发现下去更难。该死的傻瓜，你们都掉进陷阱里了！”

我们惊讶得说不出话来，只能站在那儿呆望着他。草地上有一根折断的粗大的树枝，他撬掉木桥的杠杆显然就是这么来的。那张脸消失了，但很快又出现了，比之前更加疯狂。

“在洞口我们差点儿就可以用石头砸死你们，”他喊道，“但这样更好。死得更慢，更可怕。你们会在那里变成一堆白骨，却没有人知道你们死在哪里，没有人会来埋葬你们。临死前想想五年前在普图马约河被你开枪打死的洛佩兹吧。我是他的兄弟，现在大仇得报，就是去死，我也心甘情愿了。”

一只愤怒的手朝我们挥舞，接着，一切都安静了。

这个混血儿如果只是报仇，然后离开，那他还可以平安无事。罗斯

顿，这个在三个国家被称为“上帝的连枷”的男人，不是可以随便嘲弄的。戈麦兹在尖顶岩离我们较远的那一侧往下爬，但他还没落地，约翰爵士就沿着高地边缘跑到了一个可以瞄准他的地方。随着枪声响起，虽然我们什么都没看到，却听见了尖叫声和远远的身体坠地的声音。罗斯顿向我们走过来，脸色阴沉。

“我真是个瞎眼的白痴，”他愤恨地说道，“是我的愚蠢害了你们。我本该记得这些家伙特别记仇，并且更加警觉的。”

“另一个人呢？那棵树得两个人才撬得动。”

“我本来可以开枪打死他，但还是放他走了。他可能没参与这件事。或许我应该把他杀了，因为就像你说的，他肯定也帮忙了。”

现在我们终于明白这个混血儿之前的举动了，我们每个人都能回想起他的一些不怀好意的行为——他不断地打探我们的计划，在帐篷外面偷听被抓，以及时不时让我们感到他遮遮掩掩地带着仇恨的神情。我们还在讨论，努力让自己适应这些新状况的时候，下面平原上奇特的一幕吸引了我们的注意。

一个身穿白衣的人——只可能是幸存的另一个混血儿，正在奔跑，好像要赶着去投胎。在他身后几码远的是我们忠诚的黑人赞布庞大黝黑的身影，这时，赞布跳到他背上，用手臂勾住了他的脖子。他们一起在地上翻滚。随后，赞布站了起来，看了看躺在地上的人，然后一边兴奋地朝我们挥手，一边跑过来。那个白色的身影一动不动地躺在辽阔的平原上。

我们的两个叛徒都被消灭了，但他们的恶行所导致的麻烦还在。我

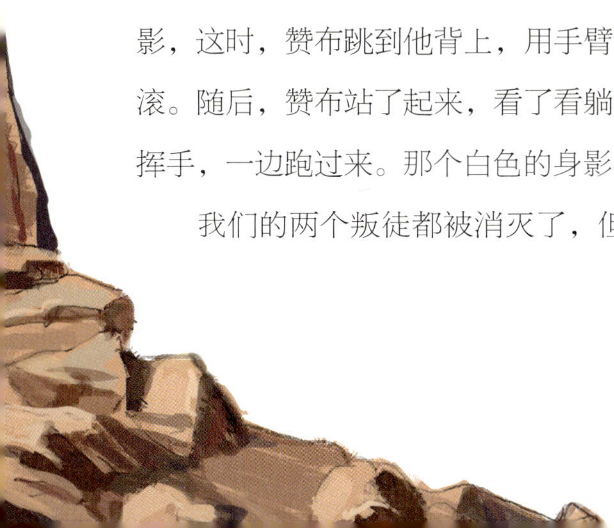

们根本没法回到尖顶岩那边了。我们本来是文明世界的土著，现在成了高地的土著。两者是毫不相干的。下面是可以带我们回到独木舟上的平原，而在弥漫着紫色薄雾的地平线之外，是能带我们回到文明世界的河流。但中间的纽带不见了，再聪明的人也想不出有什么办法能在那个将我们和过去分隔开的裂谷上搭建一座桥梁。我们的整个生存处境突然就变了。

就是在这一刻，我了解到了我的三位同伴的品质。他们一脸严肃，若有所思，却又非常冷静。我们目前只能耐心地坐在灌木丛里，等赞布过来。不久，他那张忠诚的黝黑脸庞和那副大力神的身躯就出现在了岩顶上。

“我该怎么做？”他喊道，“你们告诉我，我照做。”

这是个问比答容易的问题。唯一清楚的是，他是我们和外界的唯一一个可靠的联系。不管怎样，他绝不能离开我们。

“不，不！”他喊道，“我是不会离开你们的。不管发生什么事，我都会留在这里，但我没法留住那些印第安人。他们老是说这里有库鲁普利，他们要回家。让他们走吧，我留不住他们。”

那些印第安人最近确实经常表现出对这趟旅途的厌倦和对不能回去的担忧。我们意识到赞布说的是真的，他没法留住他们。

“让他们明天再走，赞布，”我喊道，“我要让他们帮我送信。”

“好的，先生！我保证让他们明天再走，”黑人说道，“但我现在能为你们做什么？”

需要他做的事情有很多，令人赞赏的是这个忠实的人做到了。首先，他在我们的指挥下解开了树桩上的绳子，把其中一头扔了过来。这绳子并不比晾衣绳粗，却很结实，尽管不能用来搭桥，但在攀登的时候却很管用。接着，他把他带上来的补给包拴在绳子的另一头，这样我们就能拽过来。哪怕我们找不到别的东西，这至少也够我们维持一周的生活了。最后，他又下去带来了另外两个包裹——一盒弹药和其他一些东西，我们把绳子扔过去，再拽过来。他最后下去时已经是晚上了，他向我们保证，会让印第安人等到第二天早上再离开。

于是，在来到高地的第一夜，我借着烛光，花

了将近一整晚的时间把我们的经历写了下来。

我们在悬崖边缘吃了点儿东西并在那里扎营，靠箱子里的两瓶矿泉水解渴。我们急需寻找水源，但我想，即便是约翰爵士，这一天也已经折腾够了，谁也不想立刻就深入这个未知的世界。我们忍住不去生火，或者发出不必要的声音。

明天（更确切地说是今天，因为我写信的时候天已经亮了），我们将首次进入这片奇异的土地。什么时候再写信——或者说还能不能再写信，我也不知道。与此同时，我可以看见那些印第安人还在原地，我确信忠诚的赞布不久就会上来取信。希望这封信能送到你手上。

又及——我越想越觉得我们的处境很绝望。我看不到返回的可能了。如果高地边缘有棵大树，我们或许还能再弄一座桥，但五十码内没有一棵树。我们所有人联合起来也挪不动一株树干。绳子又太短了，我们根本不能靠它下去。不，我们的处境毫无希望——毫无希望！

第十章

最奇妙的事情发生了

最奇妙的事情发生了，并且仍在持续发生。我只有五个旧笔记本和一些碎纸片，以及一支自来水笔，但只要我的手还能动，我就会继续记录我们的经历和感受，因为在整个人类当中只有我们目睹了这些事。它们非常重要，所以我应该趁着记忆尚未模糊，不断逼近的死神尚未追上我们的时候把它们记录下来。无论是赞布最终把这些信带到了河边，还是我自己奇迹般地将它们带回，抑或是某个大胆的探险者借助一架完备的单翼飞机循着我们的足迹发现了这捆手稿，我所写的这些都将成为不朽的探险经典。

在被恶毒的戈麦兹困在高地后的那个早上，我们的探险进入了一个新的阶段。在这个地方发生的第一件事给我留下了并不太好的印象。天亮后，我打了个盹儿，醒来时发现腿上有奇怪的东西。我的裤脚卷了起来，袜子上方露出了几英寸的皮肤，上面有一颗紫色的“大葡萄”。我大吃一惊，俯身向前将它拿掉，结果它在我的指间爆裂，鲜血四溅，实在太可怕了。我厌恶地大叫起来，从而引来了两位教授。

“真有意思，”萨姆里边说边朝我的腿弯下腰，“一只巨大的血蜱(pí)，我想应该还没进入生物分类。”

“我们的首个劳动成果，”查林杰以低沉的、学究式的口气说道，“我们一定要把它命名为‘马龙硬蜱’。我的小朋友，我敢肯定，与你的名字被永远载入动物学史册这一光荣的特权相比，被叮咬带给你的小小不便根本不算什么。可惜你把这个饱餐了一顿的绝佳标本给捏碎了。”

“该死的害虫！”我叫道。

查林杰扬起浓眉抗议，又拍了拍我的肩膀安抚我。

“你应该培养科学的眼光和冷静的科学头脑，”他说，“对于我这种富有哲学家气质的人来说，这种血蜱，长着像柳叶刀一般的嘴和膨胀的腹部，跟孔雀或者极光一样，都是大自然美丽的杰作。听到你以如此不欣赏的方式谈论它，真让我感到痛心。当然，只要认真一点，我们也许能弄到别的标本。”

“当然，”萨姆里冷冷地说道，“刚刚就有一只钻到你的衣领后面去了。”

查林杰跳到半空，像公牛一样吼叫起来，疯狂地想要扯下自己的外套和衬衫。萨姆里和我忍不住哈哈大笑，顾不上帮他。最后，我们把他的衣服扒了下来，看到了他壮硕的身躯（用裁缝的尺子量一下，得有五十四英寸）。他的身体长满了乱蓬蓬的黑毛，我们赶在那只游荡的蜱虫叮咬他之前把它从这片黑森林里揪了出来。周围的灌木丛里都是这种可怕的虫子，很显然，我们得换个营地了。

但首先，我们得安顿好那个忠实的黑人，他此刻出现在山峰上，把一些罐装的可可和饼干扔给我们。留在下面的物资，我们让他留下够他生活两个月的东西，剩下的给印第安人，作为他们的劳动和把我们的信带回亚马孙的酬劳。几个小时后，我们看到他们排成一列，头顶着包袱，沿着我们来时的路离开了。赞布住进了我们在悬崖底下的小帐篷里，他一直待在那儿，是我们和下面世界唯一的联系。

现在必须决定接下来的行动了。我们从满是蜱虫的灌木丛转移到了被茂密的树木环绕的一小片空地上。中央有一些平整的石板，旁边还有一口清泉，我们舒舒服服地坐了下来，制定进入这个新世界的初步计划。鸟儿在树叶间鸣叫——特别是有一种特殊的叫声，对我们来说很新鲜。但在这之外，就没有生命的迹象了。

我们的首要任务是列出一份储备清单，弄清楚我们有哪些必需品。我们自己带来的，加上赞布用绳子送上来的东西，储备还算充足。最重要的是，面对周遭的危险，我们有四支步枪和一千三百发子弹，另外还有一支猎枪，但只有不到一百五十发中号子弹。食物还够我们维持几个星期，烟草也充足。此外，还有一些科学装备，包括一个大望远镜和一个不错的双筒望远镜。我们把这些东西都堆在空地上，作为第一重防护，我们用斧头和刀子砍了一些荆棘，围成了一个直径约十五码的圈。这里成了我们临时的大本营——我们的紧急避难所和仓储中心。我们管它叫“查林杰堡垒”。

等到我们做好这些防护措施时，已经是中午了，但天气并不是很热，高地的气候和植被总的来说都很宜人。在包围我们的杂乱的树木中，可以看到山毛榉、橡树，甚至桦树。一棵巨大的银杏树，比其他所有树都要高，用粗大茂密的枝叶遮住了我们的堡垒。我们在树荫下继续讨论，一开始行动就接过指挥棒的约翰爵士发表了他的看法。

“只要不被人或者野兽发现，我们就安全，”他说，“一旦被发现，我们就麻烦了。目前还没有迹象表明他们已经发现我们了，所以我们暂时得低调行事，偷偷地侦察这片土地。在跟我们的邻居来往之前，我们得好好观察它们。”

“但我们得行动。”我说。

“当然，孩子！我们当然得行动，但要有常识。我们不能走得太远，不然就没法回到我们的根据地了。最重要的是，除非到了生死关头，否则谁也不能开枪。”

“但你昨天开枪了。”萨姆里说。

“嗯，那也是出于无奈。不过，当时风很大，而且朝外吹，声音不大可能传到高地深处。对了，这个地方叫什么名字？我想应该由我们来命名吧？”

大家提出的建议都还不错，但最终采纳的是查林杰的建议。

“只有一个名字合适，”他说，“应该以发现这片土地的先驱者来命名，就叫‘梅普尔·怀特高地’。”

于是，这里就成了梅普尔·怀特高地，我在由我负责绘制的地形图上标注了它的名字。我相信，它将来会出现在地图册上。

平安穿过梅普尔·怀特高地是摆在我们面前的紧急课题。我们已经发现了证据，这里栖息着一些未知的生物，而梅普尔·怀特的速写本表明可能还会出现更可怕、更危险的猛兽。另外，这里可能也有人类居住，而且他们可能带有攻击性，非常危险，插在竹子上的尸骸就是证据，受害者只可能是从高处掉下去的。困在这个地方，没有逃离的可能，我们的处境显然充满了危险，所以对于约翰爵士凭经验做出的所有谨慎决定，我们都理智地表示赞同。但我们当然不可能一直停留在这个神秘世界的边缘，我们的灵魂早已迫切地想要继续前进，深入它的核心。

因此，我们用一些荆棘挡住了围栏的入口，将我们的营地和物资留在了这个护栏里，然后沿着一条从泉眼里流出的小溪缓缓地、小心翼翼地走向未知世界，等我们归来时，这条小溪也将为我们指路。

我们刚出发，就发现了一些迹象，表明确实有奇异的东西在等待我们。我们穿过几百码茂密的树林——其中有许多树我都不认识，但萨姆里是我们队伍里的植物学家，他认出了在下面的世界早已消失的针叶树和苏铁科植物。溪流逐渐变宽，出现了一片开阔的沼泽地带。我们面前密密麻麻地生长着一种特别的高芦苇，应该是木贼科或者马尾草，其中还散布着一些树蕨，在微风中摇曳。突然，走在前面的约翰爵士举起一只手，停了下来。

“快看！”他说，“天啊，这肯定是鸟类祖先的脚印！”

我们面前松软的泥土里有一个巨大的三趾脚印。这个生物——不管是什么——穿过沼泽，跑进了森林里。我们都停下来细看这个大脚印。

如果真的是一只鸟——还有什么动物能留下这样的脚印呢？它的脚远大于鸵鸟的脚，那它的体形肯定也很大。约翰爵士急切地环顾四周，往自己的猎象枪里塞了两发子弹。

“我以猎人的名誉发誓，”他说，“这是刚留下的脚印。那头生物刚过去不到十分钟。看，那个比较深的脚印还在渗水。天啊！快看，这里还有个小的脚印。”

很明显，较小的脚印跟大的脚印形状是一样的，而且与之平行。

“可是，这个怎么说？”萨姆里教授得意地叫道，“在三趾脚印中间，还有一个大大的五趾手印，像是人类的手印。”

“威尔登！”查林杰兴奋地叫道，“我在威尔登的黏土里见过。这是一种用三趾脚直立行走的动物，偶尔会把一只长着五个指头的前爪放在地上。不是鸟，我亲爱的罗斯顿——不是鸟。”

“是野兽？”

“不，是爬行动物——恐龙。别的生物不会留下这样的脚印。早在九十多年前，它们就让苏塞克斯一位可敬的医生困惑不已。不过，这世上有谁能想到会看见这样的景象呢？”

他的话逐渐变成了喃喃自语，我们全都一动不动地呆立着，十分吃惊。很快，循着脚印，我们离开沼泽，穿过灌木和树林，来到一片开阔的空地前，那里有五只我从未见过的奇异动物。我们蹲在灌木丛里，慢悠悠地观察着它们。

就像我刚才说的，一共有五只动物，两只成年的和三只未成年的幼崽。它们的体形巨大，就连未成年的幼崽都和大象一样大，成年的那两只体形远比我见过的任何动物都要大。它们有着石板色的皮肤，皮肤上有像蜥蜴一样的鳞片，在阳光下闪着微光。它们全都蹲坐着，用粗壮有力的尾巴和长着三个脚趾的巨大后足保持平衡，而小巧的五指前爪则把树枝拉下来啃咬。我不知道怎样才能更好地让你们了解它们的模样，只能说它们就像巨型袋鼠，身长有二十英尺，皮肤像黑鳄鱼一样。

我们一动不动地盯着这个奇异的景象，不知道过了多久。一阵强风吹向我们，我们全都隐藏得很好，所以没有被发现。三只幼崽不时围着父母玩耍，它们庞大的身躯笨拙地跳起，然后砰的一声落到地上。它们的父母好像有无穷的力量，因为其中一只够不到大树上的树叶，就用前肢抱住那棵树，像掰断一棵小树苗一样把它掰断了。我觉得，这个举动表明它虽然肌肉发达，头脑却十分简单，因为当整棵树朝它的头顶压下来时，它发出了一连串的尖叫——它虽然体形庞大，承受能力却十分有限。显然，这场意外让它觉得附近很危险，所以它踉踉跄跄地逃到了树林里，它的配偶和三只巨大的幼崽也跟在后面。我们在树干之间看到了它们闪闪发光的石板色皮肤，以及在灌木丛上方起伏的脑袋。接着，它们从我们的视野中消失了。

我看了看我的同伴。约翰爵士站在那里注视着前方，手指放在猎象枪的扳机上，凶狠的眼神中透露出一个猎手躁动的灵魂。为了在阿尔巴尼街的家里把眼前这样一个动物的头骨摆在壁炉上方十字交叉的船桨中间，他愿意付出一切代价！然而，他还是保持了理智，我们对这片未知之地的探索全靠不被这些栖息者发现。两位教授暗自狂喜，因为一时激动，下意识地握住了对方的手，像两个目睹了奇观的小孩儿。查林杰的脸上露出了天使般的笑容，萨姆里那张满是讥讽的脸此刻也变得柔和了，透露着惊奇和敬畏。

“天啊！”他终于喊道，“那些人在英国会怎么说？”

“我亲爱的萨姆里，我可以非常肯定地告诉你，他们在英国会怎么说，”查林杰说道，“他们会说你是一个该死的骗子，一个科学术士，就像你和别人说我一样。”

“如果有照片呢？”

“伪造的，萨姆里！拙劣的伪造！”

“如果有标本呢？”

“啊，那就有可能让他们相信！马龙和伦敦新闻界那帮卑鄙龌龊（wò chuò）的同行会不停地赞美我们。八月二十八日，这一天我们在梅普尔·怀特高地的空地上看到了五只活生生的禽龙。快写在日记里，然后寄给你的小报，我的小朋友。”

“等着被舆论踩在脚下吧，”约翰爵士说道，“年轻人，在伦敦，情况是不太一样的。有很多人都不讲自己的历险，

因为知道没人会相信。谁又会怪他们呢？再过一两个月，这对我们来说也会变得像梦一样。你说它们是什么？”

“禽龙，”萨姆里说道，“你会在肯特和苏塞克斯，以及黑斯廷斯沙滩上这些地方发现它们的足迹。以前英格兰南部还有很多茂密的绿植的时候，它们就在那里生活。环境改变之后，它们就灭绝了。而这里的环境似乎没有改变，所以它们活了下来。”

“要是能活着离开这里，我一定得带上一颗它们的脑袋，”约翰爵士说道，“天啊，索马里、乌干达的那帮人要是看了，眼睛都得发绿。

我不知道你们怎么想，但我觉得我们一直以来都如履薄冰。”

我也同样觉得周围有神秘和危险的东西。在树林的阴影中似乎一直潜藏着威胁，当我们抬头望向昏暗的枝叶，一种恐惧爬上心头。我们看到的那些庞然大物确实笨重、性情温顺，不太可能伤害什么人，但在这个奇异的世界，不知道还有什么动物，还有什么凶猛、敏捷、可怕的动物潜伏在岩石或灌木间，随时准备朝我们扑来呢。我对史前生物并不太了解，但我清楚地记得我读过的一本书里讲道，有些动物以狮子和老虎为食，就跟猫以老鼠为食一样。想想要是在梅普尔·怀特高地的树林里也有这样的动物呢！……

在这个早上——我们在这个新世界度过的第一个早上，我们注定会发现我们周围有什么样的危险。这是一段可憎的、我不愿意想起的历险。就像约翰爵士说的，如果禽龙出没的那片林中空地是我们的美梦，那么，翼龙沼泽就是我们永远的噩梦。让我来讲讲是怎么回事吧。

我们非常缓慢地在树林里穿行，一方面是因为罗斯顿爵士在我们前进之前总要先侦察一番，另一方面是因为每走一步，我们的两位教授当中就会有一位发出一声惊叹，拜倒在某种花卉或昆虫的新品种之下。我们沿着溪流右侧走了两三英里，来到了一片相当大的林间空地。灌木丛尽头是一堆石头——整片空地都布满了巨石。我们在齐腰深的灌木丛中缓缓走向那些石头，突然听到一阵古怪的低语声和口哨声，这声音不断在空气中回荡，好像来自我们面前不远的地方。约翰爵士抬起手来示意我们停下，他弯着腰快速向岩石那边跑去。我们发现他往岩石那头看了看，显得非常吃惊。他站在那里看着，仿佛忘了我们的存在，完全被他看到的东西迷住了。最后，他终于挥手让我们过去，并且示意我们要小心。他的整个姿态让我觉得前面是某种既奇妙又危险的东西。

我们爬到他身边，向岩石那头望去，看到了一个坑，可能是以前高地上的一个小火山喷发口。坑是碗状的，在距离我们几百码的底部，是一滩泛着绿色浮渣的死水，边上长着芦苇。这个地方本身就很古怪，而它的栖息者更使它显得像是但丁《地狱》里的一幕。这是翼龙的群栖地。在我们的视线范围内，起码有上百只翼龙。幼龙都栖息在底部的水边，长相丑陋的恐龙妈妈则在孵化坚硬发黄的恐龙蛋。这群污秽的动物又是爬行又是拍打翅膀，空气中充斥着震耳欲聋的喧嚣声和一股令人作呕的霉臭味。但在上方，那些可怕的雄性蹲伏在各自的岩石上，高大、灰暗、干瘪，与其说是活物，不如说是已经死亡的干枯标本。它们一动不动，只有一双红眼睛在转动，偶尔当一只蜻蜓飞过时，它们的嘴巴也会发出像捕鼠器一样的张合声。它们前臂弯曲，收起了巨大的膜状翅膀，像个身材巨大的老女人坐在那里，披着丑陋的灰色披肩，伸着凶狠的脑袋。

两位教授很乐意在那里待上一整天，他们沉浸在这个研究史前动物的机会中。他们指出岩石周围的鱼和死鸟是这些翼龙的食物来源，我还听到他们祝贺对方终于搞清楚了为什么这些翼龙的化石会在某些确定的地区——比如剑桥绿沙地，被大量发现，现在看来是因为它们跟企鹅一样，是群居动物。

然而，查林杰为了证明萨姆里反对的某个观点，将脑袋探出了岩石外，这差点儿把我们所有人都害死。突然，最近的一只雄性翼龙发出了像哨子一样刺耳的尖叫声，拍打着二十英尺长的坚韧翅膀飞到了空中。雌性翼龙和幼崽都聚集到水边，而那些“哨兵”则一只接一只地飞向空中。这是个惊人的场面，上百只体形巨大、外表丑陋的巨兽像燕子一样迅捷地在我们头顶飞行，我们很快就意识到不能在这里逗留。起初，这些巨兽围成一个大圈飞行，像是在查探危险的确切程度。接着，它们越飞越低，圈子越缩越小，直到在我们周围盘旋，灰色的巨翅扑腾着，空气中充斥着干燥的嗡嗡声，让我想起比赛日的亨顿机场的声音。

“到树林里去，别分散，”约翰爵士举起步枪喊道，“这些家伙不怀好意。”

我们正准备撤退的时候，那个圈子朝我们逼近了过来，那些离我们最近的翼龙的翅尖都快碰到我们的脸了。我们用枪托去砸它们，但根本没有什么地方是能被我们攻击的。在那个发出嗖嗖响的灰色圈子里突然伸出一根长长的脖子，一张锋利的喙朝我们戳来，随后一只接一只紧跟其后。萨姆里尖叫着捂住脸，血从指间淌出。我感到后颈被戳了一下，有点眩晕。查林杰摔倒了，我弯下腰准备扶他起来，但后背又遭到了袭击，倒在了他身上。这时，我听见约翰爵士的猎象枪砰的一声响了，抬头看到一只断了翅膀的翼龙在地上挣扎，张着嘴巴朝我们一边吐唾沫，一边咯咯叫。那双眼睛瞪得通红，就像中世纪画里的魔鬼。它的同伴听到突如其来的响声，飞向了高空，在我们的头顶盘旋。

“趁现在，”约翰爵士喊道，“快逃命！”

我们踉踉跄跄地穿过灌木丛，跑到树林边上时，那些怪物又追上了我们。萨姆里被击倒了，但我们把他拽起来，躲到了树林里。这下我们安全了，因为那些巨大的翅膀在树枝底下没法扑腾。我们一瘸一拐地往回走，垂头丧气，狼狈不堪。在我们头顶深蓝的高空，我们看到那些变得像鸽子一样小的家伙仍在久久地盘旋，显然是在紧盯着我们。不过，等我们进入了树木更茂密的地带，它们终于放弃了追逐，消失在我们的视线里。

“非常有趣和富有说服力的经历，”我们在溪边停下来，查林杰一边冲洗自己浮肿的膝盖，一边说道，“萨姆里，我们如今格外了解翼龙发怒时的习性了。”

萨姆里正在擦掉额头上伤口的血，我正在包扎着颈部一个严重的伤口。约翰爵士外套的肩部被扯掉了，但翼龙的牙齿只是给他留下了一点儿皮外伤。

“值得注意的是，”查林杰继续说道，“我们的小朋友被戳伤了，约翰爵士的外套则是被咬破了，而我呢，头部也被它们的翅膀打伤了，所以从我们身上受伤的情况可以看到它们各种不同的攻击方式。”

“它们想要我们的命，”约翰爵士严肃地说道，“我想不出还有什么死法比被那些肮脏的东西撕碎更恶心的了。很抱歉我开了枪，可是，天啊，我别无选择。”

“要不是你开枪，我们就回不来了。”我坚定地说道。

“开一枪没有什么妨害，”他说，“在树林里肯定有许多声音跟枪声很像，比如树木裂开或倒下。不过，如果你们跟我一样觉得今天已经受够了刺激，那我们最好还是回营地去，把药箱里的石炭酸[1]找出来涂一下。谁知道这些野兽狰狞的嘴巴里有没有什么毒呢。”

自从创世以来，肯定没有人经历过这样的一天。但还有出人意料的事在等着我们。

---

1 石炭酸：苯酚俗称“石炭酸”，在医学上可用于消毒、防腐。

当我们终于沿着小溪回到空地，看到我们的荆棘堡垒时，我们都以为冒险结束了。但我们在休息之前还有一些事要考虑。查林杰堡垒的大门没被动过，围栏也未被破坏，但我们不在时，有某种奇怪而强大的动物来过。虽然没有留下任何脚印展露它的特征，但那棵大银杏树垂悬的树枝表明它是如何来和去的，从我们那些物资的状况可以充分看出它的力量有多可怕。物品散落一地，有个肉罐头被压碎了，显然是为了弄出里面的东西。一个弹药盒被砸成了碎木片，旁边有个黄铜的子弹壳也是碎的。我们再次感到一种模糊的恐惧，我们惊惶地望着四周的暗处，其中可能潜伏着什么可怕的东西。这时，我们欣喜地听到赞布打招呼的声音，我们跑到高地边缘，看到他坐在对面山顶上朝我们微笑。

"一切都很好，查林杰先生，一切都很好！"他喊道，"我在这里。不要怕。你们有需要就可以找到我。"

他那张真诚的黝黑脸庞，以及眼前壮丽的风景（好像带着我们半路折返，回到了富饶的亚马孙），使我们想起自己是在二十世纪的土地上，并没有被某种魔法带到这颗最古老、最蛮荒的星球。实在是很难想象，在遥远的地平线上，紫色的雾气笼罩着大河，大型汽船在河上来来往往，人们谈论着生活琐事，而我们却困在一群远古生物中间，只能遥望它，并思念它所代表的一切！

这奇妙的一天中还有一件难忘的事，我就让它作为这封信的结尾吧。两位教授的脾气无疑都因为受伤而更加暴躁，他们对于我们的袭击者是翼龙还是双型齿翼龙争执不休。为了躲避他们的争吵，我走到旁边去，坐在一棵倒下的树上抽烟。这时，约翰爵士朝我走来。

“我说，马龙，”他说，“你还记得那些野兽所在的地方吗？”

“记得非常清楚。”

“是火山坑，对吧？”

“是的。”我说。

“你有注意地面吗？”

“都是岩石。”

“但在水的周围呢？就是长芦苇的地方。”

“是发蓝的土壤，有点像黏土。”

“没错。一个满是蓝色黏土的火山口。”

“怎么了？”我问。

“哦，没什么，没什么。”他说完又走了回去，而两位科学家正在那边喋喋不休地争辩，萨姆里高亢刺耳的嗓音和查林杰圆润低沉的嗓音此起彼伏。我本已不再去想约翰爵士说的话，但那晚我反复听到他在自言自语：“蓝色黏土——火山坑里的蓝色黏土！”这是我在疲倦地睡去之前听到的最后一句话。

第十一章
我也做了一回英雄

约翰·罗斯顿爵士说对了，那些袭击我们的可怕生物的牙齿确实有毒。在高原的首次历险后的早晨，萨姆里和我都发起了高烧，疼痛不已。查林杰的膝盖严重挫伤，几乎无法走路。于是，我们一整天都待在营地里，约翰爵士则在我们力所能及的帮助下，忙着把树篱加高加厚，这是我们唯一的防御了。我记得那一整天我都觉得我们被密切监视着，虽然不知道是被谁在何处监视。

这种感觉太强烈了，我告诉了查林杰，他却说这只是发烧引起的谵妄。我反反复复地快速环顾四周，确信自己会看到些什么，但只有黑漆漆、乱糟糟的树篱纠缠的黑影和我们头顶上拱形的大树冠。然而，我却越来越强烈地感到附近有什么敏锐而恶毒的东西在不怀好意地盯着我们。我想起了印第安人所迷信的库鲁普利——可怕的、潜藏着的树精，我甚至能想象，对于那些侵入其僻远而神圣之地的人，这可怕的魔鬼会怎样穷追不舍。

那个夜晚（我们在梅普尔·怀特高地的第三个夜晚），我们遇到了非常可怕的事，幸好约翰爵士努力地让我们的营地牢不可破。我们围在即将熄灭的火堆前睡觉，突然被一连串我从未听过的最可怕的喊叫声吵醒——或者应该说是惊醒。我不知道有什么声音能跟这奇异的聒噪声相比，似乎来自距离我们的营地只有几百码的某个地方。它像火车的汽笛声一样刺耳，但汽笛声是清脆、尖锐、机械的，而这声音却非常低沉，流露出了极度的痛苦和恐惧。我们用手捂住耳朵，不想听见这刺痛神经的号叫。它让我浑身直冒冷汗，心中感到不适。生命中承受的所有磨难，对上天的控诉，无尽的哀伤，似乎都汇聚在这可怕的、痛苦的喊叫声中。接着，在这高亢、恐怖的尖叫声下面出现了一阵低沉嘶哑、断断续续的欢笑声，像是尖叫声的诡异伴奏。这可怕的二重唱持续了三四分钟，受惊的鸟儿纷纷从枝头飞起，树叶沙沙作响。接着又安静了，和响起时一样突然。我们一声不响地呆坐了很久。接着，约翰爵士把一捆树枝扔到火堆里，红色的火光照亮了我的同伴们专注的脸庞，也照亮了我们头顶粗大的树枝。

“这是什么？”我低声问道。

“我们明天早上就知道了，”约翰爵士说，“这声音离我们很近——就在空地的不远处。”

“我们‘有幸’听到了一场史前悲剧，一场发生在侏罗纪的潟湖畔的芦苇丛里的悲剧，一只大恐龙在泥浆里抓住了一只小恐龙，”查林杰说道，他的声音里有一种前所未有的严肃，“幸好人类没有过早地出现。

早期广泛存在的那些生物是人类的勇气和机械无法抗衡的。就比如今晚出现的那些生物，人类的投石、飞棍、弓箭能对付吗？即使是用现代的步枪，也不一定对付得了这些野兽。”

“我想我还是应该支持我的小朋友，”约翰爵士轻抚着自己的枪说道，“不过，那些野兽的胜算确实很大。”

萨姆里抬起手。

“嘘！”他喊道，“我好像听到了什么声音。”

从死寂中传来了一阵低沉的、有规律的啪啪响。这是某种动物的脚步声——柔软而沉重的脚掌谨慎地、富有节奏地踩在地面上。它沿着营地悄悄地走动，随后在门口停了下来。有一阵低沉的嘶嘶的起伏声——这是它的呼吸声。将我们和这恐怖的东西隔开的只有一道脆弱的树篱。我们都拿起了各自的步枪，约翰爵士在树篱间拨出了一个射击口。

“天啊！”他低声说道，“我好像看到它了！”

我弯下腰，从他的肩头往外看。是的，我也看到了！在幽暗的树影下有个更幽暗的影子，漆黑、模糊——一个凶残、危险的身影蹲伏在那里。它和马一样高，但模糊的轮廓已展现了它的庞大和力量。那嘶嘶的喘气声像发动机一样规律而强劲，显然它的体形非常大。当它移动时，我似乎瞥见了一对可怕的闪烁的绿眼睛。树叶响起了令人不安的沙沙声，它好像正慢慢地爬过来。

“我觉得它要跳起来了！”我扳动步枪的扳机说道。

“别开枪！别开枪！”约翰爵士低声说，“在这么静的夜里，几英里外也会听到枪声。等到万不得已的时候再开枪吧。”

“它要是跳过来我们就完了。”萨姆里紧张地笑了笑。

“不，当然不能让它跳过来，”约翰爵士叫道，“不到最后关头不要开枪。我也许可以对付它。不管怎样，让我来试试吧。”

我从未见过如此英勇的行为。他弯着腰走向火堆，捡起一根燃烧的树枝，随即从他在门口预留的缝隙溜了出去。那东西发出恐怖的吼叫，向前移动着。约翰爵士毫不犹豫地以轻快迅捷的步伐朝它冲去，把燃烧的树枝砸向它的脸。那一瞬间，我看到了一张可怕的脸，像一只巨大的蟾蜍（chán chú），皮肤长满瘤子，像有麻风病一样，张开的嘴里淌着鲜血。紧接着，灌木丛里传来一阵噼啪响，我们可怕的访客跑掉了。

“我就知道它怕火。”约翰爵士笑道，他走回来把树枝扔到了柴堆里。

“你不能这样冒险！”我们喊道。

“没别的选择了。要是它跳到我们中间来，为了放倒它，我们就得开枪互射了。要是隔着树篱打伤了它，我们就暴露了，它肯定会立刻扑过来。好在不管怎样，我们已经摆脱它了。对了，它是什么生物？”

我们的两位学者有些迟疑地看着对方。

“我个人还无法确定是什么生物。”萨姆里用火堆的火点燃烟斗。

“为了不犯错，你表现出了一种科学的谨慎，”查林杰居高临下地说道，“那我也只能笼统地说，我们今晚遇到的肯定是一种食肉恐龙。我已经说过，这片高地上存在这种动物。”

“我们得记住，”萨姆里说，“有许多史前动物我们还没遇到。随意命名我们遇到的一切动物未免太草率了。”

“没错，最多只能尝试进行粗略的分类。等明天有了进一步的证据，或许就可以确定它们的身份了。现在只能继续睡觉了。”

“但不能没有人放哨，”约翰爵士坚决地说道，“在这种地方可不能冒险。接下来我们每人站岗两个小时。”

“我第一个来吧，正好把我的烟抽完。”萨姆里教授说道。从那时起，我们再也不敢在没人站岗的时候放松警惕了。

第二天早上，我们很快就找到了昨晚把我们惊醒的恐怖叫声的源头。禽龙的栖息地变成了可怕的屠宰场。绿草地上到处有血泊和大肉块，我们一开始以为是有一群动物被杀了，但仔细检查了那些残骸之后，我们发现被屠杀的只是一只笨拙的禽龙，它被一头或许并不比它大，但远比它凶猛的动物撕成了碎片。

两位教授坐下来聚精会神地讨论，一块一块地检查那些残骸，上面有野兽的牙印和巨大的爪印。

“我们暂时还没法下结论，”查林杰教授说道，他膝盖上放着一块发白的大肉块，“这些印记跟剑齿虎很吻合，在我们的角砾(lì)岩洞穴中还能找到，但我们见到的生物无疑更大，更像爬行类动物。我觉得应该是异龙。”

“或者斑龙，”萨姆里说道。

“是的，任何一种大型的食肉恐龙都有可能。它们是最可怕的动物，是地球的诅咒，也是博物馆的宝物。”他忍不住为自己的妙语哈哈大笑。虽然没什么幽默感，但只要是他自己说出口的，哪怕是最拙劣的笑料，他也会发出欣赏的笑声。

“最好还是小声一点儿，”罗斯顿爵士简短地说道，“不知道我们附近有什么东西呢。要是这家伙回来吃早餐，抓住了我们，那我们可就笑不出来了。对了，禽龙皮肤上的记号是什么？”

在肩膀上方灰暗、带有鳞片的石板色皮肤上，有一个奇怪的黑圈，像是沥青弄出来的印记。我们都不知道那是什么，但萨姆里说，两天前他在一只幼龙身上也看到过类似的东西。查林杰什么也没说，但看起来很得意，仿佛只要他愿意，就能说出答案，最后，约翰爵士问了他。

“如果阁下允许我开口，我很乐意表达自己的看法，”他讽刺道，“我还不太习惯接受你的领导。我没有意识到在无伤大雅的事情上笑一笑还要先得到你的允许。”

约翰爵士道完歉，我们这位爱生气的朋友的情绪才平息了下来。等到心平气和之后，他坐在一棵倒下的树上开始讲话，按照他的习惯，仿佛在上千人的教室里讲授最宝贵的知识。

“关于那个印记，”他说，“我认同我的朋友和同行萨姆里教授的看法，是沥青弄出来的。这片高地的地质表明它是火山运动形成的，而沥青是一种与火山深冲力有关的物质，我敢肯定是液态的沥青，那些生物可能接触过这些液态沥青。一个更重要的问题是，那些在这片空地留下痕迹的食肉猛兽是否存在。我们大致知道，这片高地并不比英国一个普通的郡大。在这有限的空间里，一些动物在一起生活了许多年，其中大部分种类在下面的世界已经灭绝。显然，在这么长的时间里，食肉动物如果不受控制地繁殖，就会耗尽它们的食物来源，于是要么被迫改变吃肉的习性，要么饿死。但我们看到的并不是这样，因此，我们只能认为存在某种因素限制了这些猛兽的数量，大自然才得以保持平衡。因此，留待我们解答的有趣的问题就是：这种限制性因素是什么？它是如何运作的？我相信我们以后还会有机会对这种食肉恐龙进行更加仔细的研究。”

“我相信没有这种机会了。”我说道。

教授只是扬起了他的粗眉，就像校长对待一个胡言乱语的调皮学生。

“或许萨姆里教授也有意见要发表。”他说道。于是，两位专家一起沉浸在高深的科学氛围中，开始争论出生率降低和食物不足哪个才是限制因素。

那天早上，我们探索了这片高地的一小部分，避开了翼龙的沼泽地，一直沿着小溪向东前行。这个方向的树木非常茂密，还有许多灌木丛，所以我们行进得很慢。

我已经详述过梅普尔·怀特高地的恐怖，但它也有好的一面，整个上午，我们一直穿行在美丽的花丛中——我注意到大多数花都是白色或黄色的，我们的两位教授解释说，这是原始的花色。有许多地方，地面完全被花盖住了，我们走在这齐踝深的美丽柔软的毯子上，芬芳浓郁的花香令人沉醉，寻常的英国蜜蜂在我们身边嗡嗡作响。我们经过的许多树上都结满了果实，树枝都被压弯了，有的是熟悉的品种，有的却是新品种。我们观察着哪些果实被鸟啄过，从而避免中毒，并且为我们增加了美味的食物储备品种。在我们穿行的丛林中，有许多被野兽踩得很坚实的小径，在更加湿软的地带，我们看到了大量奇怪的脚印，其中有不少是禽龙留下的。有一回，我们在树丛里看到有几只禽龙在吃草，约翰爵士透过望远镜发现它们身上也有沥青图案，不过位置跟我们早上看到的不同。这个现象意味着什么，我们还不清楚。

我们看到了许多小型动物，比如豪猪[1]、穿山甲，还有一只杂色的、长着獠牙的野猪。有一次，透过树木间的缝隙，我们看到远处有一座绿色的山丘，一只很大的褐色动物从山头迅速跑过。它的速度非常快，所

1 豪猪：哺乳动物。全身黑色或褐色，肩部后面长着长而硬的刺，会在遇到敌人时竖起。

以我们也看不清是什么。如果真像约翰爵士所说的那样是鹿的话，它肯定跟那些在我家乡的沼泽地里时不时就能挖出来的爱尔兰麋鹿一样体形庞大。

自从上次那头神秘的野兽到访过我们的营地之后，我们每次回去都充满疑虑。然而，这一回一切都秩序井然。

当晚，我们对当下的处境和未来的计划进行了一次热烈讨论，我必须把这次讨论详细记录下来，因为它带来了一次新的行动，使我们能够对梅普尔·怀特高地拥有更全面的认识，这比几个星期的探索都更管用。

开启讨论的是萨姆里。他一整天都在抱怨，而现在，当约翰爵士说了我们明天应该干什么之后，他的苦闷终于达到顶点了。

“我们今天要做的，明天要做的，一直要做的，”他说，“就是想办法离开我们落入的这个陷阱。你们都在思考怎么进入这个地方，我认为我们应该想想怎么离开。”

“我真是意外，先生，”查林杰摸着自己浓密的胡子，低沉地说道，“一位科学人士竟然会有如此可耻的想法。你所在的这个地方，对有抱负的博物学家来说充满了前所未有的诱惑，而你却让我们在对它有深入了解之前就离开。我希望你能有更高的追求，萨姆里教授。”

“你得记住，”萨姆里尖酸地说道，“我在伦敦有一大班学生正在忍受一个不称职的代课老师。我的处境跟你不一样，查林杰教授，据我所知，你从未被委任过任何可靠的教育工作。”

“没错，”查林杰说道，“我觉得把一颗能够胜任最高级的独创性研究的头脑用于低级的工作是一种亵渎，所以我坚定地拒绝了所有教育方面的委托。”

“比如呢？”萨姆里讥讽道，但约翰爵士立刻转移了话题。

“必须说一下，”他说道，“我认为如果不深入地了解这个地方就返回伦敦，是一件非常可惜的事。”

“那我永远都不敢去报社见麦卡德尔先生了，”我说，（你会原谅我在这篇报道里如此直言不讳吧，先生？）“他绝不会原谅我留下这份半途而废的稿子。再说了，我看目前也没必要讨论这个问题，就算我们想下去，也下不去。”

“我们的小朋友用基本的常识弥补了许多思维上的缺陷，”查林杰说道，“他那份可悲的工作与我们毫不相干，但就像他说的，我们反正也下不去，所以讨论这个问题是白费劲。”

“干其他事也是白费劲，”萨姆里咬着烟斗愤怒地说道，“我提醒你们一下，我们到这儿来是接受了伦敦动物研究协会委托给我们的明确任务。这个任务就是检验查林杰教授的言论是否真实可信。必须承认，我们现在都认可他的言论了，所以我们的任务已经完成。至于这片高地上遗留的诸多细节，只有一支更大型的探险队带上特殊的装备才有望探究。如果我们要自己尝试，唯一可能的结果就是我们永远都无法带着已经获得的重大科学贡献回去了。在看似毫无可能的情况下，查林杰教授想方设法把我们弄上了这片高地，我想现在也应该请他运用同样的才智让我们回到原来的世界了。”

我必须承认，萨姆里的话很有道理。就连查林杰也受到了影响，他怕这些证实自己言论的消息无法传到怀疑它们的人那里去，这样就永远都无法驳倒他的对手了。

“乍一看好像不可能下去，”他说，“但我相信肯定可以用智慧来解决。我同意我的同事的看法，长时间逗留在梅普尔·怀特高地是不可取的，我们很快就得面对如何回去的问题。不过，我们起码得粗略地考察一下这个地方，并且画出一张地形图来，否则我是绝对不会回去的。”

萨姆里不耐烦地哼了一声。

“我们已经探索了整整两天，”他说，“但是对这个地方的实际地形的了解并不比原来多。很显然，这里到处是繁茂的树林，要穿过它，弄清楚各个区域之间的联系，得花上几个月的时间。如果中间有座山峰，那就不一样了，但我们目前看到的都是向下的斜坡，走得越远，就越不可能看到全景。”

这时，我有了个主意。我的目光落在了一棵银杏树粗大多节的树干上，我们的头顶就是它巨大的枝丫。既然它的树干比别的树都要粗，那它的高度肯定也是最高的。如果高地的边缘是最高点，那这棵大树为什么不能是这整片地区的瞭望塔呢？我还是爱尔兰的一个野小子的时候，就是一名胆大娴熟的爬树高手。我的同伴们攀岩或许比我强，但爬树可比不上我。只要我能爬到最低的那段大树枝上，爬不到树顶才怪呢。我的同伴们都对我的办法很满意。

“我们的小朋友肯定能胜任这种杂技，”查林杰说道，他的脸颊像两颗红苹果一样鼓了起来，“而一个看起来更可靠、更威严的人却办不到。我为他的提议鼓掌。”

“天啊，年轻人，你的主意不错！”约翰爵士拍了拍我的背说道，“我们之前怎么就没想到呢！还有不到一小时天就要黑了，但如果你带着笔记本上去，也许能够粗略地画一幅地形图。只要我们把这三个弹药箱放在树枝下，我很快就能把你弄上去。”

他站在箱子上把面对着树干的我轻轻托起，这时，查林杰跳过来用他的大手猛地将我往树上推，我被他推到了树上。我双手抱住树枝，双脚用力地蹬，直到我的身体，然后是膝盖，都上了树。我头顶上有三根非常结实的树枝，就像巨大的阶梯，更远处还有几根便于攀爬的枝杈，所以我爬得很快，没多久就看不到地面了，下面只剩下枝叶。我偶尔会碰到障碍，有一阵我得去爬一段八到十英尺的攀缘植物，但我爬得很快，查林杰低沉的嗓音已经离我非常遥远了。然而，这棵树实在巨大，往上看去，头顶的树叶并没有逐渐变稀疏。在我攀爬的树枝上有一些茂密的、像是灌木的东西，似乎是一种寄生植物。我歪头想去看看是什么，结果大吃一惊，吓得差点儿掉下去。

有张脸正盯着我——距离只有一两英尺。这张脸的主人蹲坐在寄生植物后面，跟我看向他那边一样正在看着我这边。那是一张人脸——至少比我见过的任何猴子都更像人。脸形很长，脸色发白，长满丘疹，鼻子很平，下巴突出，周围长满粗硬的胡子。浓密的眉毛下面是一对像野兽一样凶狠的眼睛。它张开嘴咆哮了一声，像是在咒骂我，露出了弯曲

而锋利的犬牙。有一瞬间，我在那双恶魔般的眼睛里看到了仇恨和威胁，但紧接着又变成了极度的恐惧。随着一阵树枝的噼啪响，它猛地钻进了绿色的枝叶里。我瞥见了它毛茸茸的身体，就像一头红扑扑的猪，接着，它消失在了颤动的枝叶间。

“怎么了？”罗斯顿在下面喊道，“你没事吧？”

“你们看到了吗？”我喊道，双臂紧紧抱着树枝，浑身的神经紧绷。

“我们听到有动静，是你脚滑了吗？还是怎么回事？”

这个猿人突然露出一张怪异的脸，差点儿没把我吓死，所以我犹豫着要不要爬下去告诉我的同伴。但我已经爬了这么高，如果没完成任务就下去，实在有点儿丢人。

过了好一会儿，在平复了呼吸，恢复了勇气之后，我继续往上爬。有一会儿我踩在一根腐坏的树枝上，双手抓着上面的树枝晃了几秒，但大体上还是容易爬的。我身边的树叶逐渐变得稀疏，风吹拂着脸颊，我意识到自己已经处于整个森林之上了。但我下定决心，在到达顶点之前，不要环顾四周，所以我继续往上爬，直到最顶端的树枝被我压弯了。我在树杈上坐稳之后，开始俯瞰我们所在的这片奇异国度的美丽全景。

太阳挂在西边的天际线上，这个傍晚格外明亮和晴朗，所以我可以看清整片高地。从这个高度望去，它是椭圆形的，大概三十英里长，二十英里宽。整个地形像是一个浅漏斗，四周向中间的一个大湖倾斜。这个湖的周长大概有十英里，湖水在暮光中一片碧绿，十分美丽，周围长着茂密的芦苇，湖里有几处黄色的沙洲，在柔和的阳光下闪着金光。沙洲边缘躺着一些长长的深色物体，说是鳄鱼又太大，说是独木舟又太长。透过望远镜，我发现它们是活的，但猜不出是什么动物。

我们所在的这侧高地，长满树木，偶尔有些空地，斜坡向下延伸五六英里就是那个中央湖。我能看到我脚下就是禽龙的栖息地，更远处则是一片圆形的林中空地，那是翼龙所在的沼泽。然而，我对面的那一边高地的面貌则大不相同。高地外部的玄武岩在高地内部也有存在，形成了一座大约两百英尺高的悬崖，底下是一段长满树木的斜坡。透过望远镜，可以看到红崖底部与地面有段距离的地方有许多黑洞，我猜应该是洞穴的入口。其中一个闪着白光，但看不清楚是什么。我坐在那里画地形图，直到太阳落下，天黑得再也看不清楚细节。接着，我爬下了那棵大树，我的同伴正在树底下急切地等着我。在这次探险中，

我也做了一回英雄，只有我想到并做到了。这张地形图可以让我们省掉一个月的时间，不用在未知的危险里盲目摸索。他们每个人都郑重地和我握手。

在他们讨论地图的细节之前，我告诉他们，我在树上遇到了猿人。

“他一直在那里。”我说。

“你是怎么知道的？”约翰爵士问。

“因为我一直觉得有某种不怀好意的东西在盯着我们。我跟你提过，查林杰教授。”

“我们的年轻朋友确实说过这样的话。他是我们当中唯一具有凯尔特人气质的人，所以他对这种印象很敏感。”

“整个心灵感应理论……”萨姆里一边填烟斗，一边说道。

“现在不是讨论这种宏大问题的时候，”查林杰坚决地说道，“好了，告诉我，你有没有留意这种生物能否把拇指弯曲到手掌上？”他的语气就像在主日学校[1]发表讲话的主教。

“没留意。”

“有尾巴吗？”

“没有。”

“脚能抓东西吗？”

“要是脚不能抓东西，我不认为它还能在树木间移动得那么快。”

---

1 主日学校：亦称“星期日学校”。是基督教新教仿照学校方式在星期日开设的儿童宗教班。

“如果我没记错的话——萨姆里教授，你看我说得对不对——南美有三十六种猴子，但没听说过有类人猿。不过，类人猿在这个地方确实是存在的，而且不是那种毛茸茸的、像大猩猩一样的物种。在非洲大陆和东方世界还未出现过这类生物的踪迹。”（我看着他，真想插嘴说一句我在肯辛顿见过它的表亲。）

查林杰继续说道：“这是一种长着胡须、无色的动物，后一个特征表明它是一直待在树上的。我们要搞清楚的问题是，它究竟更接近猿还是人？如果是后一种情况，那它大概就是普通人所说的进化链条中‘遗失的环节’。这是我们迫切需要解开的谜题。”

“根本不是这样，”萨姆里插嘴道，“既然通过马龙先生的智慧和行动（我不得不引用他的原话），我们得到了地图，那我们唯一紧要的任务就是安全地离开这个糟糕的地方。”

“回到该死的文明世界。”查林杰埋怨道。

“回到伟大的文明世界，先生。我们的任务是记录我们的见闻，进一步的探索应该留给别人。在马龙先生给我们画地图之前，大家就同意了的。”

“嗯，”查林杰说道，“我承认，确定我们考察的结果已经传达给了我们的朋友会更让我安心。要怎么从这里下去，我还没有想好。不过我还从没遇到什么问题是我富有创造力的头脑没法解决的。我保证明天就集中注意力来解决下去的问题。”于是，这个问题就暂时搁置了下来。

那晚，借着篝火和一支蜡烛，我们画出了失落的世界的第一张地形图。我把自己在树上粗略记下的细节都画在了相应的位置上。查林杰的

铅笔在代表湖泊的空白处比画着。

“我们该叫它什么？”他问。

“你为什么不抓住这个机会让自己流芳百世呢？”萨姆里像平常一样尖酸地说道。

“先生，我相信我的名字会以其他更有个人意义的事被自己的后代记住，”查林杰严肃地说道，“只有不学无术的人才会把自己毫无价值的名字强加给一座山或一条河。我不需要这样的纪念。”

萨姆里狞笑着，准备发起新一轮的攻击，这时约翰爵士连忙插话。

“年轻人，这个湖由你来命名吧，”他说，“它是你最先发现的。你可以把它命名为‘马龙湖’，谁也不能阻拦你。”

“当然。让我们的年轻朋友来给它命名吧。”查林杰说道。

“那么，”我敢说，我当时一开口脸就红了，“就叫它格拉迪斯湖吧。”

“你不觉得中央湖更贴切吗？”萨姆里说。

“我更喜欢格拉迪斯湖。”

查林杰同情地看着我，假装不赞赏地摇摇他的大脑袋。“年轻人就是年轻人，”他说，“就叫格拉迪斯湖吧。”

第十二章

森林里非常可怕

我说过——或许没说过，因为最近我的记忆总喜欢戏弄我。我感到非常骄傲，因为我的三位同伴感谢我挽救了，或者说至少是极大改善了局面。我是队伍里最年轻的人，不仅年龄小，而且在经验、性格、知识，以及各种塑造一个男人的品质上，我从一开始就相形见绌(chù)。现在我也要绽放光芒了。想想就激动。唉，谁知道随骄傲而来的却是挫败！这小小的自我满足，这刚刚增加的一点儿自信，在当晚导致了我人生中最可怕的经历，每次一想起，我的心就忍不住颤抖。

事情是这样的。树上的历险让我无比兴奋，根本睡不着觉。萨姆里在守夜，瘦削古怪的身影蜷缩在小火堆旁，两膝上放着步枪，疲惫地打着盹儿，尖尖的山羊胡随之摆动。约翰爵士裹着他的南美披风，静静躺着，而查林杰的鼾声则响彻树林。满月发出皎洁的光，空气十分清冷。多么适合散步的夜晚啊！“为什么不呢？”我突然想到。假如我悄悄地溜出去，跑到中央湖那里去，早餐时带点儿情报回来——这样我不就能成为一个更有用的同伴了吗？如果萨姆里的意见取胜，而且我们找到了逃生的途径，我们就可以带着关于这片高地的奥秘的第一手资料返回伦敦，而它的奥秘是我一个人洞悉的。我想到了格拉迪斯，想起她那句“我们周围充满英雄事迹”。她的话语犹在耳畔。我也想到了麦卡德尔。我的文章将在报纸占据三个版面！多么好的职业机会！下一次大战爆发肯定就交给我报道了。我抓起一支枪——口袋里装满子弹——拨开围栏入口的荆棘丛，迅速溜了出去。我最后往回看了一眼，昏睡的萨姆里——最不中用的哨兵——仍像个古怪的机械玩具一样在阴燃的火堆前晃动着脑袋。

我走了不到一百码就开始为自己的草率后悔了。我或许在这份记录里提到过，因为想象力太过丰富，我其实并不是一个勇敢的人，但我也非常害怕变得怯懦。就是这股动力在推着我前行。我不能一无所获就溜回去。即便我的同伴不会想念我，不会知道我的弱点，我的灵魂还是会有一种难以忍受的耻辱感。然而，我的处境让我忍不住发抖，我真愿意放弃我所拥有的一切，只要能够体面地摆脱这件事。

森林里非常可怕，树木十分茂密，枝叶繁盛，看不到一点儿月光，只有高处一些树枝在星空的映衬下像缠绕在一起的金银丝制品。当眼睛习惯黑暗之后，就会发现树林里的黑暗有着不同的程度——有的虽昏暗但还能看见东西，而其中又夹杂着一些炭黑的阴影，像是洞口一样，每次经过，我都吓得瑟缩起来。我想起了那只被折磨的禽龙绝望的叫声——那可怕的呼喊声一直在林间回荡。我也想起了在约翰爵士的火把照耀下瞥见的那张肿胀、长着赘疣(yóu)、淌着血的嘴。现在，我就在它的地盘上。它随时可能从阴影中朝我扑来——这头叫不出名字的、可怕的怪物。我停下脚步，从口袋里拿出一个弹夹，打开了枪膛。摸到枪杆的时候，我的心差点儿跳了出来。我带的是猎枪，而不是步枪！

我又产生了回去的冲动。这当然是失败的绝佳理由——没有人会因此轻视我，但愚蠢的骄傲又占了上风。我不能——绝对不能——失败。说到底，在我可能会遇到的那类危险面前，我的步枪也许跟猎枪一样毫无用处。如果回去换武器，我很难在不被发现的情况下再次离开。这样一来，我就得进行解释，这次行动就不再完全属于我一个人了。犹豫了一下之后，我还是鼓起勇气继续前行，胳膊下面夹着那杆没用的枪。

漆黑的森林很吓人，洒落在禽龙栖息地的白色月光更是如此。我躲在灌木丛里往外看，没有看到任何庞大的野兽。也许它们中的一员所遭遇的惨剧促使它们离开了栖息地。在这雾蒙蒙的、银白色的夜色中，看不到有任何生物的痕迹。于是，我鼓起勇气，快速穿过空地，在远处的丛林里，我再次找到了那条为我指路的小溪。它是一个怡人的伴侣，河水汩(gǔ)汩流动，就像我童年时期夜里在英国西部钓鳟鱼的那条熟悉的小河。只要沿着它往前走，就一定能走到湖边，而只要沿着它往回走，就一定能回到营地。我时常因为需要绕过乱糟糟的灌木丛而看不到它，但始终走在能听到水流声的范围内。

沿着斜坡往下走，树木越来越稀疏，逐渐被灌木取代，偶尔才有一些高树。因此，我可以走得更加顺畅，并且在不被发现的情况下进行观察。我从翼龙沼泽附近经过时，一只巨大的翼龙拍打着翅膀，发出清脆、干燥、皮革般的声音——身长至少有二十英尺，从我附近的某个地方飞向空中。它掠过月亮时，月光清晰地穿透了那对膜状的翅膀，看起来就像一副在白色月光下飞行的骨架。我趴在了灌木丛里，因为我从上回的经验中得知，这头野兽只要叫一声，就会招来上百只可怕的同类在我耳边飞来飞去。等它停下来之后，我才敢继续偷偷前进。

那天夜里异常安静，但我往前走的时候逐渐发现前面有一阵持续不停的低沉的咕噜声。我越往前走，声音就越大，直到最后声音离我很近。当我站住不动，声音就稳定不变，所以声音的源头应该是没有移动的。那声音就像一只热水壶或者大锅沸腾一样。很快我就找到了声音的源头，在一小块空地中央，我发现了一个湖——或

者说是水池，因为它并不比特拉法加广场的喷水池大——里面有一些黑漆漆的、像沥青一样的东西，表面起起伏伏地冒着即将破裂的大水泡。

湖面上方的空气冒着热气，周围的地面烫得我的手都没法触摸。很显然，许多年前抬起这片奇特高地的那场火山大爆发还没有耗尽它的能量。我已经在多处看到黑色的岩石和岩浆从繁茂的植被中露出来，但丛林中的这个沥青湖是古老的火山口还在活动的首个证据。我没有时间再仔细看了，因为我必须加快脚步，好在天亮前赶回营地。

这是一次可怕的独行，我永远都不会忘记。我绕过洒满月光的宽阔空地，沿着边缘的阴影悄悄前行，蹑手蹑脚继续穿过丛林，每次听到像是野兽经过时踩断树枝的声音，我就会停下来，心怦怦直跳。不时有一些巨大的影子闪现又消失——似乎用厚厚的脚掌在悄悄移动的巨大、无声的影子。

有许多回我停下来准备回去，但每一回我的骄傲都战胜了我的恐惧，让我继续前行，直到达到目标为止。

终于（我的表显示是凌晨一点），我在丛林中间看到了闪亮的水面，十分钟后，我来到了中央湖边缘的芦苇丛里。我口干舌燥，于是弯下腰去喝了一大口纯净冰凉的湖水。湖边有一条宽阔的道路，上面有许多脚印，显然有不少动物也来这里喝水。在靠近水边的地方，孤立着一块巨大的火山岩。我爬上去躺着，各个方向的视野都极佳。

我看到的第一幕景象让我十分惊奇。我在描述从大树顶上看到的景象时曾说过，在远处的悬崖上可以看到许多像是洞口的黑点。现在，我看着同一处悬崖，我看到到处有一些轮廓清晰的红色光斑，像黑暗中的一艘轮船的舷(xián)窗。我一度以为是火山活动产生的熔岩，但这是不可能的。火山活动都是在深处，不可能是在高高的岩石中。那会是什么呢？实在是太奇异了。

这些红点肯定是洞穴里的火光——而且只可能是人类点燃的。高地上有人。我这次探险的意义是多么重大啊！这就是我们要带回伦敦的消息！

我躺在石头上，长时间地盯着那些红色的、颤动的光斑。我估计它们离我有十英里远，但即使隔着这样一段距离，也能看到火光因为有人经过而不时闪烁或变暗。我多想走进那洞穴，往里窥探，把生活在这么一个怪地方的人的长相和特征讲给我的同伴听！虽然暂时还办不到，但在对此有一个明确的了解之前，我们肯定不能离开高地。

格拉迪斯湖——我自己的湖泊，像一片水银一样出现在我面前，中央闪烁着明亮的月光。湖水不深，我看到有许多沙洲露出水面。平静的湖面上随处可以发现生命的痕迹，有时是波纹和涟漪，有时是跃出水面的亮晶晶的银色大鱼，有时是某只水怪弓起的灰色后背。有一阵，我在黄色的沙洲上看见一只动物，像是一只巨大的天鹅，体态笨拙，脖子长而灵活，正在沙洲边缘缓慢地移动。随后，它一头扎进水里，弯曲的脖子和高昂的头伸在水面上游动了一会儿。接着，它潜了下去，再也看不到它了。

我的注意力很快就从远处转移到了脚下。两只像大犰狳（qiú yú）[1]一样的生物跑来喝水，它们蹲在水边，又长又灵活的舌头在饮水时像红丝带似的一伸一缩。一只巨大的公鹿头上长着树枝状的角，看起来像国王一样，带着一只母鹿和两只小鹿也来到犰狳身旁喝水。这样的鹿在地球上的其他地方应该是不存在的，因为我见过的驼鹿或麋鹿都没有它的肩膀高。随

1 犰狳：哺乳动物。身体分为前、中、后三段，头顶、背部、尾部与四肢有角质鳞片，趾有锐爪，善于掘土。

后，它发出一声警告，带着母鹿和小鹿躲进了芦苇丛里，而犰狳也迅速跑去寻找藏身之所了。一头巨兽正沿着小路走来。

有那么一会儿，我心里很疑惑，不知道在哪儿见过这个笨拙的身影，拱形的背上有一排三角形的刺，像鸟类一样的脑袋低垂着，都快贴到地面了。接着，我想起来了。这是剑龙——是梅普尔·怀特在素描本上画过，并且最先吸引查林杰注意的生物！它就在这儿——或许就是美国艺术家遇到的那只。地面在它沉重的身躯下震动，它喝水的声音在安静的黑夜中回响。有那么五分钟，它离我脚下的岩石是如此之近，我只要伸手就可以碰到它那丑陋的满是刺的脊背。接着，它缓慢地走开了，消失在了巨石中间。

我看了一下表，已经两点半了，该回去了。回去该走哪个方向并不难确定，因为这一路过来，小溪一直在我左侧，它就在距离我身下的巨石不远的地方汇入中央湖。于是，我兴高采烈地出发了，觉得自己已经完成了出色的工作，并且为同伴带回了不少情报。当然，最重要的是发现了那些亮着火光的洞穴，里面肯定有穴居人。此外，我还可以谈谈我在中央湖边上的经历。我可以证明湖里满是奇异的生物，我还在陆地上看到了一些我们从未遇见过的史前动物。我一边走一边思索，这世上没有几个人会度过比这更奇特的夜晚，并且借此增长了人类的见识。

我缓缓爬着斜坡，反复想着这些事，大概走到半路，思绪突然被身后传来的一阵奇怪的声响拉回了现实。那是介于呼噜和号叫之间的声音，低沉且富有威胁性。附近显然是有什么奇怪的生物，但什么也看不到，

于是我又加快了脚步。走了大约半英里，突然又响起了那个声音，还是在我身后，比之前更响亮、更富有威胁性。我瞬间意识到，肯定是有什么野兽在尾随我，一想到这儿，我的心脏都停止了跳动，浑身冰冷，毛发直竖。这些野兽相互厮杀是大自然生存斗争的一部分，但它们把目标转向现代人，蓄意追踪和捕杀处于统治地位的人类，这就太可怕了。我又想起了那张被约翰爵士的火把所照亮的沾满血污的脸，那个可怕的画面就像来自但丁所描写的地狱中最深处的可怕一幕。我站在原地，膝盖直打战，惊恐地回头望着我身后那条洒满月光的道路。一切安静得像在梦境里。银色的空地，黑色的灌木丛——除此之外没见到别的东西。接着，从寂静中又响起了那个低沉嘶哑的声音，远比之前更响、更近，充满了威胁和压迫感。毫无疑问，有东西在尾随我，且步步紧逼。

我像瘫痪似的站在那里，一动不动地盯着我走过的路。突然，我看到它了。在我刚刚经过的空地另一头的灌木丛里，有东西在动。一个巨大的黑影跳进了明亮的月光中。我特意用了“跳”字是经过思考的，因为它动起来就像袋鼠，靠着强有力的后腿以直立的姿势跳跃，前脚则蜷缩在身前。它有着巨大的体形和力量，如同一头直立的大象，不过，它虽然体形巨大，移动起来却非常灵敏。看到它的外形，我有那么一刻希望它是一只禽龙，据我了解，禽龙没有那么凶猛，但我太无知了，很快就发现它是完全不同的类型。这头野兽不是长着三个大脚趾的食草动物，脑袋并不像温顺的鹿一样，而是长着一张蛤蟆似的宽大而扁平的脸，就像那张在营地里把我们吓一跳的脸一样。它的怒吼和追逐时可怕的力量都使我确信，这是最大的食肉恐龙，是地球上最可怕的野兽。这头巨兽每走二十码左右就放下前爪，把鼻子贴到地面。它在嗅我的踪迹。有时候它会出错，但接着又能找回来，迅速沿着我走过的路蹦蹦跳跳地追上来。

即使是现在，我一想起那个噩梦，额头还是会冒冷汗。我能做什么？手里拿着一支毫无用处的猎枪。我能用它做什么？我绝望地四处打量，想找到岩石或树木，但我周围都是灌木丛，目之所及，没有任何比小树苗高的东西，而我也知道，身后那头野兽可以把一棵普通的树当成芦苇一样折断。唯一的机会就是逃跑。我没法在那凹凸不平的路面上跑得很快，但是当我绝望地环顾四周的时候，突然发现面前横着一条被踩得很坚实的小径。我们在探险过程中见过一些由各种野兽留下的这类印记。我或许能沿着这条小路逃脱，因为我跑得快，而且状态极佳。扔掉毫无用处的猎枪之后，我以之前从未有过、以后也不会再有的速度狂奔了半英里。我四肢发疼，胸口剧烈起伏，喉咙因为缺氧快要裂开了，但那可怕的东西就在后面追着我，我只能不停地跑。最后，我实在跑不动了，终于停了下来。有那么一会儿，我还以为已经把它甩掉了。我身后的路静悄悄的。突然，又响起了撕裂声和撞击声，巨大的脚掌的砰砰声，以及巨大的肺部喘息声，那头野兽又追上来了。它紧跟在我身后，我感到不知所措。

我真是太蠢了，竟然逗留了那么久才逃跑！它之前是通过气味追踪我的，动作比较缓慢。但我跑起来之后，它就看见我了。它可以通过眼

睛追踪我，因为这条路暴露了我的行踪。现在，它转了个弯，大步地跳了过来。月光下，可以看到它巨大的突出的眼睛，张开的嘴巴里是一排大牙，短而有力的前腿上一双利爪闪闪发光。我惊叫一声，转身沿着小路疯跑。那头野兽粗重的喘气声在我身后越来越响，沉重的脚步就落在我身边。每一秒，我都觉得它就要抓住我的后背了。突然一阵噼啪响，我开始往下坠落，周围陷入了一片漆黑和死寂。

我失去了意识——我想大概没几分钟——等清醒过来之后，我闻到了一股非常可怕的刺鼻气味。我在黑暗中伸出手去，一只手好像碰到了一大块肉，另一只手则碰到了一根大骨头。在我头顶上有一圈星空，这表明我正躺在一个深坑里。我慢慢地、摇摇晃晃地站了起来，摸了摸自己的身体。我感到浑身僵硬、发疼，但四肢都能活动，关节也能弯曲。我混乱的头脑回忆起跌落的情形之后，惊恐

地抬头向上看，以为会看到苍白的夜空下那个可怕的脑袋。然而，我没有看到那头野兽的踪影，也没有听到上面传来什么声音。于是，我开始慢慢地四处走动、摸索，想弄清楚我不小心掉进了一个什么样的奇怪地方。

正如我说过的，这是个坑，四面都很陡，平坦的底部大概有二十英尺宽。这里散落着许多大肉块，很多都已经严重腐烂。坑里腥臭难闻，非常可怕。在腐肉堆里跌跌撞撞之后，我突然碰到了什么硬东西，我发现在这个坑的正中央牢牢地插着一根竖直的柱子。它很高，我的手根本够不到头，而且上面似乎涂满了油脂。

突然，我想起口袋里有一盒蜡火柴。我划了一根，终于可以看看我掉进了什么地方。毫无疑问，这是个陷阱——出自人类之手。正中央那根柱子大概有九英尺高，顶端削得很尖，整根柱子都被落在上面的动物的血染黑了。散落在四周的遗骸是经过处理的遇害者的碎片，也是为了把柱子腾出来留给下一个跌落的生物。我记得查林杰说过，没有人能在这片高原上生存，因为凭着自己那点儿可怜的武器根本无法对付在高原上游荡的猛兽。但现在答案很清楚了。这些土著——不管他们是谁，就躲在那些爬行动物没法进入的窄口洞穴里。他们靠着发达的头脑，在动物经过的小路上挖陷阱，用树枝掩盖，以此消灭那些凶猛的动物。人类始终是主宰者。

这个坑的斜坡对于灵活的人来说并不难爬，但我犹豫了很久，因为我相信那头差点儿把我弄死的野兽也许离我并不远。我怎么知道它没有躲在附近的灌木丛里等我出现呢？但我想起了查林杰和萨姆里关于这些爬行动物的习性的讨论。他们都认为这种动物没有脑子——它们头颅太小，容不下思考的空间，它们从世界上的其他地方消失，就是因为太愚蠢，适应不了环境的变化。想到这儿，我鼓起了勇气。

这野兽要是埋伏在附近等我，那就表示它明白我发生了什么事，它必须具备一定的因果推理能力。当然，更有可能发生的情况是，这只没

有脑子、只受模糊的食肉本能驱动的巨兽在我消失的时候会感到一丝惊讶，随后就放弃了追逐，去寻找别的猎物了。我爬到坑边，四处张望。星星逐渐消失，天空逐渐泛白，清凉的晨风吹在我脸上，很舒服。我既没有看到我的敌人，也没有听到什么响动，我缓缓地爬了出来，在地上坐了一会儿，准备着万一出现什么危险，就跳回到避难坑里去。不过，绝对的安静和逐渐变亮的光线使我恢复了镇定，我鼓起勇气，沿着来时的路悄悄往回走。走了一段距离之后，我就找到了我的猎枪，随后又找到了那条指引方向的小溪。于是，我一边走回营地，一边惶恐地不断回头看。

接着，有个突发情况令我想起了不在眼前的同伴们。在早晨清澈、安静的空气中，远远地传来一声尖锐刺耳的枪响。我停下来仔细听，但没有再听到什么声响。我吃惊地想到，我的同伴们可能突然遭遇危险了。但接着我想到了一个更简单、更合理的解释。现在天已经亮了，他们肯定发现我不见了。他们以为我在树林里迷路了，所以开枪给我指引方向。虽然我们严格禁止随意开枪，但如果他们觉得我有危险，也肯定不会犹豫的。现在我得尽可能地加快脚步回去，让他们放心。

我已经精疲力竭，根本没办法像我希望的那样快速前进，但最终我还是来到了那片熟悉的区域。我的左边是翼龙的沼泽，前面是禽龙聚居的空地。现在，我走进了将我和查林杰堡垒隔开的最后一小片树林里。我抬高嗓门欢呼，以此平息他们的忧虑，但没有任何回应。这种不祥的死寂让我心里一沉。我加快脚步，奔跑了起来。围栏出现在我眼前，和我离开前一样，但门却是打开的。我冲了进去。在清冷的晨光中，映入眼帘的景象十分可怕。我们的东西乱七八糟地散落一地，我的同伴们都不见了，在阴燃的火堆旁，草地被一摊可怕的鲜血染成了红色。

这突如其来的意外让我目瞪口呆，几乎失去了理智。像回忆一场噩梦一样，我只能模糊地想起自己在空无一人的营地周围的树林里四处奔跑，疯狂地呼喊我的同伴。但从寂静的阴影中没有传来任何回应。我可能再也见不到他们了，我被孤零零地遗弃在这个可怕的地方，再也没法回到下面的世界，我必须在这个梦魇般的国度活着、死去，这些可怕的想法使我陷入了绝望。我绝望得想要撕扯头发，捶打脑袋。直到现在，我才意识到我是多么依赖我的同伴，依赖查林杰的沉着和自信，依赖约翰·罗斯顿爵士富有掌控力而又不失幽默的冷静。没有他们，我就像是处在黑暗中的小孩，既无助又无力。我不知道要去哪里，也不知道要做什么。

我呆坐了一会儿之后，开始尝试弄明白我的同伴遭遇了什么突如其来的不幸。营地乱糟糟的样子表明受到了袭击，肯定是在枪声响起的那一刻发生的。枪只响了一下，说明袭击很快就结束了。步枪都扔在地上，约翰爵士的那一支里面没有子弹。查林杰和萨姆里留在火堆旁的毯子表明他们当时都在睡觉。弹药箱、食品盒，还有我们那倒霉的相机和底片盒，像垃圾一样扔得到处都是，但这些都没有丢。而所有暴露在外的食物——我记得为数不少，都不见了。看来发动突袭的是动物，而不是土著，如果是后者，肯定不会留下什么东西。

但如果是一群动物，或者是单独一只可怕的动物，那我的同伴们会怎么样？凶猛的野兽肯定会杀死他们，并且留下他们的残骸。那一摊可怕的鲜血说明发生过暴行。像夜里追逐我的那头野兽，完全可以像猫抓老鼠一样轻松地把猎物抓走。要是这样的话，其他人肯定会追上去。但他们肯定会带上步枪。我那困惑、疲倦的脑子越是想弄清楚，就越是难以找到合理的解释。我在树林里搜寻，但找不到任何有助于得出结论的线索。我一度还迷了路，在游荡了一个小时之后，才凭运气找到了营地。

突然，有个念头给我带来了一丝安慰。我在这个世界上并不是全然孤独的——忠诚的赞布就在悬崖底下等待我的召唤。我走到高地边缘，往下张望。他果然就裹着毯子蹲在小营地的篝火旁。但令我感到惊讶的是，他面前还坐着一个人。我兴奋极了，以为是某个同伴平安地下去了。但再看一眼，希望就破灭了。升起的太阳照得那个人皮肤发红，他是个印第安人。我大声地呼喊，同时挥舞着手。赞布立刻抬起头来向我挥手，然后转身爬了上来。很快，他就站到我面前，沮丧地听我讲述事情的经过。

“肯定是魔鬼抓住了他们，马龙先生，”他说，“你们进入了魔鬼的领地，它会把你们都抓走。你听我的，马龙先生，赶快下来，不然它会把你也抓走。”

“我怎样才能下去，赞布？”

“树上有藤蔓，马龙先生。你把它们扔下来，我绑在树桩上，就有桥了。”

“我们想过，但这些藤蔓承受不了我们的重量。”

“找人去弄些绳子来，马龙先生。”

“找谁去？去哪儿？”

“去印第安人的村子，那里藏着很多绳子。下面的印第安人，让他去。”

“他是谁？”

“他是我们雇的印第安人。其他人打他，抢走了他的工钱。他又回来了。他随时可以送信，拿绳子——什么都能干。”

送信！为什么不？或许他能找来救援，再不济也能保证我们的生命不会白白浪费，我们在科学上的成果可以传递给家乡的朋友。我已经有两封写好的信等待寄出，今天我还可以写第三封，记录下最新的经历。这个印第安人可以把信带给外界。于是，我吩咐赞布傍晚的时候再回来，自己则在白天这段悲惨、孤独的时间里记录我昨晚的历险。我还写了张便条，让印第安人交给他能找到的任何一个白人商人或是汽船船长，请求给我们绳子，这是救命用的。晚上，我将信扔给了赞布，还有我的钱包，里面有三英镑。我让他把这些东西都交给印第安人，并且保证，只要印第安人带绳子回来，我会付两倍的酬劳。

亲爱的麦卡德尔先生，这些信是怎么送到你手里的，你应该明白了吧？倘若你再也收不到这个不幸的通讯员的消息，你也能明白其中的真相。今晚我又累又沮丧，没法制订什么计划了。明天我得想个办法，好让我既能跟营地保持联系，又能去寻找我不幸的朋友们的踪迹。

第十三章

我永远不会忘记的一幕

当太阳落下，忧郁的夜晚降临，我看到印第安人形单影只地走在下方广阔的平原上。我一直看着他，这是我们微弱的得救希望，直到他消失在夜晚升起的迷雾里，这股迷雾被落日染成了玫瑰色，弥漫在远处的河水和我之间。

我转身返回我们那个可怜的营地时，天已经很黑了，离开前我最后看到的是赞布旁边的火堆发出的红光，他忠诚的存在对于我阴郁的灵魂而言，就如同下面广阔世界中的这一点儿光。但我比刚刚遭受那个重大打击的时候开心一些了，因为我想到，外界会知道我们的事迹，即使在最坏的情况下，至少我们的名字不会跟着身体一起消亡，而是会跟着我们的劳动成果一起流传后世。

在灾祸连连的营地睡觉是件很可怕的事，但在森林里过夜就更恐怖了。两者必须选一个。出于谨慎，我应该守夜，但我太累了，已经没法这么做了。我爬到了那棵大银杏树的树枝上，但树皮表面太光滑，根本不能安稳地待着，只要一打瞌睡，我肯定就会掉下去摔断脖子。所以我又爬下了树，琢磨着应该怎么办。最后，我关上了围栏门，点了三堆火，构成一个三角形，大吃了一顿之后就沉沉睡去，醒来时迎来了一个意外的惊喜。一大早，天刚亮，有只手搭在了我的胳膊上，我惊醒过来，瞬间绷紧神经，伸手去摸步枪。接着，我忍不住发出了一声欢呼，在冰冷、灰白的光线中，我看见约翰·罗斯顿爵士正跪在我身旁。

是他，但又不是他。我和他分开的时候，他还是个举止冷静、行为正常、衣着整洁的人，现在却脸色苍白，眼神迷乱，像一个极速奔跑了很远的人那样气喘吁吁。憔悴的脸上有伤痕和血迹，衣服破破烂烂的，帽子也不见了。我吃惊地看着他，他却没给我任何提问的机会。他一边说话，一边不停地拿起我们的物资。

“快，年轻人！快！”他喊道，“必须争分夺秒。把两支步枪都拿上。我拿另外两支。拿上所有的弹药，装满口袋。再拿一些食物，半打罐头就可以了。好了！别说话，也别多想。快行动，不然我们就完了！”

我还处于半睡半醒的状态，不明白这一切意味着什么，就已经跟着他疯狂地穿过树林，两只胳膊下各夹着一支步枪，手上还拿着各种东西。他在茂密的矮树丛里穿梭，直到靠近一片密不透风的灌木丛。他不顾那些荆棘，拉着我冲进了灌木丛的中心地带。

“好了！”他气喘吁吁地说道，“我想我们在这儿安全了。他们的第一个念头肯定就是到营地去，这可以迷惑他们。”

“到底是怎么回事？”呼吸缓和下来之后，我问道，“两位教授呢？是谁在追我们？”

“猿人，”他叫道，“我的天啊，真是一群野兽！不要太大声，他们耳朵很灵敏——眼睛也是，不过嗅觉不行。我估计他们没法嗅到我们的位置。你去哪儿了，年轻人？你怎么不见了？”

我小声地用几句话把我的经历告诉了他。

“糟透了，”他听到恐龙和深坑时说道，“这地方可不适合休养。不过，在那些魔鬼抓住我们之前，我还不了解情况。我被巴布亚的食人族抓住过一回，但比起这群家伙，他们简直是绅士。”

“究竟是怎么回事？”我问。

“一大早，我们那两位博学的朋友争起来，还没开始吵架，那些猿人突然从天而降，像树上的苹果一样数不胜数。我估计他们是在夜里集结起来的，全都挤在我们头顶的树上。我开枪打穿了其

中一个猿人的肚子，但没等我们搞清楚状况，他们中的几个就跳下来把我们仰面按倒在了地上。我叫他们猿人，但他们拿着棍子和石头，还在叽叽喳喳地交谈，最后还用藤蔓绑住我们的双手，所以他们比我在探险时见过的所有动物都要聪明。他们是猿人，是进化链中‘遗失的环节’，我真希望他们一直遗失。他们抬走了受伤的同伴——他像头猪一样一直在流血，然后围着我们坐下，脸上充满我从未见过的杀气。他们都是大块头，跟人一样高大，但强壮得多，红色的毛发下面长着一对奇怪的像玻璃一样的灰眼睛，他们就坐在那儿，扬扬得意地看着我们。查林杰胆子并不小，但他也害怕了。他挣扎着站了起来，对他们大吼大叫以阻止他们。我觉得他有点儿失去了理智，所以才会像个疯子一样发火，咒骂他们。哪怕那是一群他最痛恨的记者，他也不会骂得更难听了。”

“嗯，那他们的反应呢？”我被同伴在我耳边低声讲述的这个故事迷住了，而他则一直紧握着上了膛的步枪，警惕地盯着各个方向。

“我以为我们要完蛋了，却出现了转机。他们全都在一起叽叽喳喳地议论，接着，其中一个站到了查林杰身旁。你肯定会笑的，年轻人，但请相信我的话，他们俩估计是亲戚，我要不是亲眼所见都不会相信。这个老猿人——他是他们的首领，就是一个红皮肤的查林杰。他有着我们那位朋友所有美丽的特征，只是更加突出。他的身材很矮，肩膀宽大，胸膛厚实，没有脖子，一大圈红胡子，眉毛很浓密，眼神似乎在说：‘该死的，你想怎样？’当那个猿人站在查林杰身旁，把手搭在他肩上时，整件事就完整了。萨姆里有点儿歇斯底里，又哭又笑的。那些猿

人也笑——或者至少是发出一种令人厌恶的咯咯声，然后就把我们往森林里拖。他们没有碰枪支和物品——我想是他们觉得危险，但把散装的食物都抢走了。萨姆里和我一路上受了不少罪——我的皮肤和衣服就可以证明这一点。他们拖着我们在荆棘丛里穿梭，他们自己的皮肤就像坚韧的皮革一样。不过，查林杰倒是好好的，四个猿人把他扛在肩上，就像扛着罗马皇帝。什么声音？”

远处传来一阵像响板[1]发出的古怪声音。

“他们来了！”我的同伴一边把弹夹装进枪里，一边说道，“上好膛，年轻人，我们不会被生擒的，想都别想！天啊！他们兴奋的时候就会发出这种吵闹声。天啊，要是抓住我们，肯定会更兴奋的。有个傻瓜在《勇士格雷》里写道：‘僵硬的手中握着步枪，在已死和将死之间。’现在还能听到声音吗？”

“很遥远。”

“那一小帮家伙干不出什么来，但我估计整个森林里都是他们的搜查队。嗯，我接着给你讲讲我的悲惨故事。他们很快就把我们弄到了他们的领地上——在悬崖附近的一大片树林里，那里有上千座用树枝和叶子搭成的小屋。距离这里大约有三四英里。那些肮脏的家伙把我摸了个遍，我觉得自己好像再也没法变干净了。他们把我们绑了起来——那个绑我的家伙跟水手一样熟练。我们被倒吊在树上，四脚朝天，一个大家伙拿着棍子在旁边看守我们。我说‘我们’，指的是萨姆里和我。老查林杰正在树上吃着松子，享受着他的时光。但必须得说，他也想办法给我们弄了些水果，还亲手给我们松绑。他坐在树上，跟他的孪生兄弟聊得热火朝天，还用他那低沉的嗓音唱着能让他们高兴的歌，你要是看了肯定会忍俊不禁的。但你应该明白，我们当时可没心情笑。他们在有限

1 响板：乐器。原在西班牙民间流行，后传入欧洲其他国家。弹奏时会发出清脆、密集的嗒嗒声。

的范围内让查林杰做他想做的事，但对我们非常警惕。现在知道你是自由的，还保存着资料，我们感到非常欣慰。

“嗯，年轻人，我要说一件会让你吃惊的事。你说你看到了人类的痕迹，有火啊、陷阱啊之类的。嗯，我们已经看到这里的人了，都是一些可怜的家伙，与猿人相比，他们个子很小，但同样很凶残，因为在这里他们不得不这样。人类好像统治着这片高地的一边——就在那儿，在你看到洞穴的地方。猿人统治着另一边，双方一直发生着血腥的战争。我目前了解到的情况就是这样。嗯，昨天那些猿人抓了十几个人类俘虏。你这辈子肯定从没听过那样叽叽喳喳的叫声。那些红皮肤的小个子印第安人被抓咬得都没法走路了。那些猿人杀死了其中的两个，还把其中一个的手臂扯了下来，非常凶残。那些小个子非常勇敢，连叫都没叫一声，但我们感到非常不适。萨姆里晕倒了，就连查林杰也站不稳了。他们好像走了，是吧？”

我们仔细听，但除了划破森林寂静的鸟叫声，什么都没有。罗斯顿爵士继续讲述他的故事。

“年轻人，你真是幸运地躲过了一劫。他们忙着抓印第安人，把你抛在脑后了，要不然肯定会回营地去抓你。当然，就像你说的，他们从一开始就在树上盯着我们，所以很清楚我们少了一个人。不过，他们也只能想到这些，所以早上来找你的是我，不是他们。嗯，我们后来还遇到了更恐怖的事。我的天啊，整件事真是一场噩梦！你记得我们发现美国人尸体那个地方的那些锋利的竹子吗？嗯，那个地方就在猿人的领地下面，他们会让俘虏从上面跳下去。我想如果我们找一下，肯定会发现那里尸骨成堆。他们在上面有一块宽阔的空地，用来举行仪式。那些可怜的家伙得一个接一个跳下去，整个游戏的看点就是——他们仅仅只是摔得粉身碎骨，还是会被竹子刺穿。那些猿人把我们也带去看，整个部落在悬崖边排成了一排。四个印第安人俘虏跳了下去，竹子像针刺穿黄油一样刺穿了他们。难怪我们发现那个可怜的美国佬的尸骨的时候，他的肋骨间长了竹子。这很可怕。我们只能眼睁睁地看着他们跳下去，哪怕我们意识到接下来就要轮到我们了。

“嗯，但不是。据我了解，他们今天准备了六个印第安人，但我想我们才是这次表演的重磅嘉宾。查林杰或许能脱身，但我和萨姆里肯定在名单上。他们的语言大多是手语，并不难理解。所以我想是时候逃跑了。我盘算了一下，有了一点儿清楚的计划。这都得靠我自己，因为萨姆里派不上用场，查林杰也好不了多少。他们唯一一次凑到一块儿，就互相辱骂了起来——因为他们在抓住我们的这些红毛怪的科学分类上无法达成一致。一个说是爪哇森林古猿，另一个说是爪哇直立猿人。疯子，神经病！但就像刚才说的，我发现了我们的两个优势。一个是这些野兽在空地上跑得没有人类快。他们的腿又短又弯，身体又笨重，在一百码赛跑的时候就连查林杰都能领先他们几码，你或者我那简直就是飞人了。另外一个就是，他们对枪一无所知。我想他们根本不明白被我开枪打中的那个家伙是怎么受伤的。所以只要拿到枪，事情就简单了。

“所以我今天早上一脚把看守踹翻在地，跑回了营地，找到了你和枪。就是这样。”

“可两位教授！”我惊慌地叫道。

“嗯，我们得回去救他们。我当时没法带他们走。查林杰在树上，萨姆里也指望不上。唯一的办法就是先拿到枪再回去营救他们。当然，那些猿人可能会立刻对两人进行报复。我想他们应该不会碰查林杰，但萨姆里就没法保证了。不管怎样，他们都会收拾他。这一点是可以确定的，所以我逃跑并没有让事情变得更糟，但我们得回去把他们救出来，或者跟他们同患难。打起精神来，年轻人，天黑之前总能找到一条路的。”

我在这里试着模仿罗斯顿爵士急促的说话方式，他的句子简短有力，始终都带有一种既幽默又鲁莽的语气。但他是个天生的领袖。情况越危险，他就越充满信心，叙述也越生动，那双冷静的眼睛里闪烁着热情的烈焰，那一副堂吉诃德式的胡子兴奋地竖了起来。他酷爱冒险，喜欢紧张刺激的冒险所产生的戏剧性——越紧张刺激就越投入。他一直把生命中的每一次冒险都视作一场体育运动，一场发生在他和命运之间的激烈比赛，死亡只是失败的代价。这使他在这种危急时刻成为一个完美的同伴。如果不是担心同伴的安危，跟这样的人参与这样的事肯定很愉快。我们正准备从藏身的灌木丛里站起来时，他突然抓住了我的胳膊。

“天啊！”他低声说道，“他们过来了！”

从我们藏身的地方可以看到一条褐色的通道，树干和树枝在通道上方形成一道绿色拱顶。那些猿人就从这条通道经过。他们排成单列前进，弯着腿，驼着背，双手不时触碰地面，脑袋不停地左右扭动。这种弯腰驼背的样子让他们看起来很矮，但我估计他们有五英尺高，手臂很长，胸膛很宽。他们大多都拿着棍子，远远望去就像一群毛发旺盛的畸形人。我只看清了他们一眼，接着，他们便消失在了灌木丛里。

“现在还不是时候，”约翰爵士拿起步枪说道，“最好还是静待他们放弃搜索，然后再看看能不能到他们的大本营去击中他们的要害。一个小时后我们再行动。”

我们利用这段时间开了一罐食物作为早餐。罗斯顿爵士从昨天早上起，除了一些水果外什么也没吃，所以现在开始狼吞虎咽。接着，我们

在口袋里塞满子弹，两手各握一杆步枪，开始了营救行动。离开前，我们小心翼翼地给这个灌木丛里的藏身之地做了记号，并且标记了它和查林杰堡垒的相对位置，以便在需要的时候还能再找到。我们悄悄地穿过灌木丛，走向悬崖边，靠近我们的旧营地附近。我们在那儿停了下来，约翰爵士给我说了一下他的计划。

“只要在密林里，我们就会被那些猿人掌控，”他说，“他们看得到我们，我们却看不到他们。但在空地上就不一样了，我们跑得比他们快，所以我们要尽可能地往空地走。高地边缘的大树比里面少，我们就选这条路线。放慢脚步，睁大眼睛，把步枪准备好。记住，只要还有子弹，就绝对不能当俘虏——这是我给你的最后忠告，年轻人。”

来到悬崖边缘之后，我往下看了看，发现我们的老伙计黑人赞布正坐在下面的一块岩石上抽烟。我本想跟他打招呼，把情况告诉他，但万一被猿人听到，那就太危险了。森林里好像到处都是猿人，我们经常听到他们古怪的叽叽喳喳的交谈。在这种时候，我们就钻进最近的灌木丛，静静地趴在那里等待声音远去。因此，我们前进得非常缓慢，过了至少两个小时，从约翰爵士小心翼翼的举动中，我知道我们终于接近目的地了。他示意我趴着别动，自己往前爬去。很快他又回来了，脸因激动而抽动。

“来！”他说，“快来！老天啊，希望我们来得不晚！”

我爬到他身边趴下，透过灌木丛望着前方的空地，兴奋而紧张得浑身发抖。

那是我永生难忘的一幕——那么诡异，那么难以置信，我都不知道该怎样给你描述。如果我能活着回去，过些年再次坐在野人俱乐部的吧台前，望着对面坚固而乏味的堤岸，恐怕我自己还是难以相信那一幕。我知道那时候它会变成一场疯狂的梦魇，一场高烧时的谵妄。但现在趁着记忆还很鲜活，我会把它写下来，至少和我一起躺在潮湿的灌木丛里的那个人知道我没有撒谎。

我们面前是一片开阔的平地——大概有几百码宽，绿色的草皮和低矮的蕨类一直延伸到悬崖边。这片空地周围有半圈是树木，枝干上层叠着一个又一个用树叶搭成的奇怪的屋子。这里简直就是鸟群栖息地，每个屋子就是一个鸟巢。屋门口和树枝上挤满了猿人。根据体形判断，这些猿人应该是部落中的女人和孩子。他们构成了画面的背景，全都热切地盯着那个令我们着迷和困惑的场面。

在靠近悬崖边的空地上，聚集了上百个乱蓬蓬的红毛生物，其中大都体形庞大，而且看起来全都很可怕。他们很讲纪律，没有一个破坏队形。前面站着一小群印第安人——个子不高，四肢干净，红色的皮肤在烈日底下像抛光的青铜一样耀眼。一个高高瘦瘦的白人站在他们身旁，低着头，交叉着双臂，整个人充满了惊恐和沮丧。毫无疑问，那个瘦削的身形就是萨姆里教授。

这些愁眉苦脸的俘虏周围有几个猿人对他们严加看守，想要逃跑是不可能的。在那些人旁边，靠近悬崖的地方，有两个身影非常奇怪，放在别的情况下简直可以说是非常可笑，他们引起了我的注意。其中一个是我们的同伴，查林杰教授。他的外套只剩下几条碎布挂在肩上，衬衫已经完全被扯烂了，浓密的胡子像一团乱麻盖住了宽大的胸膛。他的帽子丢了，头发在我们的冒险中已经变得很长且乱糟糟的。短短一天，似乎就把他从现代文明的最高产物变成了南美洲最凶恶的野蛮人。他的身边站着他的主人，猿人的首领。后者正如约翰爵士所说，除了肤色是红色的而不是黑色的外，简直跟我们的教授一模一样。同样矮胖的身材，同样宽大的肩膀，同样垂在身前的手臂，同样垂在毛茸茸的胸膛上的粗硬的胡子。只有在眉毛上方有显著的区别，猿人倾斜的额头、低而弯的头骨与欧洲人宽大的眉骨和头盖骨形成了鲜明的对比。在其他各个方面，这个首领都是对教授的滑稽模仿。

我花费了这么长时间描述的这一幕，其实只用了几秒钟的时间便让我印象深刻。我们还有别的事情要考虑，因为有一幕活生生的戏剧上演了。两个猿人从俘虏队伍里抓出一个印第安人，把他拖到悬崖边。首领举手示意后，他们抓住印第安人的手脚，使劲地来回晃了三次，然后猛地把那个可怜的家伙扔下了悬崖。他们的力气很大，所以印第安人坠落前在空中划出了一道高高的弧线。他从视线中消失之后，除了看守外，整帮猿人都冲到了崖边，许久都没有人出声，随后才爆发出一阵欢快的呼喊。他们兴奋地跳来跳去，在空中甩动着毛茸茸的长手臂，嗷嗷叫着。接着，他们从悬崖边退了回来，重新排好队形，等待着下一个受害者。

这一次是萨姆里。两个看守抓住他的手腕，野蛮地将他拖到前面。他瘦削的身体和修长的四肢挣扎扑腾着，如同一只被从笼子里拖出来的

小鸡。这时，查林杰转向首领，拼命挥动双手。他在请求、乞求、哀求首领放过他的同伴。首领粗暴地推开他，摇了摇头。这是首领在这个世上做的最后一个有意识的动作。约翰爵士的步枪轰然一响，首领应声倒地，鲜红的血在地上流淌开来。

“朝他们最密集的地方开枪！开枪！年轻人，开枪！”我的同伴喊道。

再普通的人灵魂深处也存在着奇怪的嗜血性。我是个心地柔软的人，有许多次听到受伤的野兔的惨叫声，眼睛都湿润了，但现在我的嗜血欲却被激发了出来。我站了起来，打光了枪里的子弹，又打开弹仓装上弹夹继续打，同时带着纯粹的凶残和杀戮的快感吼叫着。我们两个用四把枪制造了一场可怕的灾难。两个抓住萨姆里的猿人倒下了，而萨姆里则非常吃惊，像个醉汉一样踉踉跄跄，没有意识到自己已经自由了。密密麻麻的猿人迷惑地四处逃窜，不知道这场死亡的风暴从何而来，意味着什么。

他们挥手，比画，尖叫，被倒下的同类尸体绊倒。接着，他们突然吼叫着成群冲进树林里躲避，身后满地是受伤的同伴。一时间，只剩下那些俘虏还站在空地中央。

查林杰脑子转得快，立刻搞清楚了状况。萨姆里还稀里糊涂的，他就已经抓住了萨姆里向我们跑过来。两个猿人守卫跳起来追他们，但被约翰爵士的两发子弹射中倒地。我们跑到空地上去跟朋友会合，往两人手里各塞了一支上了膛的步枪。但萨姆里已经没力气了，几乎都走不动了。那些猿人已经恢复镇定，他们穿过灌木丛回来，大叫着要杀死我们。查林杰和我一人一边架着萨姆里往前跑，约翰爵士则掩护我们撤退，不断朝那些向我们嘶吼的猿人开枪。

那些叽叽喳喳的家伙追了我们一英里多。随后他们又放慢了脚步，因为已经明白了我们的威力，不敢再面对百发百中的步枪。回到营地之后，我们回头看了看，发现已经没有人跟过来了。

我们确实是这样认为的，但事实并非如此。我们刚关上围栏的荆棘门，互相握了握手，坐到泉水旁的地上喘息，这时又听到门外传来一阵脚步声，接着是轻声的哀号。罗斯顿爵士拿着步枪冲上前去把门推开了。四个红皮肤的小个子印第安人立刻趴倒在地，因为害怕我们而浑身发抖，同时又在祈求我们的保护。其中一个使劲朝周围的树林甩着手，表示这里充满危险。接着，他往前一扑，双手抱住约翰爵士的大腿，把脸贴了上去。

“天啊！”我们的同伴疑惑地扯了扯胡子，“我说——我们该拿这些家伙怎么办？起来，小家伙，别把你的脸贴在我的靴子上。”

萨姆里坐了起来，往自己的旧烟斗里塞了些烟草。“我们得保证他们的安全，”他说，“你救了我们。天啊！干得不错！”

“好极了！”查林杰喊道，“好极了！不仅是我们个人，还有整个欧洲科学界都会感激你们所做的事情！我可以毫不犹豫地说，要是萨姆里教授和我消失了，肯定会给现代动物学史留下一片巨大的空白。你和我们的小朋友干得太漂亮了！”

查林杰向我们露出了平常那种父亲般的笑容，但欧洲科学界要是看到这位天选之子、未来的希望是这样一副蓬头垢面、衣衫褴褛（lán lǚ）的样子，肯定会感到震惊的。他膝间夹着一个肉罐头，手上拿着一大块大洋洲冷羊肉坐在那里。那个印第安人抬头看了他一眼，惊叫了一声，缩在地上，紧紧抱着约翰爵士的腿。

“别怕，我的孩子，”约翰爵士拍了拍他面前的脑袋，“查林杰，你的模样把他吓坏了。天啊！这也难怪。好了，小家伙，他是人，跟我们一样。”

“是的，先生！”查林杰喊道。

“嗯，你很幸运，查林杰，你有点儿与众不同。要不是你那么像那个猿人首领……”

“你记住我的话，约翰爵士，你实在是太放肆了。”

“嗯，我说的是事实。”

“先生，麻烦你换个话题吧，你的话既无关紧要又令人费解。现在摆在我们面前的问题是我们要如何处置这些印第安人。很明显，应该送他们回家，如果我们知道他们的家在哪儿的话。”

“这不难，”我说，“他们住在中央湖另一侧的洞穴里。”

“我们的小朋友知道他们住在哪儿，我估计有一段距离。”

“有二十多英里。”我说。

萨姆里叹了口气。

“我是永远到不了那儿的，我听到那些野兽还在追赶我们的路上嚎叫。”

就像他说的，我们可以听到漆黑的森林里远远地传来那些猿人的声音。印第安人又惊叫了一声。

“我们得赶紧走！”约翰爵士说，“年轻人，你帮帮萨姆里。这些印第安人可以搬行李。现在赶紧走，免得被他们发现。”

不到半个小时，我们就来到了之前藏身的灌木丛里躲了起来。一整天，我们一直都能听到猿人在我们旧营地的方向激动地呼喊，但他们都没往这边来，而我们这些疲惫的逃亡者，不管是红种人还是白种人，都陷入了沉睡中。晚上，我正在打盹儿，有人扯了一下我的袖子，我发现查林杰蹲在我身旁。

"你把这些事都记录了下来，等着以后发表，对吧，马龙先生？"他严肃地问道。

"我是作为记者来到这里的。"我答道。

"没错。你或许听到了约翰·罗斯顿爵士的一些蠢话，他说我和猿人有一些——有一些相似之处……"

"是的，我听到了。"

"不用我说，要是向公众传达这样的看法——不管你的叙述如何轻描淡写，对我来说都是无比冒犯的。"

"我会尊重事实的。"

"约翰爵士的话经常都是异想天开，他会用最荒谬的理由来解释那些未开化的种族对于我们高贵品质所表现出的尊重。你明白我的意思吗？"

"完全明白。"

"这件事就交给你自己掂量了。"接着，在停顿了许久之后，他又说道，"那个猿人首领确实与众不同——非常英俊和聪慧。你不觉得吗？"

"确实与众不同。"我说。

教授终于放下心来，再次睡着了。

第十四章

真正的征服

我们都以为那些追捕我们的猿人不知道我们在灌木丛的藏身之处，但很快我们就发现自己错了。树林里悄无声息，树上的叶子一动不动，我们周围一片寂静——可头一回的经验已经警告我们了，那些家伙会非常狡猾、非常耐心地监视我们，等待时机到来。不管将来的命运如何，我都相信自己再也不会比那天早上更接近死亡了。我来讲讲事情的经过。

因为昨天受到惊吓，加上食物不够，我们醒来后依然觉得筋疲力尽。萨姆里还很虚弱，连站起来都费劲，但老头儿充满了永不服输的精神。我们讨论过后，一致认为应该在原地静静地等一两个小时，吃一顿急需的早餐，然后穿过高地，沿着中央湖前往据我观察是印第安人居住地的那些洞穴。我们希望拯救的那些印第安人说的好话，能让我们受到他们同类的欢迎。接下来，在已经完成任务，对梅普尔·怀特高地的秘密也有了更完整的了解之后，我们应该思考一个至关重要的问题：如何

离开这个地方，回到家里去？就连查林杰都承认，我们已经达到了这趟旅程的目的，接下来的首要任务就是把我们的惊人发现带回文明世界。

我们现在终于可以闲下心来观察我们拯救的印第安人了。他们个子矮小，体格健壮、结实，富有活力，细长的黑发用一根皮条在脑后扎成一束，胯部的衣物也是皮制的。他们的脸上没有毛发，五官端正，一脸和气；耳垂撕裂开流着血，表明他们戴的耳饰被捕猎者扯掉了。虽然我们无法理解他们的语言，但他们自己交流起来却非常顺畅，他们多次指着彼此说“阿卡拉”，我们估计这就是他们种族的名字。有时候，他们的脸会因为恐惧和仇恨而抽搐，他们一边朝树林挥舞拳头，一边大喊："多达，多达！"这肯定是指他们的敌人。

"你怎么看，查林杰？"约翰爵士问道，"我认为有件事非常清楚，那个把前额剃光的小伙是他们的首领。"

显而易见，那个人和其他人不一样，他们跟他说话都带着深深的敬意。他似乎是他们当中最年轻的，却非常高傲，当查林杰把自己的大手放到他头上时，他就像一匹受惊的马儿，黑眼珠一闪，从教授身边跳开了。接着，他把手放在胸膛上，以一副威严的姿态说了几遍"马利塔斯"。教授一点儿也不难为情，抓住身边的印第安人的肩膀，像在课堂上讲解玻璃罐里的标本一样，用圆润低沉的声音说道："这个种族，不论是从脑容量、脸形还是其他方面来看，都不是低等的类型；相反，他们比我所能提到的许多南美部落的人都要高级，我们用任何假说都没法解释这个种族在这里的进化。同理，那些猿人也跟这片高地上的原始动物有着巨大的差异，他们是不可能从这里完成进化的。"

"那他们是从哪儿来的？"约翰爵士问道。

"这个问题肯定会在欧美科学界引起热烈的讨论，"教授答道，"我个人觉得值得注意的是……"他使劲鼓起胸膛，傲慢地环视四周说："在这个地方的特殊条件下，进化已经达到了脊椎动物的阶段，古老的物种存活了下来，与新的物种共存。因此，我们发现像貘——一种繁衍了很长时间的动物、大鹿、穿山甲这类现代生物，与侏罗纪时代的爬行类动物同生共存。这已经很清楚了。然后是猿人和印第安人。科学思维如何看待他们的存在？我只能以外部入侵来解释。有可能在南美洲存在一种类人猿，在过去的漫长岁月里来到这个地方，进化成了我们现在所见到的生物，其中一些的外貌和形体……”说到这里，他严厉地瞪了我一眼：“如果配上相应的智力水平，我会毫不犹豫地说，可以为现存的任何物种增光。至于印第安人，我敢确定，他们是后来从下面迁移上来的，因为饥荒或者战争，他们不得不向上迁移到这里。面对这些从未见过的猛兽，他们只好躲到我们的小朋友提到的那些洞穴里，但他们为了守住自己的领地无疑与野兽进行了艰苦的斗争，尤其是与那些猿人的斗争。猿人将他们视为入侵者，以一种大型野兽所没有的阴险狡诈对他们发动了无情的攻击。因此，印第安人的数量看起来是有限的。嗯，先生们，我有没有把谜底解释清楚？你们还有什么疑问吗？”

情绪低落的萨姆里教授这一次没有争论，但还是使劲地摇着头表示反对。约翰爵士只是挠了挠稀疏的头发，表示他不能参与一场他不在同一量级上的争论。而我则扮演着往常的角色，把话题扯回到乏味的日常现实，我说有个印第安人不见了。

“他去打水了，”罗斯顿爵士说，“我们给了他一个空牛肉罐，他就去了。”

“去旧营地了吗？”我问。

“不，是去溪边。就在树林里，不到几百码。不过，那个家伙慢腾腾的。”

“我去找他。”我说完就拿起步枪朝溪流的方向走去，留下我的朋友

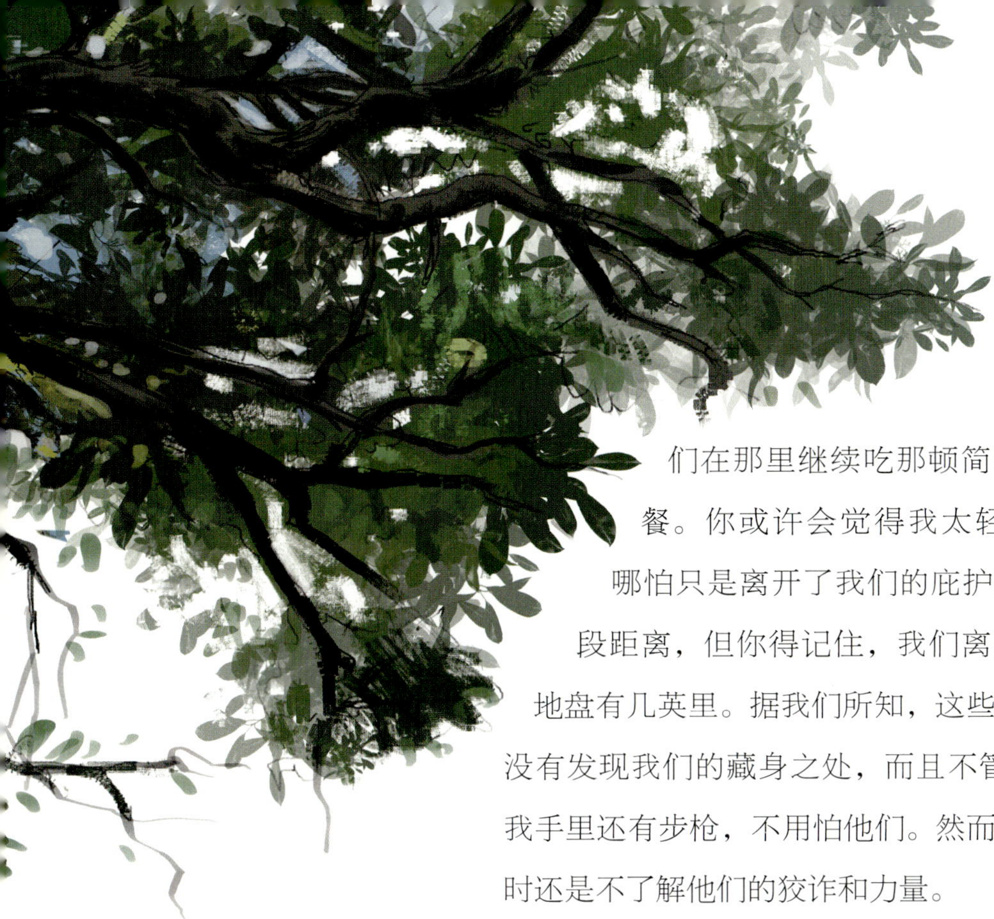

们在那里继续吃那顿简单的早餐。你或许会觉得我太轻率了，哪怕只是离开了我们的庇护所一小段距离，但你得记住，我们离猿人的地盘有几英里。据我们所知，这些家伙并没有发现我们的藏身之处，而且不管怎样，我手里还有步枪，不用怕他们。然而，我当时还是不了解他们的狡诈和力量。

我可以听到前方溪流的潺潺声，但在我和它之间还隔着一些杂乱的树木和灌木丛。我在其中穿行到从同伴们视野中消失的地方，发现灌木丛里有一团红色的东西。我走近一看，吃惊地发现是那个失踪的印第安人的尸体。他侧躺着，四肢摊开，头被拧成

一个极其别扭的角度，好像眼睛在盯着肩膀。

我大喊一声，提醒我的朋友们有情况，然后向前跑去，却被尸体绊倒了。我的“守护天使”当时肯定就在我身边，出于某种恐惧的本能——也可能是因为树叶轻微的窸窣（xī sū）声，我抬起了头。从低垂到我头顶的那团茂密的绿叶中，两只肌肉发达、长满红毛的长臂缓缓地伸了下来。这两只悄无声息的大手马上就要掐住我的脖子了。我向后一跳，虽然很快，但那双手更快。我躲过了致命一击，却马上被一只手抓住了后颈，被另一只手捂住了脸。我举起手想护住咽喉，下一秒那只巨掌就从我的脸上滑落到了我的手上。我被轻轻松松地拎了起来，感到有一股无法抵挡的力量在把我的脑袋往后拧，直到我的颈椎无法承受。我有点儿神志不清了，但仍拉扯着那只手，想把它从我的下巴上扯开。我抬头看见一张可怕的脸，一双冷酷的浅蓝色眼睛正盯着我。那双可怕的眼睛具有催眠的力量，我没法再挣扎了。那家伙感到我逐渐瘫软了，邪恶的嘴角露出了闪亮的白獠牙，更加使劲地捏紧我的下巴一直向上、向后掰。我眼前升起了椭圆形的彩色薄雾，耳边也响起了微弱的银铃声。我听到远处传来一声模糊的枪响，隐约感觉到自己被扔回地面。我一动不动地躺在那里，昏厥了过去。

醒来之后，我发现自己仰面躺在我们藏身的灌木丛里。有人取来了溪水，约翰爵士往我头上洒水，查林杰和萨姆里则满脸担忧地扶着我的身体。这一刻，我看到了他们隐藏在科学面具下的人性。我倒下其实是因为受了惊吓，而不是受了伤，过了半小时，虽然仍旧头痛，脖子僵硬，但我还是坐了起来，并表示可以应付接下来的事。

“可是你刚刚才死里逃生，年轻人，”罗斯顿爵士说，“我听到你的喊声跑过去的时候，看到你的脑袋快要被拧掉了，脚在空中蹬来蹬去，我还以为我们来晚了。慌乱之中我没有打中那个家伙，但他丢下你跑了。天啊，真希望我有五十个带枪的人！我会把这群该死的家伙通通消灭，让这片土地变得干净一点。”

现在清楚了，这些猿人总是有办法发现我们的行踪，全方位地监视着我们。白天我们没有什么好怕的，但夜里他们很可能会对我们发起突袭，所以我们应该尽快远离他们的领地。我们周围有三面是密林，在里面很可能会中埋伏。但另一面是通向湖泊的斜坡，只有一些矮灌木丛，少数的树木，以及几片空地。那其实就是我一个人出去探险时走过的路，直通印第安人的洞穴。这肯定是最适合我们的路线了。

我们有个很大的遗憾，就是丢下了旧营地。这不仅是因为物资还留在那里，更是因为我们会和赞布失去联系，他本是我们和外面世界的唯一纽带。不过，我们有充足的枪支弹药，至少暂时还能做好防御，我们希望能很快回来，恢复与那位黑人朋友的联系。他忠诚地向我们保证会留在原地，我们也相信他会说到做到。

我们是在刚过中午的时候出发的。那个年轻的印第安人首领走在前面给我们带路，但愤怒地拒绝搬运任何东西。两名幸存的印第安人跟在他后面背着我们为数不多的东西，我们四个白人拿着上好膛的步枪殿后。我们刚一出发，身后安静的密林里就突然爆发出了一阵猿人的欢呼，这或许是因为我们离开而发出的胜利呼喊，也可能是对我们逃跑的耻笑。我们回过头去，只看到茂密的树木，但持续很久的喊叫声表明树林里隐藏了许多敌人。不过，我们没有看到追逐的迹象，很快我们就来到了更开阔的地带，不在猿人的势力范围内了。

我走在四个人的最后面，看着前面的三个同伴，忍不住想笑。这就是那天晚上在阿尔巴尼街那个坐在红色灯光中，周围满是波斯毛毯和画作，生活奢靡的罗斯顿爵士吗？这就是那个在伊默公园宽敞的书房里，坐在大书桌后面咄咄逼人的教授吗？还有，这就是那个在动物学大会上站起来的严肃、古板的身影吗？你不会遇到比他们三个更绝望、更邋遢的流浪汉了。确实，我们来到高地上才一周左右，但我们其他衣服都留在下面的营地里了，这一周对我们所有人来说都很艰苦，虽然我没有落入猿人的手中，稍微好一点。我的三位朋友的帽子都丢了，现在只能用手帕包着头，衣服成了碎布条挂在身上，脸上没刮胡子，满是污垢，几乎都让人认不出来了。萨姆里和查林杰都瘸得很厉害，而我由于早上的惊吓，也虚弱地迈着脚步，脖子也因为被死死掐住，现在僵硬得像木板。我们真是一支可怜的队伍，难怪我们的印第安人同伴时不时回过头来看我们，脸上满是惊恐。

下午很晚的时候，我们才来到了湖边。走出灌木丛之后，我们看到了一汪清水，我们的土著朋友欢快地尖叫起来，热切地指着前方。这确实是一幅美景。在如同玻璃一般的湖面上，有一大队独木舟正朝我们所在的湖岸划过来。我们刚看到独木舟的时候，它们还在几英里外，但加速之后，很快就向我们靠近了。划船的人认出了我们，立刻爆发出一阵雷鸣般的欢呼，我们看到他们站了起来，疯狂地挥舞着桨和矛。接着，他们继续划船，飞速驶过中间的水域，将船只拖到倾斜的沙地上，然后冲到我们面前，趴下来大声向年轻的首领致意。最后，他们当中的一位长者，脖子和手腕上戴着闪亮的像玻璃珠串成的饰品，肩上披着一张漂亮的琥珀色的兽皮，跑上前来，非常温柔地拥抱我们救下的那个年轻人。接着，他看着我们，问了一些问题，然后庄严地走上前来逐个拥抱我们。在他的命令下，整个部落的人都趴在地上向我们致敬。对于这种膜拜，我感到有点儿尴尬和不好意思，在罗斯顿和萨姆里脸上也是同样的神情，但查林杰却乐开了花。

“他们也许是未开化的种族，”他摸了摸胡子，四下打量着他们。

这些当地人显然是准备来打仗的，每个人都带着矛——一根长长的竹子，顶端有块骨头，还有弓箭，身体侧面还挂着棍棒或石头战斧。他们用漆黑、愤怒的眼睛盯着我们走出的森林，反复念叨着“多达”，显然这支队伍是来营救老首领的儿子或者为之复仇的，我们猜测救下来的年轻人就是他的儿子。而现在，整个部落的人蹲成一圈开会，我们就坐在附近的玄武岩上旁观。两三位勇士发完言之后，我们的年轻朋友发表了慷慨激昂的演讲，他的表情和手势非常生动，所以我们也能大致地理解，就如同我们也懂他的语言一样。

“我们平安回来了，可这又怎样？”他说，“事情早晚得有个了断。你们的同伴惨遭杀害，我们没有人是安全的。我们现在就集合起来，准

备战斗。”接着，他指着我们说道：“这些陌生人是我们的朋友。他们是伟大的斗士，他们跟我们一样憎恨猿人。他们可以控制。”说到这里，他指向了天空：“雷和闪电。我们还会有这样的机会吗？快行动吧，为将来能够安稳地生活拼死一搏。要不然，我们还怎么毫无愧色地面对我们的女人？”

那些小个子的红皮肤勇士被他的话打动了，他刚讲完，他们就发出了雷鸣般的掌声，在空中挥舞着简陋的武器。老首领走向我们，问了一些问题，同时指向森林。约翰爵士示意他等一下，然后转向我们。

“嗯，你们决定一下自己要怎么做，”他说，“我自己有笔账要跟那些猴子算，要是把它们从地球上抹去，我想也没什么。我要跟这些红皮肤的朋友并肩作战。你怎么说呢，年轻人？”

“我当然会去。”

“你呢，查林杰？”

“我肯定去。”

“你呢，萨姆里？”

“我们好像越来越偏离这次探险的目的了，约翰爵士。老实说，我在离开伦敦的岗位时一点儿也没想到是来领导一群野人袭击一群类人猿的。”

“确实是上不了台面的差事，”约翰爵士笑道，“但既然已经遇到了，你的决定是……”

“这一步好像很冒险，”萨姆里直到最后都要争论一番，“但如果你们都去的话，我想我也不能落后。”

“那就这么定了。”约翰爵士说完转身向首领点了点头，拍了拍自己的步枪。

老首领和我们一一握手，他手底下的人则欢呼得更大声了。天色已晚，不能继续前进了，于是印第安人搭了个简陋的营地安顿下来。四处开始有火堆在闪光和冒烟。有些人跑进森林，随后又赶着一只小禽龙回来。和其他禽龙一样，它肩上也涂着沥青，当看到一个土著人以一副主人的模样走出来表示同意宰杀这头动物，我们恍然大悟，这些大型动物是和牛群一样的私产，那些令我们无比困惑的符号只是主人做的记号。这些无助、迟钝的食草动物四肢发达，头脑简单，甚至只要一个小孩儿就能驱赶它们。短短几分钟，这头巨型野兽就被肢解开来，肉块被挂在了十几处火堆上，一起挂在火堆上的还有从湖里叉上来的长着硬鳞的大鱼。

萨姆里躺到沙滩上睡着了，我们剩下的人则在水边走来走去，试图多了解一点儿这个陌生的国度。有两回我们发现了蓝色黏土的坑，跟我们在翼龙沼泽里看到的一样。这些是老火山口，出于某种原因，引起了约翰爵士极大的兴趣。而吸引查林杰的则是一个汩汩冒泡的泥泉，某种奇怪的气体在表面形成了巨大的不断爆裂的泡泡。他把一根空心芦苇插了进去，用擦亮的火柴凑近芦苇，立刻响起了刺耳的爆响声，芦苇顶端燃起了蓝色的火焰，他像个小学生一样欢呼起来。更让他激动的是，只要在芦苇的顶端套个皮袋子，等气充满后，就能让它飞上天。

“这是一种可燃气体，比空气轻得多。我敢肯定这里有不少的游离氢。乔治·爱德华·查林杰的才智还没有耗尽呢，我的小朋友。我可以让你看看一个伟大的头脑怎样让大自然物尽其用。”他为自己的秘密打算而扬扬得意，但不肯多说什么了。

我觉得岸上没有什么比我们面前的那一汪湖水更美妙的了。

我们的人数众多，嘈杂的声响吓跑了所有的生物，只有几只翼龙在我们头顶的高空中翱翔，等待着享用营地周围的腐肉。但在中央湖玫瑰色的水面上情况却不一样，那里翻腾着，有各种奇特的生命。巨大的蓝灰色背部和高高的锯齿形的背鳍带着银边从水面露出来，然后又潜了下去。远处的沙滩上散落着笨拙的爬行动物，有巨大的乌龟和奇怪的蜥蜴，还有一只扁平的巨大生物，像一块滑溜溜的黑色垫子蠕动着缓缓落入湖中。到处可以看到高耸的蛇形脑袋从水面浮出，它们快速划开水面，身前泛

起水花，身后拖着长长的波纹，像天鹅一样优雅地起伏。其中一只扭动着来到了离我们只有几百码的岸上，长长的蛇颈后面是桶形的身体和巨大的鳍足，查林杰和刚刚加入我们的萨姆里忍不住发出了惊叫声和赞叹声。

“蛇颈龙！淡水蛇颈龙！”萨姆里叫道，“在我有生之年居然能看到这一幕！亲爱的查林杰，我们真是创世以来最幸运的动物学家！”

直到夜幕降临，我们的土著盟友在黑暗中点起红色的火光，两位科

学家才不得不离开那个令他们着迷的原始湖泊。即使到了黑夜，我们躺在沙滩上，仍时不时听到生活在那里的大型动物的鼻息声和入水声。

天刚亮，我们的营地就开始有了动静，一小时后，我们开始了难忘的探险。我时常梦想着能成为一名战地记者，可我怎么能想到我要报道的战役是如此疯狂！这就是我从战地发回的第一篇报道：夜里，又有一批土著人从洞穴赶来增援，我们出发时已经有四五百人了。侦察兵在前面，整个大军跟在他们后面沿着长长的斜坡穿过灌木丛，来到森林边缘附近。在这里，他们分成长矛和弓箭两支长长的队伍。罗斯顿和萨姆里站在右翼，查林杰和我则站在左翼。我们的同盟是一支石器时代的军队——我们则带着来自圣詹姆士街和斯特兰德街的最新武器。

没等多久，我们的敌人就来了。树林边缘传来疯狂的尖叫，一群拿着棍子和石头的猿人突然往印第安人的队伍中央冲。这个举动很勇敢，但又很愚蠢，因为这些罗圈腿的动物行动迟缓，而他们的对手却像猫一样敏捷。这真是一幅可怕的景象，这些凶狠的野兽满嘴唾沫，瞪大着眼睛，一边冲一边抓咬，但总是被对手躲开，然后被一支接一支的箭射中。一个大家伙从我身边经过，痛苦地咆哮着，胸腔和肋骨中了十几支箭。出于怜悯，我朝他的脑袋开了一枪，他摊开四肢倒在了芦荟丛里。这是唯一的一枪，因为攻击是向队伍中央发起的，那些印第安人并不需要我们帮忙。冲进空地的所有猿人，我想是没有一个能回去了。

但在我们进入树林以后，情况变得糟糕了。我们鏖(áo)战了一个多小时，一度差点儿坚持不住了。猿人拿着棍棒从灌木丛里跳出来袭击印第

安人，往往在被长矛刺中之前，就击倒了三四个印第安人。他们可怕的袭击能把一切砸个粉碎，其中一个还砸烂了萨姆里的步枪，要不是有个印第安人捅了他的心脏，他就要把萨姆里的脑袋也砸烂了。树上的猿人向我们扔石头和木棍，有时也跳下来对我们的人发起疯狂的袭击，直到倒下。我们的同盟一度差点儿就顶不住压力了，要不是有我们的步枪相助，他们肯定就得溃逃了。但他们在老首领的带领下英勇地集结在一起，发起猛烈的反击，这下轮到那些猿人开始败退了。萨姆里失去了武器，我则拼命开火，把弹药清空，而在另一侧，我们也可以听到同伴的枪声一刻也不停。

猿人开始慌乱地溃逃。这些大家伙尖叫着、哀号着朝树林的各个方向逃跑，而我们的盟友则狂野地欢呼着，飞快地追击着敌人。无数世代的积怨，短暂历史中的仇恨和残暴，虐待和迫害的记忆都要在这一天得到清算。人类最终成为主宰，而猿人只能永远待在安排给他们的区域。那些逃兵即使插上翅膀，也难以摆脱那些敏捷的印第安人，繁茂的树木间处处可以听到欢快的呼喊声，弓箭的嗖嗖声，以及猿人从树上摔下来的坠地声。

我正跟着其他人，这时发现约翰爵士和查林杰也来跟我们会合了。

“结束了，”约翰爵士说，“我想我们还是把清场的工作交给他们吧。少看一点儿这种场面，才能睡得安稳一些。”

查林杰的眼里闪烁着杀戮的欲望。

“我们真幸运，”他像斗鸡一样趾高气扬地喊道，“居然能够参加一场历史上如此独特的、重大的战争，这是决定世界命运的战争。我的朋友们，一个国家征服另一个国家有什么意义呢？毫无意义。结果都是一样。但穴居人在原始时代发起的对抗老虎、驯服大象的激烈战争，才是真正意义上的征服，真正的胜利。在这奇特的命运转折点上，我们居然见证了，甚至推动了这样一场战争。现在，这片高地的未来将永远属于人类。”

只有对目标有坚定的信念才能为如此残酷的手段辩护。我们一起穿过森林的时候，发现地上躺满了猿人，身上插着矛和箭。到处可以看到一小群精疲力尽的印第安人聚在一处，说明那里有一个猿人被逼上了绝路，正在拼死抵抗。我们不断听到前方传来表明了追捕方向的呼喊声和咆哮声。猿人被赶回了他们的领地，在那里进行最后的抵抗，但再次被攻陷了。现在，我们看到了可怕的最后一幕。剩下的八十到一百个雄性猿人被赶到了通向悬崖边的那一小片空地上，也就是两天前我们自己战斗的地方。我们赶到那里的时候，印第安人正拿着长矛围成半圆逼近猿人，一眨眼，三四十个猿人就死在了原地。其他的猿人尖叫着，挣扎着，被推下了悬崖，像他们原先的俘虏一样落在六百英尺下的尖利的竹子上。正如查林杰所说，梅普尔·怀特高地确立了人类的永久统治地位。猿人的领地被摧毁了，雄性被灭绝，雌性和幼崽成了奴隶。不知持续了多少世纪的战争终于来到了血腥的终点。

这场胜利给我们带来了很大的好处。我们又可以回营地去拿我们的物资了，而且可以跟赞布重新联系了，远处猿人像雪崩一样跌落悬崖的场面把他吓坏了。

“快走，先生们，快走！”他瞪着眼睛喊道，“你们留在这儿肯定会被恶魔抓住的。”

“这是理性的声音，”萨姆里坚定地说道，“我们的冒险已经够了，这和我们的本性与身份都是相悖的。我希望你信守诺言，查林杰。从现在开始，你得尽全力让我们离开这个可怕的地方，回到文明世界去。”

第十五章

我们的眼睛看到了伟大的奇迹

我日复一日地写着这些文字，相信在结束之前我能够说，光终于穿透了阴云。我们被困在这里，还没有想到逃脱的办法，因此感到十分苦恼。然而，我可以想象终有一天我们会为自己受困而感到高兴，尽管并不是出于我们的意愿，但我们却因此看到了这个独特的地方以及栖息在这里的生物的许多奇迹。

印第安人的胜利和猿人的灭亡是我们命运的转折。从这时起，我们才真正掌控了高地，印第安人对我们既恐惧又感激，因为我们用奇特的力量帮助他们摧毁了宿敌。他们或许很乐于见到我们这些可怕的、难以捉摸的人离开，但从未向我们透露应该怎样回到下面的平原。我们根据他们的记号判断，这里有一条隧道可以通行，而下端的出口我们在下面见过。毫无疑问，猿人和印第安人都是先后从那里登顶的，梅普尔·怀特和他的同伴也是。然而，一年前发生了一场大地震，隧道的上端彻底坍塌消失了。当我们用手势表明要下去时，那些印第安人只是摇摇头，耸耸肩。他们或许是没办法，或许是不愿意帮我们离开。

印第安人获胜之后，把幸存的猿人（他们的哀号非常可怕）赶出了高地，让他们住在印第安人的洞穴附近。从现在开始，他们只能成为屈从于它们印第安人的奴隶。这恰似是犹太人在巴比伦或者以色列人在埃及的一个粗陋、原始的版本。

夜里，我们可以听到树林里传来悠长的呼喊声，某个原始的以西结[1]在哀悼伟大的猿人的陨落，追忆着它逝去的荣光。他们从今往后就成了伐木取水的苦力。

战斗结束两天后，我们和盟友一起穿过高地，驻扎在印第安人的悬崖脚下。印第安人本想让我们住在他们的洞穴里，但约翰爵士考虑到要是他们不怀好意，我们就会被他们控制了，所以坚决不同意。因此，我们一方面保持独立，时刻准备好武器以应付紧急情况，同时又跟他们维持良好的关系。我们不断地走访他们的洞穴，这些地方真是令人印象深刻，尽管没法判断是出自人类还是大自然之手。这些洞穴都是从同一层软岩里挖出来的，上面是火山岩形成的红崖，下面是坚硬的花岗岩。

洞口距离地面大约八十英尺，有一条长长的石阶通往地面，石阶又窄又陡，体形大的动物都没法爬上去。洞穴内部温暖干燥，以不同的长度笔直地伸向山体另一侧，光滑的灰色墙壁上有用烧焦的木棍画的惟妙惟肖的高地上的各种动物。如果这里的动物都消失了，未来的探险家也

---

1 以西结：一位以色列祭司和先知。

会在这些洞穴的墙壁上找到像恐龙、禽龙、鱼龙这样奇异的物种还存在于世的充分证据。

自从我们知道庞大的禽龙只是被主人驯养的家畜和行走的“肉库”之后，我们便以为人类即使用原始的武器也能在这片高地称霸。但很快我们就发现并不是这样，他们仍得隐忍地活着。

我们在印第安人的洞穴附近安营的第三天，惨剧发生了。那天，查林杰和萨姆里一起去了湖边，指导几个土著用鱼叉捕捉大蜥蜴以制作标本。约翰爵士和我待在营地，而那些印第安人则在洞穴前面长满杂草的

斜坡上各自忙活。突然，有人用尖厉的叫声发出警告，上百人大喊着“斯托埃”。男人、女人、小孩从各个方向飞奔着躲起来，全都疯狂地涌向石阶，逃进洞穴里。

我们抬起头，看到他们在上方的岩石间挥舞着双臂，叫我们跟他们一起避难。我们抓起装好子弹的步枪，跑出去看有什么危险。突然，有十几个印第安人从附近的树林里冲了出来，他们在逃命，后面有两头可怕的野兽。之前侵扰我们的营地，在我单独外出时追逐我的就是它们——外形看起来像可怕的巨型蟾蜍，不停地跳跃前行，体形大得不可思议，比最大的大象还要大。我们只在夜里见过它们，它们确实都是夜行动物，除非像这回一样，巢穴受到侵扰。

我们站在那里，吃惊地看着这一幕，因为

它们那长满斑点和疙瘩的皮肤有着像奇怪的鱼一样的颜色，它们移动的时候，阳光打在它们身上就像变幻的彩虹一样。

不过，我们没时间观察它们，因为不一会儿，它们就追上了那些逃亡的人，对他们展开了杀戮。它们将自己的整个身体压在那些印第安人身上，把一个压垮、碾碎之后，就跳起来去追逐下一个。面对这些残暴无情的野兽，可怜的印第安人一边惊恐地尖叫，一边无助地奔逃。他们一个接一个地倒下，等我和同伴跑去救援时只有不到六人幸存。但我们的救援根本没什么用，只是把我们自己也卷入了危险之中。我们朝那些野兽开了一枪又一枪，短短几百码路就打光了所有子弹，但对有着坚韧厚实皮肤的它们毫无作用，就好像我们是在朝它们扔纸团一样。爬行动物迟钝的本能使得它们对伤口毫不在意，它们的生命力分散在脊髓里，而不是脑中枢，任何现代武器都无法击中要害。我们所能做的只是用枪发出的闪光和响声分散它们的注意力，阻挡它们前进，为印第安人和我们自己争取时间向石阶那边跑去。然而，在二十世纪的锥形子弹失效的时候，印第安人那些先后在羊角藤[1]汁液和腐肉里浸泡过的毒箭却发挥了作用。猎人在袭击野兽的时候用这种箭没什么用，因为它们的血液循环非常慢，在毒效发作之前，它们就会追上来把袭击者杀死。但现在，两头野兽追到了石阶底下，无数的箭呼啸着从上面悬崖的洞里射出来。不

1 羊角藤：亦称“羊角拗”“羊角扭”。夹竹桃科，灌木或藤本，含汁液。春季开花，为黄白色，其种子有毒。

一会儿，它们身上就插满了箭，但没有任何疼痛的迹象，只是流着口水，带着无力的怒火爬上台阶。它们笨拙地爬了几码，又滑了下去。毒效终于发作了。其中一只发出一声低沉的呻吟，扁平的大脑袋倒在了地上。另一只则发出尖厉的号叫，绕着古怪的圈子跳跃，然后在地上痛苦地扭动了几分钟，直到变僵，再也无法动弹。印第安人发出了胜利的呼喊，从洞穴里跑出来，在尸体旁狂舞。他们高兴坏了，又有两个最危险的敌人死了。那晚，他们肢解了两具尸体，不是为了吃——因为毒效还在，而是害怕残留毒素的尸体产生瘟疫。两只巨型爬行动物的心脏像靠垫一样大，仍在那里缓慢、平稳地跳动，轻微地起伏，具有可怕的独立生命。直到第三天，神经衰亡之后，它们才静止不动了。

等哪一天我有了比肉罐头盒更好的桌子，有了比一截铅笔和一个破笔记本更好的工具之后，我会更完整地描写一下这些阿卡拉印第安人，描写我们在他们当中的生活，描写我们在奇异的梅普尔·怀特高地上见到的古怪情况。至少我的记忆是不会衰退的，只要我还活着，那段时光的每个时刻、每个事件都会像我们童年的奇异经历一样清晰牢固。它们深深地刻在我的脑海里，没有任何事能使之磨灭。等到那时，我会描写那个月光皎洁的奇异夜晚，大湖上有一条鱼龙——一种古怪的动物，一半是海豹，一半是鱼，鼻子两侧各有一只被骨头覆盖的眼睛，第三只眼睛长在头顶。它落入了印第安人的渔网中，在被我们拖上岸之前差点儿把我们的独木舟掀翻。当晚还有条绿色的水蛇从灯芯草中间窜出来，把查林杰那只独木舟上的舵手缠走了。我也会讲述那头庞大的、白色的夜

行生物——我们直到现在也不知道它是爬行动物还是其他野兽，它住在湖东面肮脏的沼泽里，它迅速移动时会在黑暗中闪着微弱的磷光。印第安人非常害怕，不愿靠近那里，虽然我们两次探险都看到了它，却无法进入它所栖息的那片非常深的沼泽。我只能说它看起来比牛还大，散发着奇异的麝(shè)香。我还会讲述有一天查林杰怎样被一只大鸟追着躲到岩石中间——那只鸟跑得很快，远比鸵鸟高大，长着秃鹫(jiù)般的脖子和凶狠的脑袋，就像行走的死尸。当查林杰教授爬向安全地带的时候，它那凶狠的弯喙像凿子一样戳断了他的靴后跟。这一回，现代武器赢了——这只从头到脚有十二英尺的巨大生物气喘吁吁，倒在了罗斯顿爵士的步枪下。查林杰教授十分兴奋，说它叫恐鹤，它惶恐地拍着翅膀踢着腿，两只黄眼睛瞪着不愿闭上。希望我能活着回去，在阿尔巴尼街的那些战利品中间看到这个被击败的凶狠生物的头骨陈列在那里。最后，我还会描述一下箭齿兽，这种动物就像十英尺高的巨型豚鼠，长着突出的如凿子一般的牙齿，它在弥漫着灰色晨雾的河边饮水时被我们杀死了。

总有一天我会以更完整的篇幅写下这一切，除了那些动荡的日子，我还将深情地描写那些美丽的夏日夜晚。在蔚蓝的天空下，我们亲密地躺在树林旁边的长长的草丛里，惊叹不已地看着陌生的飞禽从眼前掠过，看着那些稀奇的新物种从巢穴里探出脑袋朝我们张望。我们头顶的树枝挂满了香甜的果实，身旁的草丛间开满了奇异而又美丽的花朵。我还会描写那些月光皎洁的长夜，我们乘着船漂浮在波光粼粼的湖面上，惊奇地观察着某只奇异的怪兽突然跃入水中，激起巨大的涟漪；还有在

湖泊的深处，某种奇异的生物在黑暗中发着绿光。未来总有一天，我会在脑海中细细回忆这些场景，用笔将每个细节都写下来。

不过，你也许会问，为什么有这些经历？为什么还在那里耽搁？你和同伴不是应该日夜冥思苦想如何回到下面的世界吗？我的回答是，我们每个人都在为此努力，但都白费了。我们很快就发现，那些印第安人是不会帮我们的。在其他任何方面，他们都是我们的朋友——甚至可以说是忠诚的奴仆，可是一提到让他们帮我们弄一块板子来搭桥，或者给我们一些皮带、藤条来编成绳索时，我们就会遭到友善而又坚定的拒绝。他们会面带微笑地眨眨眼，摇摇头，然后就没了下文。就连那个老首领也是这么顽固地拒绝我们。只有我们救过的那个年轻人马利塔斯愁眉苦脸地看着我们，用手势告诉我们，他为我们无法达成的愿望感到难过。

自从战胜猿人之后，他们就把我们当成超人，认为我们能够用奇怪的管状武器带来胜利，他们相信只要有我们留在他们那里，好运就属于他们。只要忘掉自己的故乡，永远在这片高地上生活下去，我们每个人都能得到一个身材娇小的红皮肤妻子和一个洞穴。尽管与我们的心愿相去甚远，但目前他们表现得还算友好。不过，我们非常清楚不能泄露离开这里的计划，因为担心他们最终会强迫我们留下。

尽管有遇到恐龙的危险（只是在晚上的风险比较大，就像我之前说过的，它们大体上是昼伏夜出的），但在过去的三个星期里，我还是两次回到了我们的旧营地，去看还守在悬崖底下的黑人伙伴。我充满渴望地望着辽阔的平原，希望能看到远处有我们祈求的救援出现。但在向远方延伸的地平线上，除了仙人掌外光秃秃、空荡荡的。

“他们很快就会过来的，马龙先生。用不了一周，印第安人就会回来，用绳子把你们弄下来。”赞布欢呼道。

第二次去找赞布的时候，我跟同伴分开了一夜，第二天回去的路上遇到了一件奇怪的事。我沿着熟记于心的道路返回，在离翼龙沼泽一英里左右的地方，看到有个奇怪的东西在向我靠近。那是一个人，被套在一个用弯曲的藤条编成的筐子里行走，如同套着一个钟形的笼子。走近之后，我更是大吃一惊，原来是约翰·罗斯顿爵士。他看到我之后钻出那个古怪的笼子，大笑着朝我走来，举止让我觉得很迷惑。

“嗯，年轻人，”他说，“没想到会在这里遇到你。”

“你到底在做什么？”我问。

“拜访我的朋友，翼龙。”他说。

“为什么？”

“你不觉得这些野兽很有趣吗？就是不太友好！你应该记得吧，它们对陌生人很粗暴。所以我就弄了这么个东西，免得引起它们的注意。”

“但你想在沼泽里干什么？”

他用询问的目光打量着我，我看出他神情有些犹豫。

“你不觉得除了两位教授之外，别人也可以有好奇心吗？”他终于说道，“我在搞研究。你知道这个就够了。”

“我没别的意思。”我说。

他又恢复了好心情，哈哈大笑起来。

“我也没别的意思，年轻人。我有个任务，要去给查林杰抓一只恶魔的幼崽。你不用陪我了，我有这个笼子防护，你没有。再见，我会在天黑之前回到营地的。”

他转身离开了，套着那个奇特的笼子在树林里穿行。

如果说约翰爵士这次的行为很怪异，那查林杰就更是如此了。他似乎对印第安女人有一种奇异的吸引力，所以总是随身带着一大片棕榈叶，当她们的关注令他无法忍受时，他就用那片叶子像赶苍蝇一样把她们赶走。他就像喜剧里的苏丹，手握权杖，黑胡子翘在前面，走起路来一步一顿，身后跟着一长队长着大眼睛、穿着简陋的树皮衣服的印第安姑娘，这是我记忆中最怪异的画面之一了。

至于萨姆里，他痴迷于高地上的昆虫和鸟类，把所有的时间（除了还有相当一部分时间用于指责查林杰不为我们解决下去的问题）都投入到清理和收集标本上了。

查林杰一直习惯每天早上独自去散步，有时回来会一脸严肃，仿佛肩负着伟大的事业。有一天，他拿着棕榈叶，被一群仰慕者尾随着，带我们去了他那个隐秘的工作室，与我们分享了他的秘密计划。

那个地方是一小片空地，位于棕榈丛中间，其中有我已经描述过的冒气泡的泥泉。在它周围放着一些用禽龙皮切成的皮条，以及一个巨大的、干瘪的膜状物，那是从湖里的鱼龙的胃上切下来并晒干的。

这个大口袋一侧被缝上了，另一侧只留了几个小孔。小孔里插着几根竹竿，竹竿的另一端连着用陶土做成的漏斗，收集从泥泉里冒出的气体。很快，那个松弛的大口袋开始慢慢膨胀，即将飘起来了，于是查林杰把上面的绳子拴在了附近的树干上。不到半个小时，一个大气袋就鼓了起来，从皮带的绷紧程度来看，它有很强的拉力。查林杰像迎接自己第一个孩子的父亲一样高兴，面带微笑地站在那里，抚摩着胡子，一言不发而又心满意足地注视着自己头脑的产物。萨姆里第一个打破了沉默。

“你不会是要让我们用这个东西从悬崖下去吧，查林杰？”他讥讽道。

“亲爱的萨姆里，我是想让你们看看它的威力，看完之后，你们肯定会对它充满信心的。”

“你可以立刻打消这个念头，”萨姆里坚决地说道，“这世上没有什么能诱使我做这种蠢事。约翰爵士，我相信你不会赞同这种疯狂的想法吧？”

“我觉得非常有创意，”我们的爵士说道，“我很想看看如何使用它。”

“你确实应该看看，”查林杰说道，“这几天我一直在想我们应该怎么从悬崖下去。我们都已经知道，我们没法爬下去，也没有隧道可走，连造一座桥把我们带回来时的山顶上也不可能。那么，应该想什么办法下去呢？之前我向我们的小朋友讲解过，这里的泥泉会释放游离氢，于是我自然就想到了气球。我承认，要找一个充气的东西有点儿把我难住了，但看到那些爬行动物巨大的内脏，我突然有办法了。看看结果吧！”

他一只手按着自己破烂的外套，另一只手骄傲地指着气球。

这时，气球已经胀得浑圆，绳索剧烈颤动。

“真是疯了！”萨姆里嗤之以鼻。

约翰爵士对这个办法非常满意。“聪明的老家伙，对吧？”他轻声对我说道，接着又大声问查林杰，“弄个吊篮怎么样？”

“吊篮就是我接下来要解决的问题。我已经想好要怎么制作和连接了。同时我会让你们看看，我的装置怎样承载我们所有人。”

“所有人？真的吗？”

“不，我的计划是像降落伞一样每回送一个人下去，然后再用已经完善的办法把气球拉上来。它只要能承载一个人的重量，把他平稳地送下去就够了。我现在就让你们看看它在这方面的能力。”

他找来一大块玄武岩，中间凿了个洞，绳子可以轻松地系上去。这条绳子是我们用来攀爬那座山峰，随后又带上高地的那条，长度超过一百英尺，虽然很细，但非常结实。他准备了一个皮圈，上面吊着许多皮带。这个皮圈被固定到了气球顶部，垂下的皮带在下面扎紧，这样一来，人体的重力就可以被气球的一大块表面分散了。接着，那块玄武岩被系在扎紧的皮带上，而穿过岩石小洞的绳子垂了下来，在教授的手臂上绕了三圈。

“现在，”查林杰脸上带着期待的笑容说道，“我来让你们看看这只气球的承载力。”他说完用刀子割断了拉着气球的绳子。

我们在探险中从来没有哪一次如此接近于全军覆没。这个充满气的膜状物以可怕的速度冲向天空。查林杰连忙伸手抓住绳子，瞬间被拽离了地面。我拦腰抱住他，自己也被拉了上去。约翰爵士像老鼠夹一样紧紧抱住我的双腿，但我感觉到他也离开了地面。那一瞬间，我脑海中浮现的画面是四个探险者像一串香肠飘在他们所探索的土地上空。这个该死的装置拉力极强，好在绳子的承受能力有限。随着一声尖锐的断裂声，我们摔到了地上，堆在了一起，绳子缠了一身。我们摇摇晃晃地站起来之后，看见在蔚蓝的天空深处，那块石头变成了一个飞速移动的黑点。

“太棒了！”查林杰抚摩着受伤的胳膊，毫不畏惧地喊道，“这是一次完整且令人满意的演示。我没想到会这么成功。先生们，我保证不出一周，就可以准备好第二个气球，你们可以用它来开启我们回家的第一段旅程。”

到目前为止，我都是如实地记下发生的每件事。此刻，在赞布守候多时的这个旧营地里，我要给我的叙述画上圆满的句号了，那些巨大的红色悬崖高耸在我们的头顶，我们在上面经历的所有困难和危险，都像梦一样被留在了我们身后头顶上方那座巨大的红色峭壁上。我们以最不可思议的方式安全回到了地面，一切安好。再过六周或两个月，我们就会抵达伦敦，可能这封信到达的速度都不会比我们快。我们的心中充满了思念，我们的灵魂早已飞向了伟大的故乡，对我们来说那里有许多非常宝贵的东西。

就在我们用查林杰自制的气球进行了惊险尝试的那天晚上，我们的命运出现了转机。我说过，只有一个人对我们试图离开这件事抱有同情，那个人就是我们救下的年轻首领。只有他不想违背我们的意愿，把我们留在这片陌生的土地上。他用富有表现力的手势尽可能地向我们传达一些信息。那天傍晚，他来到我们的小营地，递给我（出于某种原因，他一直很关注我，可能是因为我的年龄跟他差不多）一小卷树皮，严肃地指了指他头顶上的那一排洞穴，又把手指放到唇上示意要保密，然后就偷偷回去了。

我把树皮拿到火光下，我们一起仔细研究。树皮大概一英尺宽，内侧有一些奇怪的线条，可以这样来形容：线条是用木炭画在白色的树皮表面上的，乍看就像一些潦草的音符。

“不管是什么，我敢肯定对我们来说都很重要，”我说，“从他脸上的表情可以看出来。”

“除非我们碰上了一个爱开玩笑的原始人，”萨姆里说道，“我觉得这也是人类最基本的一种进化。”

“这显然是某种文字。”查林杰说。

“看起来像猜谜游戏。”约翰爵士一边伸长脖子看一边说道。突然，他伸手抓住了树皮。

“天啊！”他喊道，“我想我明白了。小伙子猜得没错。看一下！纸

上有多少标记？十八个。嗯，你们想想，我们头顶上刚好有十八个洞穴。”

“他交给我的时候就指了指那些洞穴。”我说。

“嗯，那就对了。这是洞穴的分布图。啊！十八个连成一排，有的浅，有的深，有的还有分岔，跟我们看到的一样。这是张地图，这里有个‘十’字标记。这个‘十’字是什么意思呢？它标记的位置可能是一个非常深的洞穴。”

“它是贯通的！”我叫道。

“我想我们的年轻朋友破解谜题了，”查林杰说，“如果这个洞穴不是通的，那我就不明白这个应该对我们怀有善意的人为什么要让我们注意它。但如果通向另一边后有个洞口，那我们离地面就不到一百英尺了。”

“一百英尺！”萨姆里嘟囔道。

“嗯，我们的绳子有一百多英尺长，”我喊道，“肯定能下去。”

“洞穴里的印第安人怎么办？”萨姆里反驳道。

“洞穴里没有印第安人，”我说道，“它们都是牲口棚和仓库。我们为什么不立刻上去看看呢？”

高地上有一种干沥青木——我们的植物学家说那是南洋杉的一个品种，印第安人经常用来做火把。我们每人捡了一把树枝，沿着长满野草的台阶走向地图上标记的那个洞穴。正如我所说，那里除了一群大蝙蝠在我们头顶盘旋，什么都没有。我们不想引起印第安人的注意，所以在黑暗中跌跌撞撞地前行，转了几个弯，走了很长一段距离，最后才点燃了火把。这是一条美丽、干燥的隧道，光滑的灰色墙壁上涂满了印第安人的符号，我们头上是拱形的穴顶，脚下是白得发光的沙子。我们急切地往前走，直到在一声失望的哀叹中不得不停下来。一堵陡峭的石壁出现在我们面前，上面连一点儿能让老鼠钻过去的缝隙都没有。我们根本无法从这里逃下去。

我们站在那里，郁闷地盯着这个出乎意料的障碍。跟那条攀上梅普尔·怀特高地的隧道不同，这并不是地壳运动产生的，尽头的石壁看起来跟两侧是一样的，这条隧道自始至终都是一条死胡同。

“没关系，朋友们，”不屈不挠的查林杰说道，“你们还有我承诺的气球。”

萨姆里叹了口气。

“我们不会是进错洞穴了吧？”我问道。

“不会，年轻人，”约翰爵士把手指放在地图上说道，“右起第十七个，左起第二个。肯定就是这个洞穴。”

我看着他的手所指的标记，忽然欢呼起来。

“我知道了！跟我来！跟我来！”

我拿着火把，沿着来时的路匆匆往回走。“这是我们点火把的地方。”我指着地上的火柴说道。

“没错。”

“地图上标记这是个有分岔的洞穴，在点火把之前，我们在黑暗中可能错过了分岔口。我们沿着右侧回去，应该就能找到更长的那条岔路。”

事实确如我所说。我们走了不到三十码，就发现墙上有个很大的黑

洞。我们拐进去，发现来到了一条比之前宽得多的通道。我们气喘吁吁地走了几百码。突然，在我们面前黑暗的拱形中出现了暗红的光。我们非常吃惊——好像通道内出现了一团静止的火焰，挡住了我们的去路。我们匆匆走过去，却仍旧没有声音，没有温度，没有动静，但那片大光幕依旧在我们面前闪耀着，给洞穴镀上了一层银色，把沙子变成了粉末状的珠宝，我们走近过去，终于看到了一道弧边。

“天啊，月亮！”约翰爵士喊道，“我们走出来了，天啊！我们走出来了！”

那确实是一轮满月，直接照在崖壁上的洞口。那是一个裂口，还没有窗户大，但对我们来说已经够用了。我们把脖子探出去，发现要下去并不难，地面离我们并不远。我们在下面没有注意到这个地方也不奇怪，崖壁向外突出，看起来根本不可能爬上去，所以我们并没有仔细观察。在确定能够用绳子下去之后，我们兴奋地返回营地为第二天晚上做准备。

我们必须迅速且秘密地行动，因为即使最后时刻，印第安人也有可能阻止我们。我们会把物资都留下，只拿上枪支和弹药。但查林杰非要带上一些笨重的行李，其中有一件我暂时不能透露是什么，尤其累人。白天缓慢地过去，黑幕降临时，我们已经准备好离开了。

我们费了很大劲才把东西弄上台阶，然后转身最后一次长时间地打量这片奇异的土地，我怕它很快就会变得庸俗不堪，成为猎人和勘探者的地盘。但对我们来说，这是充满魔力和传奇的梦幻之地，我们

在这里冒过许多险，吃过许多苦，也学到了许多东西——我们将会永远亲昵地称它为“我们的国度”。我们左手的那一排洞穴，每一个都将欢乐的红光投射到了黑暗中。下面的斜坡传来印第安人的欢笑声和歌唱声。前面是广袤的树林，在幽暗中闪着微光的是中央湖，这里是孕育各种奇异物种的母亲。在我们打量着这一切的时候，黑暗中响起了某种怪异动物高亢的嘶鸣，这是梅普尔·怀特高地在和我们告别。我们转身钻进洞穴，踏上了归途。

两个小时后，我们，我们的包裹，我们所有的一切，都来到了山脚下。除了查林杰的行李，没遇到什么困难。下山之后，我们什么都顾不上了，立刻奔向赞布的营地。

我们一大早就到了，但吃惊地发现营地上的篝火不止一堆，而是有十几堆——救援队伍已经到了。从亚马孙那边来了二十个印第安人，带着木桩、绳子，以及其他各种用于搭桥的工具。明天启程返回亚马孙的时候，至少搬运行李不再困难了。

就这样，我怀着谦卑、感激的心情结束了这篇记述。我们的眼睛看到了伟大的奇迹，我们的灵魂因为遭受的磨难而得到了净化。每个人都在不同的程度上变得更好、更深沉了。我们抵达帕拉之后或许会停下来稍作休整。如果是这样的话，这封信就会先到，否则就会跟我在同一天抵达伦敦。不管怎样，亲爱的麦卡德尔先生，我都希望能尽快和你见面。

第十六章

游行！游行！

在这里，我要向亚马孙的各位朋友在归来途中对我们的友好招待表示感谢。我尤其要感谢佩尼亚罗萨先生和巴西政府的其他官员为我们提供的特殊帮助，还有帕拉的珀雷拉先生，他富有先见之明，知道在文明世界需要一套像样的行头，我们到小镇的时候他已经准备好了。对于这些恩人的款待，我们的回报却是可耻的谎言。但在当时的处境下，我们实在没有别的选择，我只能告诉他们，尝试去追寻我们的足迹只会浪费时间和金钱。我们在记录中把地名都改了，我敢肯定，哪怕是研究得最仔细的人也没法抵达距离那片未知土地一千英里的范围。

我们原本以为我们在途经南美地区所引发的热烈反响仅限于当地，我可以向英国的朋友保证，对于我们的历险在欧洲所引起的骚动，我们其实并不清楚。直到艾弗尼亚号抵达距离南安普敦不到五百英里的地方，一家接一家的报纸和机构发来电报，说愿意出高价获取一点儿关于此行的真实结果的消息，我们才知道对我们高度关注的不仅仅是科学界，还有普通大众。不过，我们一致认为，在见到动物研究所的成员之前，绝对不能向媒体透露任何明确的消息，因为我们显然应该把第一份报告交给委托我们进行考察的团体。因此，尽管发现南安普敦挤满了记者，我们还是拒绝透露任何信息，这自然使公众的注意力集中在了将于十一月七日晚上举行的报告会上。我们当初接受任务是在动物研究所的报告厅，但它太小了，只有伦敦摄政街的女王报告厅合适。现在大家都已经知道，就算主办方考虑阿尔伯特音乐厅，仍会发现场地还是太小了。

大会定在我们到达的第二天晚上召开。因为头一天我们有自己迫切的私事要处理。我的事暂时还不能说。或许等它远去，我才能比较平静地回想它，乃至谈论它。我在开篇已经向读者表明我参与此次行动的原因了。或许我应该继续讲下去，把结局交代清楚。事情已经发生了，早晚得说。至少我参与了一次奇异的历险，对于促使我这样做的那股力量，我只能心怀感激。

现在，我来讲讲这次历险的最后一个重大的时刻。就在我冥思苦想该怎样描述才好的时候，我的目光落到了我们报社在十一月八日早上发行的那份报纸上，上面有我的朋友兼同事麦克唐纳完整出色的报道。我还是直接把他的整篇报道——标题和内容，都抄下来吧。必须承认，我们报社为了吹捧自己派出了记者，所以在这件事情上极为活跃，但其他日报的报道也不少。以下就是我的朋友麦克的文章：

新世界

女王报告厅盛大会议

场面沸腾

难以置信

这究竟是什么?

摄政街晚间的狂欢

（特别报道）

昨晚，备受关注的动物研究所大会在女王报告厅召开，该机构去年委派了一个调查委员会到南美洲去检验查林杰教授关于史前动物仍存活于该大陆的论断。毫不夸张地说，这将是科学史上的一个重大日子，整个会议非常轰动，任何与会人员都不会忘记的。（哦，麦克唐纳兄弟，多么惊人的开篇啊！）门票理论上只能给会员及其亲友，但后者范围很广。在距离会议开始的时间——八点钟之前，大厅的每个角落就已经挤满了人。然而，有许多市民因为被挡在外面而非常不满，在七点四十五分的时候开始硬闯进去，在持续的混乱中有几个人受伤，H 区的检查员斯科布尔不幸大腿骨折。这一非法入侵不仅使每条过道都挤满了人，就连留给媒体的区域也被占领了，据估计，有将近五千人在等待几位探险家的到来。等他们终于出现就座后，讲台上已经坐满了科学界的领军人物，不仅有本国的，还有法国和德国的。乌普萨拉大学著名的动物学家塞尔吉乌斯教授作为瑞士的代表，也出席了本次大会。

四位英雄一入场，就受到了热烈的欢迎，听众全都站了起来，欢呼了好几分钟。然而，敏锐的观察者会发现掌声中夹杂着一些异议，这次会议应该不会太顺利。不过，可以肯定的是，没有人能预料到会议将发生多么异乎寻常的转折。

四位探险家的模样无须赘述了，这段时间他们的照片一直出现在各家报纸上。据说他们遭受了磨难，但并没有什么痕迹能体现这一点。查林杰教授的胡子好像更乱了，萨姆里教授更像个苦行者了，约翰·罗斯顿爵士则更瘦削了。三人与出发时相比，都晒黑了，但看起来非常健康。至于我们报社自己的代表，著名的运动员和国际橄榄球选手爱德华·马龙，看起来训练有素，当他打量着人群的时候，老实且相貌平平的脸上挂着愉快的笑容。（好啊，麦克，你给我等着！）

献给探险家的热烈掌声结束后，会场安静了下来，听众回到了座位上，主席达勒姆公爵开始讲话。他说："在这场盛大的报告会和大家面前，我绝对不会占用太多的时间。我不知道委员会的发言人萨姆里教授要说什么，但所有人都在传，他们的探险已经取得了异乎寻常的成功。（掌声）传奇的时代显然并未消亡，小说家最狂野的想象可以跟探索真理的科学研究交汇。在落座之前，我只想补充一句，这几位先生完成了艰辛且危险的任务平安归来，让我很高兴——我们所有人都很高兴。毫无疑问，这次探险出现的任何意外都是动物学界无法挽回的损失。”（响起了热烈的掌声，据说查林杰教授也加入了其中。）

萨姆里教授的起身再次唤起会场的热情，他的演讲不断引来欢呼。在这里我们就不全文刊登了，因为我们的特派记者对整个考察过程的完整叙述将作为增刊发表。这里记录一些要点就够了。萨姆里教授先是讲述了这趟旅程的起因，向他的朋友查林杰教授致以崇高的敬意，同时还向查林杰教授道歉，他原来还质疑查林杰教授的言论，但现在这些言论已经完全得到证实。接着，他讲述了整个旅程，但是谨慎地隐瞒了一些信息，免得有人试图去寻找那片神奇的高地的方位。接着，他大致讲述了他们从亚马孙河走到悬崖底下的过程，在反复尝试攀登的时候，他们遭受了许多磨难，这让台下的人都听得入了迷。最后，他们经过拼命的努力才取得了成功，代价是付出了两名忠诚的混血仆人的生命。（萨姆里如此解释是为了避免在大会上引发争议。）

萨姆里教授为听众还原了他们登上了峰顶，因为桥梁坠落而无法撤离高地的情景之后，开始讲述那片奇异土地的恐怖和魅力。他不怎么谈个人的历险，而是重点介绍对高地上那些奇异的野兽、鸟类、昆虫和植物进行科学观察所取得的丰硕成果。尤其是鞘(qiào)翅目和鳞翅目昆虫，短短几周，他们就发现了鞘翅目的四十六种新类型，以及鳞翅目的九十四种新类型。然而，公众最感兴趣的自然还是大型生物，尤其是按理说应该早已灭绝的大型生物。对此他可以列出长长的名单，如若更加深入地调查那片区域，这份名单无疑会变得更长。他和同伴们见过至少十几种这样的生物，其中大多数是远距离观察，它们跟科学界已知的任何生物都不一样。这些生物将及时得到分类和研究。比如有一种蛇，皮肤是深紫色的，长达五十一英尺；有一种白色生物，应该是哺乳动物，会在黑暗中发出清晰的鳞光；

还有一种黑色的大飞蛾，据那些印第安人说，只要被咬一口，就会身中剧毒。除了这些全新的物种，高地上还有许多已知的史前生物，有些可以追溯到侏罗纪早期。其中就有马龙先生曾在湖边的饮水处见过，而且首位进入这片未知土地的美国冒险家也曾在素描本上画过的巨大、怪异的剑龙。他还讲到了他们最早遇到的两个奇异物种——禽龙和翼龙。接着，他讲到了令听众毛骨悚然的食肉恐龙，它们不止一次追逐过探险队成员，是他们遇到过的最可怕的生物。然后，他谈到了一种巨大而凶猛的鸟类——恐鹤，以及仍然游荡在高地上的大型麋鹿。不过，当他讲到神秘的中央湖的时候，才激起了听众的全部兴趣和热情。人们在聆听这位理智、务实的教授以经过冷静斟酌的语句描述栖息在那片魔幻水域的怪异的三眼鱼龙和大水蛇的时候，必须使劲地掐一下自己，才能确认自己不是在做梦。接下来，教授先生提到了印第安人，提到了猿人这一离奇的种群。这种猿人或许是由爪哇猿人进化而来，因而比任何已知的物种都更接近于进化过程中“遗失的环节”这一假说。最后，他愉快地讲起了查林杰教授发明的巧妙但极度危险的飞行器。作为这场难忘的演讲的结尾，他还描述了委员会成员最终如何设法回到了文明世界。

会议本该在这里结束，然后由乌普萨拉大学的塞尔吉乌斯教授致谢和表示祝贺。但事情显然是不会如此顺利的。整个晚上时不时就有一些反对的声音。此时，爱丁堡的詹姆斯·伊林沃思博士在大厅中央站了起来，询问在决议之前能否进行修正。

主席：“可以，先生，如果必须修正的话。”

伊林沃思博士：“尊敬的阁下，确实必须修正。”

主席：“那就马上开始吧。”

萨姆里教授（一跃而起）：“阁下，请让我解释一下，这个人是我的‘仇家’，我们在《科学季刊》上有过关于深水类生物真实特性的论战。”

主席：“我恐怕不能干涉私事。继续。”

因为探险队的支持者们的大声抗议，伊林沃思博士的一些发言听不太清楚，有人还试图把他拉下讲台。但他体格魁梧，声若洪钟，压制住了喧哗声，最终完成了演讲。从他站起来的那一刻就可以看出，他在这里是有一些朋友和支持者的，不过只是少数，大部分听众的态度都是谨慎和中立的。

伊林沃思博士首先对查林杰教授和萨姆里教授的科学工作表示由衷的赞赏，同时为有人在他的言论里解读出个人偏见而感到遗憾，他只是为了追求科学真相。实际上，他和萨姆里教授在上次会议中的立场相同。上次会议上，查林杰教授的言论遭到了同行的质疑。现在这位同行自己出来发表同样的言论，然后希望它们不受质疑，这合理吗？（“对”“不对”，长时间的中断，其间，记者席上有人听到查林杰教授向主席请求离开片刻，他要去把伊林沃思博士扔到街上。）一年前，有人说了一些事情。现在有四个人说了一些更惊人的事情。这就能成为这些最具革命性、最不可思议的事情的终极证据吗？近来有不少例子表明，人们过于轻信一些从未知世界归来的探险者所讲的故事了。伦敦动物研究所也要这样吗？他承认委员会的成员都是有品格的人。但人性是复杂的，即便是教授，也可能因为渴求名声而误入歧途。我们都像飞蛾一样喜爱在亮光中飞舞。人们在讲故事的时候总想盖过对手的风头，记者们也不反对借助一些添油加醋、耸人听闻的东西来增加效果。委员会的每个成员都有夸大自己成果的动机。（“可耻！”“可耻！”）他表示自己并非有意冒犯。（“你就是有意的！”有人打断道。）能够证明这些奇幻故事的证据非常之少。有什么呢？一些照片。在这个伪造技术如此巧妙的时代，照片能作为证据吗？还有什么呢？我们听到了一个什么绳索、飞行器的故事，都没法带回大型标本。这个故事很新颖巧妙，但并不能使人信服。据说约翰·罗斯顿爵士有一个恐鹤的头骨，他想看看那个头骨。

约翰·罗斯顿爵士：“这家伙是在说我是骗子吗？”（一阵骚动。）

主席：“肃静！肃静！伊林沃思博士，请你结束这个话题，开始你的修正意见。”

伊林沃思博士：“尊敬的阁下，虽然我还有话要说，但还是遵从你的裁定。感谢萨姆里教授有趣的演说，不过，我认为整件事仍有待证明，应该交给一个更大、更可靠的调查委员会。”

很难描述这一修正意见提出后所引起的混乱。许多听众愤慨地表示这是对探险家的侮辱，大喊着：“不行！”“撤回！”“让他出去！”另一方面，那些反对者——不可否认，他们的数量也不少，则在为这一修正意见欢呼，他们叫喊着：“肃静！”“主席！”“公平！”后排的长椅上有人扭打了起来，旁边挤在大厅的医学生也开始互殴。因为有一批女士在场缓和气氛，才没有发生暴乱。突然，所有人都停住了，有人发出一声“嘘”，然后一片安静。查林杰教授站了起来。他的外貌和举止都非常引人注目，他举起手来要求大家安静，全体听众便安静了下来，等着听他讲话。

“在座的各位应该还记得，”查林杰教授说道，“在我上次发言的会议上也出现过类似的愚蠢无礼的场面。那一次，萨姆里教授是主要的反对者，虽然他现在已经受到惩戒并悔悟了，但这件事还是不能完全被我遗忘。今晚我又从刚才坐下的那个人嘴里听到了类似的，甚至更加无礼的言论。虽然迎合那个人的智力水平是一种有意的自我贬低，但我还是会努力尝试消除

每个人可能产生的合理怀疑（被笑声打断）。我想不用我多说了，虽然萨姆里教授作为这次考察的领队在今晚发表演讲，但我才是这件事真正的推动者，所有的成果主要都应该归功于我。我成功地将这三位先生带到了我提到的那个地方，正如你们已经听到的那样，我向他们证明了我先前的言论的准确性。我们本来希望回来之后没有人会再质疑我们的共同结论。然而，因为有了之前的经验，所以我这一次带回了能够令理智的人信服的证据。正如萨姆里教授所解释的那样，那些猿人在洗劫我们营地的时候搞坏了我们的相机，我们的大部分底片都毁了。（后排传来了嘲笑声，有人喊道：‘能说点儿别的吗？’）我刚才提到了猿人，不得不说，此刻我耳边的一些声音非常生动地使我想起了那些有趣的生物（笑声）。虽然许多价值难以估量的底片都毁了，但还是有一些确凿的照片幸存了下来，它们展现了那片高地的生态。有人指控照片是伪造的吗？（有人喊了一声‘是的’，接着又是一阵骚动，最后有几个人被赶出了报告厅。）这些底片可以交给专家鉴定。但还有别的证据吗？我们在逃生的时候当然没法带太多的行李，不过，我们还是挽救了萨姆里教授收集的蝴蝶和其他昆虫标本，其中有许多新物种。这不是证据吗？（有几个声音说‘不是’。）谁说不是？”

伊林沃思博士（起身）：“我们并不认为这些标本在史前的高地上才能获得。”（掌声）

查林杰教授："当然，先生，我们必须尊重你在科学上的权威，虽然我得承认，你的名字我并不熟悉。先不管照片和昆虫标本了，关于一些此前从未被阐明过的观点，我来公布一些丰富且准确的信息。例如，关于翼龙的习性……（有个声音喊了一声'胡扯，'又是一阵喧闹。）我想说，关于翼龙的习性，我们已经很清楚了。我可以给你们看一下我包里的一张照片，照片上就是那头活生生的动物，可以使你们信服……"

伊林沃思博士："任何照片都不能使我们信服。"

查林杰教授："你想见一下实物吗？"

伊林沃思博士："当然。"

查林杰博士："然后你就相信了？"

伊林沃思博士（笑着）："毫无疑问。"

这时，夜晚的气氛达到高潮——这种轰动性，历史上的任何科学集会都无法和它相提并论。查林杰教授举手示意，我们的同事爱德华·马龙先生立刻站起来，走到讲台后面。过了一会儿，他又回来了，和一个高大的黑人一起抬着一只方形的大箱子。那只箱子显然非常重，他们慢慢地往前抬，把它放在了教授面前。观众鸦雀无声，全神贯注地看着眼前的东西。查林杰教授打开了箱子顶上的滑盖。他注视着箱子里面，打了几个响指，从媒体席上可以听到他用劝诱的声音说道："出来呀，小可爱，出来呀，小可爱！"一眨眼，伴随着一阵抓挠声，一只可怕的、面目狰狞的怪兽从箱子里钻了出来，站在箱子边上。在场的人都惊呆了，就连达勒姆公爵此时突然跌进乐队席里也无法分散他们的注意力。这头野兽的脸就像最可怕的石像魔鬼，只有最疯狂的中世纪的建筑师才想象得出来。它非常凶狠可怕，两只红色的小眼睛如同烧红的煤炭一样明亮，狰狞的长嘴半张开，里面是两排密密麻麻的像鲨鱼一样的尖牙。它的肩膀隆起，上面好像披着一条褪色的灰色披肩。它简直就是我们童年时听到的魔鬼的化身。观众陷入了混乱——有人尖叫起来，两位坐在前排的女士从座椅上跌落了下来昏倒了，

讲台上有不少人也像主席一样跌到了乐队席里。一时之间，大厅里充满了恐慌的气息。查林杰教授举起双手来平息骚动，但他身后的小怪兽已经受到惊扰。它那古怪的披肩突然展开了，像一对坚韧的翅膀扑腾着。它的主人想去抓住它的腿，但已经太晚了。它从箱子上一跃而起，十英尺长的翅膀发出枯燥的、皮革般的扑腾声，在女王报告厅里慢慢地盘旋，隐隐有一股腐臭味在大厅里弥漫开来。人们被逼近的那双发亮的眼睛和凶残的嘴巴吓得尖声大叫。那只怪兽受到惊吓，

疯狂地拍打翅膀飞得越来越快，撞向了墙壁和烛台。“窗户！天啊，把窗户关上！”教授在讲台上咆哮着，他心急如焚，手忙脚乱。唉，他的警告太迟了！一眨眼，那只怪兽就像灯罩里的大飞蛾一样沿着墙壁扑打到了窗口，把自己巨大的身体挤了出去，消失不见了。查林杰教授跌坐到椅子上，把脸埋在手里，听众却长舒了一口气，因为他们意识到事情终于结束了。

接下来——哦！该怎么描述接下来发生的事呢？大多数人的激昂振奋和少数人的惊叹不已合力汇聚成一股狂热的浪潮，从大厅后面向前翻滚，发出巨大的喧嚣声，横扫乐队席，淹没了讲台，将四位英雄托举在浪尖上。（真有你的，麦克！）如果说听众原先并没有公正地对待他们，那现在肯定已经做出了充分的弥补。每个人都站了起来，每个人都在移动，喊叫，做手势。密密麻麻、欢欣鼓舞的人群把四位探险家团团围住。“把他们举起来！把他们举起来！”无数个声音喊道。四位探险家瞬间被人群举起。他们想要挣脱却是徒劳的。他们被举到了象征着荣耀的高处。人群实在太密集了，即使想把他们放下来，也办不到。“摄政街！摄政街！”人们喊道。密集的人群里出现了一个旋涡，又似还有一道缓流托举着四位英雄向门口涌去。大街上的场面同样惊人。成千上万的人聚在一起等候。拥挤的人群从郎汉姆酒店一直延伸到牛津广场。四位被人群扛在头顶上的探险家一出现在报告厅外耀眼的电灯下，就迎来了一阵热烈的欢呼。“游行！游行！”人们呼喊道。人群把街道堵得水泄不通，以密集的队形沿着摄政街、蓓尔美尔街、圣詹姆斯大道和皮卡迪利大街的路线移动。整个伦敦的主要交通要道都瘫痪了，据报道，游行的人跟警察和出租车司机发生了多次冲突。直到午夜过后，四位探险家才在约翰·罗斯顿爵士位于阿尔巴尼街的公寓门口被放了下来，人们在兴高采烈地合唱完《他们是快乐的好伙伴》之后，又以《天佑吾王》收尾。伦敦长久以来最引人注目的夜晚就此结束。

以上就是我的朋友麦克唐纳写的文章。虽然有点儿浮夸，但对会议的记录还是十分准确的。至于那个铁证大事件，它对现场的听众来说是出乎意料的，但对我们来说却不是。各位读者应该还记得，我在高地有一次遇到约翰·罗斯顿爵士套着一个护笼，他当时说是要去给查林杰教授抓一只“恶魔的幼崽”。我也暗示过，我们离开高地时教授的行李给我们带来的麻烦。要是描述我们回来的旅程，我肯定会大谈特谈我们怎样想方设法用腐烂的鱼来满足我们那位污秽的伙伴的胃口。我先前之所以没有说太多，当然是因为教授不希望我们带来的这个铁证在驳倒他的敌人之前走漏风声。

再说一下伦敦那只翼龙的命运。这件事没有任何明确的结论。据两位受到惊吓的女士做证说，它落在了女王报告厅的屋顶上，像魔鬼雕塑一样在那里待了几个小时。第二天的晚报上说，在马尔伯勒宫外执勤的列兵迈尔斯因为擅自离岗，被送上了军事法庭。列兵迈尔斯声称他丢下枪跑掉是因为他抬头时突然看见一个魔鬼在月光下飞行，这一说法并没有被法庭接受，但或许真的跟我们所讨论的这件事有直接关系。此外仅有的证据来自往返于荷兰和美国的轮船弗里斯兰远洋号的航海日志，其中写道，第二天早上九点，在距离右舷十英里的地方，有一只既像飞羊又像大蝙蝠的东西出现，以惊人的速度朝西南方飞去。如果它能凭着归家的本能找到正确的路线，那在大西洋的某处，欧洲最后一只翼龙肯定能找到它的归宿。

格拉迪斯——哦，我的格拉迪斯——那神秘的格拉迪斯湖现在又被重新命名为中央湖了，因为她在我心中不再是不朽的了。我不是经常在她的性格中看到一些冷酷的东西吗？即使我在为遵从她的要求而感到骄傲时，不也觉得这种驱使爱慕者遭受死亡威胁的感情很可怜吗？这些想法总是反复出现又很快消失。透过她美丽的脸庞深入她的灵魂，我不是一再地看到了隐藏在背后的自私和任性吗？她爱的是高尚的英雄壮举本身，还是为了不劳而获地沾光？这些想法是不是事后产生的明智之见？

这件事给我带来了很大的震动，我一度变得愤世嫉俗。但我写这些文字的时候，事情已经过去一周了，我们还跟约翰·罗斯顿爵士进行了一个重要的会面——嗯，或许事情还会更糟。

我就简单地说一下吧。我回来后在南安普敦没有收到任何信件或者电报，当晚十点左右，我不安地来到了斯特里汉姆的小别墅。她是死是活？为了满足她的心血来潮，我拿着自己的生命去冒险，我每晚睡梦中的那双张开的臂膀、那张微笑的脸庞、那些赞美的话语在哪里呢？我已经从高山上下来了，现在脚踏实地站在地面上，但我仍有可能再次飞向云端。我沿着花园小道狂奔，使劲地敲门，听到屋里格拉迪斯的声音，便推开瞪大眼睛的女仆，大步走进了客厅。她坐在被钢琴旁的落地灯昏黄的光

线所笼罩的矮沙发上。我迈了三步就跨过了整个房间，抓住了她的手。

“格拉迪斯！”我喊道，“格拉迪斯！”

她惊讶地抬起头来，她身上发生了微妙的变化。她冷酷的眼神和紧闭的双唇对我来说很陌生。她缩回了双手。

“你想做什么？”她说。

“格拉迪斯！”我叫道，“你怎么了？你不是我的格拉迪斯，不是我的小格拉迪斯·亨格顿吗？”

“不，”她说，“我是格拉迪斯·波茨。让我来给你介绍一下我的丈夫。”

生活是多么荒谬！我发现自己在机械地和一个姜黄色头发的小个子男人鞠躬、握手，他蜷缩在原来专门给我坐的扶手椅上。我们互相点头微笑。

“父亲让我们住这儿，不过我们自己的房子也快准备好了。”格拉迪斯说。

“哦，很好啊，”我说，“你没有收到我在帕拉给你写的信吗？”

“没有。”

“哦，太可惜了！本来可以把一切都解释清楚的。信里写得很清楚。”我说。

“我把关于你的一切都告诉威廉了，”她说，“我们之间没有秘密。很抱歉。但既然你可以跑到世界的另一头去，把我一个人留在这里，说明你对我的感情也不是很深。你不生气吧？”

“不，不生气。我想我该走了。”

“吃点儿东西吧，”小个子男人说道，接着又悄悄补充道，“事情总是这样，对吧？除非有一妻多夫制，你知道的。”我向门口走去，他像白痴一样傻笑着。

刚走到门口，我突然产生了一股莫名的冲动，又转身走回到获胜的对手面前，他紧张地看着电铃的按钮。

“你能回答一个问题吗？”我问。

“嗯，只要是合理的问题。”他说。

“你是怎么办到的？你发现了宝藏吗？发现了极点吗？当过海盗吗？飞越了英吉利海峡吗？或者干过其他什么？你身上的传奇色彩在哪里？你是怎么办到的？”

他看着我，那张空洞、和善、邋遢的小脸上满是无奈。

“你不觉得这个问题有点儿过于私人了吗？”他说。

“嗯，那就只问一个问题，”我叫道，“你是什么人？你究竟是做什么的？”

“我是律师事务所的职员，”他说，“在位于高等法院路四十一号的约翰逊与梅里维尔事务所做助手。”

“晚安！”我说完就像所有郁郁寡欢、悲痛欲绝的英雄一样消失在黑暗中，忧伤和愤怒伴着苦笑在心中翻滚沸腾。

还有一幕我就写完了。昨晚我们在约翰·罗斯顿爵士那儿吃晚饭，随后我们融洽地坐在一起抽烟，聊起我们的历险。在不同的环境下看这些熟悉的老面孔、老身影，真有点儿奇怪。

查林杰脸上依然挂着高傲的微笑，耷拉着眼皮，眼神傲慢，胡子气势汹汹，宽大的胸膛在他对萨姆里下指令的时候起伏。萨姆里也是老样子，稀疏的络腮胡和灰色的山羊胡之间夹着短烟斗，依旧在对查林杰的各种观点提出质疑时急切地把那张饱经风霜的脸往前伸。最后是我们这场聚会的主人，一张粗糙又瘦削的脸，冰川似的蓝眼睛深处始终闪着恶作剧的诙谐光芒。这就是他们初次留给我的印象。

晚饭后，在他的私人房间里——屋里亮着红色的光，摆着无数的战利品，约翰·罗斯顿爵士有话要跟我们说。他从橱柜里拿出一个旧雪茄盒，放在他面前的桌子上。

“有件事，”他说，“我也许早就该说了，只是我当时还想多了解清楚自己的处境，所以不能把希望点燃又扑灭。我们现在拥有的是事实，而不是希望了。你们可能还记得那天我们发现翼龙栖息的沼泽吧？嗯，那里的地貌引起了我的注意。你们可能忽略了，所以还是由我来告诉你们吧，那是一个满是蓝色黏土的火山坑。”

两位教授点了点头。

“嗯，全世界我去过的地方只有一处火山坑有蓝色黏土，那就是金伯利伟大的戴比尔斯钻石矿场。所以，我就想到了钻石。我搞了一个装置来抵挡那些恶臭的野兽，然后拿着小锄头在那里度过了愉快的一天。这些就是我搞到的东西。”

他打开雪茄盒，把里面的二三十颗粗糙的石头倒在桌上，从豆粒大小到栗子大小都有。

“或许你们觉得我早就应该告诉你们了。嗯，确实如此，但我怕一不留神又掉进了陷阱里，也担心这些宝石打磨出来之后可能毫无价值。所以，我把它们带了回来，回家的第一天就跑去斯宾克那里，让他切割进行估值。”

他从口袋里取出一个药盒，从里面倒出一颗美丽的、闪闪发光的钻石——那是我见过的最耀眼的宝石之一。

“就是这样，”他说，“这些钻石的估值至少有二十万英镑。我们当然要平分了，我不接受别的意见。嗯，查林杰，你会拿你的五万英镑做什么？”

“如果你真的要这么慷慨的话，”教授说道，“我会建一座私人博物馆，这是我早就有的梦想。”

“你呢，萨姆里？”

“我会退休，不再教书，这样就有时间来对那些白垩纪化石进行最终的分类了。”

“我会用我的钱来组建一支出色的探险队，”约翰·罗斯顿爵士说，“再去看看那片高地。至于你，年轻人，你肯定会拿这笔钱去结婚了。”

“还不是时候，”我苦笑道，“我想，如果你愿意接受的话，我倒想跟你一起去探险。”

罗斯顿爵士什么都没说，只是隔着桌子把一只褐色的手伸向我。

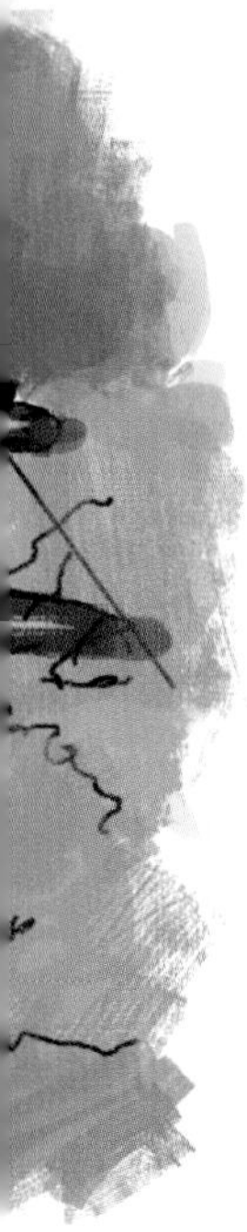

亚瑟·柯南·道尔[1]年表

◆ 1859年5月22日

出生在苏格兰爱丁堡的皮卡迪大街11号，是查尔斯·道尔和玛丽·弗利·道尔夫妇的第三个孩子。

◆ 1864年 5岁

初次尝试写作，写了一只孟加拉虎和一个猎人的故事（只有36个单词）。

◆ 1875年 16岁

通过伦敦大学的入学考试，而后在奥地利费尔德克希的耶稣会学校待了一年，学习德语。

◆ 1876年 17岁

从奥地利归国，途经巴黎，在巴黎短暂逗留期间，叔父迈克尔·道尔推荐他阅读埃德加·爱伦·坡[2]的作品。秋季进入爱丁堡大学医学院就读，遇见福尔摩斯的原型约瑟夫·贝尔[3]。

◆ 1879年 20岁

在伯明翰担任医生助手。在《钱伯斯杂志》发表第一个短篇《赛沙沙峡谷之谜》；在《英国医学杂志》发表论文《作为毒药的常绿钩吻根》。

---

1 本书涉及作者 Arthur Conan Doyle 的译名在不同版本中存在差异，本文译者译为亚瑟·柯南·道尔。

2 埃德加·爱伦·坡：美国作家、文艺评论家。所著小说多描写犯罪心理，被认为是侦探小说的先驱。

3 约瑟夫·贝尔：亚瑟·柯南·道尔在爱丁堡大学医学院读书时的老师。

◆1866年 7岁

借住在母亲的朋友玛丽·伯顿家，进入爱丁堡纽因顿学院念书。

◆1867年 8岁

进入兰开夏郡霍德的耶稣会寄宿学校——斯托尼赫斯特学院的预备学校学习。

◆1870年 11岁

进入斯托尼赫斯特学院学习，为期五年。在校期间，爱好写诗和编辑校刊。

◆1880年 21岁

在一艘捕鲸船上当医生。

◆ 1881年 22岁

获得爱丁堡大学医学学士和外科硕士学位。

◆ 1882年 23岁

与朋友乔治·巴德在普利茅斯合开诊所；搬到朴次茅斯，在郊区开了自己的诊所。在《伦敦社会》《一年四季》和《英国摄影杂志》等刊物上发表作品。

◆ 1887年 28岁

在《比顿圣诞年刊》发表“福尔摩斯”系列第一部小说《血字的研究》。

"ASTUDYIN SCARLET"

◆ 1891年 32岁

回伦敦当眼科医生。在《海滨》杂志发表《福尔摩斯冒险史》的前六个故事。决定弃医从文，成为全职作家。

◆ 1890年 31岁

《四签名》发表并出版单行本。在维也纳进修眼科。

◆ 1883年 24岁

创作首部长篇《约翰·史密斯的告白》，在邮寄给出版商的过程中遗失，直至2004年才在佳士得拍卖会上重见天日。

在《英国摄影杂志》发表一篇自传性质的随笔；在《圣堂会》发表《北极星号船长》。加入朴次茅斯文学与科学协会。

◆ 1885年 26岁

获得爱丁堡大学医学博士学位。

8月5日，与露易丝·霍金斯结婚。

◆ 1888年 29岁

《血字的研究》首次出版单行本。

◆ 1889年 30岁

女儿玛丽·露易丝出生。

《米卡·克拉克》出版。

◆ 1892年 33岁

儿子金斯利出生。出版单行本《福尔摩斯冒险史》。

Conan Doyle

◆ 1896年 37岁

在埃及担任战地记者。出版《杰拉德准将的成就》和《罗德尼的宝石》。

◆ 1897年 38岁

出版历史小说《伯南克叔叔》。与珍·勒奇邂逅、相恋。

◆ 1902年 43岁

出版《南非战争：起源和行为》，为英国辩护，因此受封爵士。

◆ 1903年 44岁

在《海滨》发表《空屋》，文中的夏洛克·福尔摩斯复活了。

◆1893年 34岁

父亲去世；妻子露易丝患上肺结核，送妻子到瑞士疗养。发表《最后一案》，福尔摩斯不幸坠崖而死，引起读者强烈抗议。

◆1894年 35岁

出版《福尔摩斯回忆录》和医疗故事集《红灯四周》。到美国讲学。剧作《滑铁卢》上演。

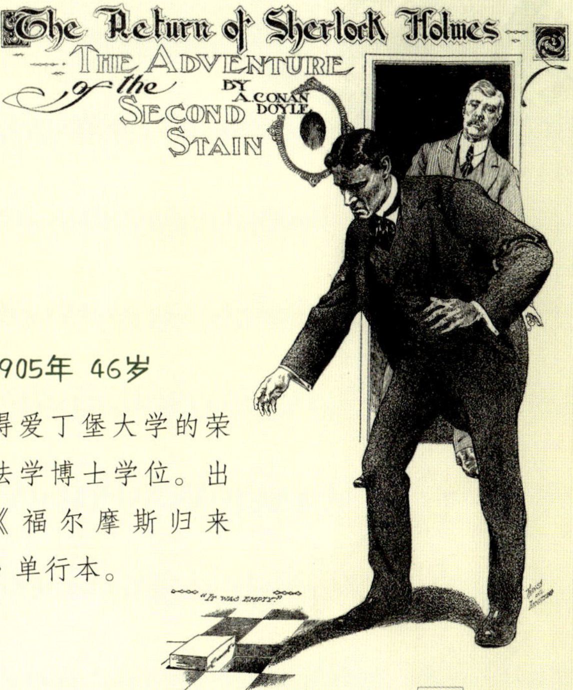

herlock Holmes

◆1905年 46岁

获得爱丁堡大学的荣誉法学博士学位。出版《福尔摩斯归来记》单行本。

◆1906年 47岁

为乔治·伊达尔吉的案件奔走；妻子露易丝去世。

◆1907年 48岁

与珍·勒奇结婚；出版《穿过魔法门》。

◆1915年 56岁

最后一部关于夏洛克·福尔摩斯的长篇小说《恐怖谷》出版单行本；德国发行五部福尔摩斯电影。

◆1918年 59岁

长子金斯利去世。

◆ 1908年 49岁

移居到苏塞克斯郡克罗伯勒镇的温德沙姆。

◆ 1909年 50岁

儿子丹尼斯出生；撰写《刚果罪行》，控诉比利时的恐怖殖民；成为离婚法修改委员会主席。

◆ 1910年 51岁

儿子阿德里安出生。

◆ 1912年 53岁

女儿简出生；发表并出版《失落的世界》。

◆ 1914年 55岁

第一次世界大战爆发，组建一支平民自卫队，撰写宣传册《武装起来！》。

◆1919年　60岁

弟弟因尼斯去世；开始在世界范围内宣传唯灵论。

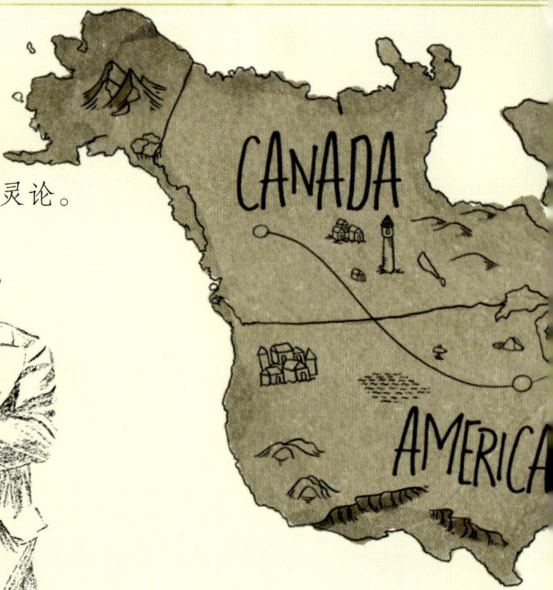

◆1927年　68岁

出版《福尔摩斯新探案集》和《芬尼斯如是说》。

◆1928年　69岁

出版《福尔摩斯短篇故事全集》。

◆1929年　70岁

访问斯堪的纳维亚与荷兰，归来途中心脏病发作；发表《马拉柯深渊》。

◆1930年　71岁

7月7日，在温德沙姆庄园因心脏病发作去世。

◆ 1923年　64岁

到美国和加拿大讲学。

◆ 1924年　65岁

发表《我们的第二次美国历险》。

◆ 1925年　66岁

《失落的世界》被改编成电影。

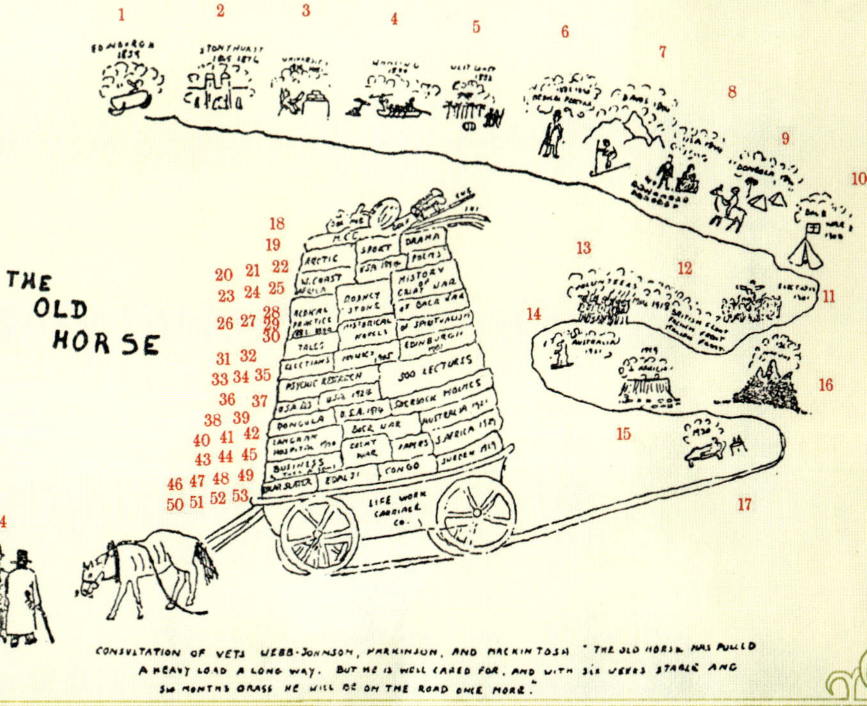

译者 | 郑流畅

1992年生于广东汕头。

新锐青年译者，曾入围单向街书店年度译者。译作《梦游人》《未知量》《布洛赫传》，出版后备受业界好评。译作《巴斯克维尔的猎犬》译文生动流畅、贴近原著风采，“福尔摩斯探案集”系列入选“作家榜经典名著”，受到新一代读者热烈欢迎。

2025年全新译作《失落的世界》问世。

Diana Kuksa

我是一名来自俄罗斯的艺术家，
目前在意大利生活。

这是我的小儿子Nikola，他是恐龙的超级粉丝。
实际上，我也是。

因此，当我接到《失落的世界》的插画邀请时，我立刻同意了。

我通常在晚上工作。因此，当我的孩子早上醒来时，他第一件事就是让我展示新画了什么恐龙，他是第一个看到这些插画的人。

我用传统材料并借助平板电脑绘画。
大多时候，我以时装设计为主。

除时装外，我也乐意为杂志或者图书绘制插画。

同时，我也是一家时装店的橱窗设计师。

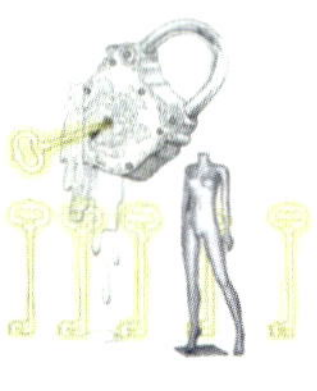

很开心可以参与《失落的世界》的插图创作，希望每一位读者都喜欢这本书！

策　　划 | 作家榜
出　　品 |

出 品 人 | 吴怀尧
产品经理 | 台梦雅
美术编辑 | 刘　洋　路修远
内文绘图 | ［俄］Diana Kuksa
封面制作 | 王贝贝
特约校对 | 方其乐

官方电话 | 021-60839180

图书在版编目（CIP）数据

失落的世界 / (英) 亚瑟·柯南·道尔著；郑流畅译. -- 成都：四川少年儿童出版社，2025. 6. -- (作家榜经典名著). -- ISBN 978-7-5728-2063-2

Ⅰ. I561.84

中国国家版本馆CIP数据核字第20252C8L28号

作家榜经典名著

读经典名著，认准作家榜

SHILUO DE SHIJIE

失落的世界　［英］亚瑟·柯南·道尔/著　郑流畅/译

出 版 人：余　兰

责任编辑：左倚剑

责任校对：曹莉华

责任印制：李　欣

出　　版：四川少年儿童出版社

地　　址：成都市锦江区三色路238号

网　　址：http://www.sccph.com.cn

网　　店：http://scsnetcbs.tmall.com

经　　销：新华书店

印　　刷：浙江新华数码印务有限公司

成品尺寸：245mm × 185mm

开　　本：16开

印　　张：21.75

字　　数：227千

版　　次：2025年7月第1版

印　　次：2025年7月第1次印刷

印　　量：1-10000册

书　　号：ISBN 978-7-5728-2063-2

定　　价：129.00元